006

REKI KAWAHARA　abec　bee-pee

SWORD ART ONLINE
phantom bullet

「我要繼續追蹤『死槍』那傢伙……
不能再讓他用那把槍
攻擊任何人了。」
桐人§
為調查「死槍」而潛入「GGO」的少年。是槍與鋼鐵的MMO內唯一使「劍」的玩家。

「我……實在不敢相信。
竟然有這種不只PK，
而真的動手殺人的VRMMO玩家。」
詩乃§
槍與鋼鐵的MMO「Gun Gale Online」裡的少女玩家。
是一名愛用大型狙擊槍「黑卡蒂II」的狙擊手。

「真的很讓人意外呢……
我還以為桐人哥他鐵定
一開始就會大展身手了呢。」
西莉卡 § 於「SAO」裡被桐人所救的少女。
在「ALO」內是擅長馴獸的貓妖族精靈。
「幾乎都沒照到哥哥呢——」
莉法 § 桐人的妹妹。本名是直葉。
以風精靈魔法戰士的身分活躍於「ALO」。

「桐人再怎麼樣都不會做出這種事的⋯⋯
應該不會吧。」
亞絲娜 § 桐人的女友。
在「ALO」內是水精靈魔法師。
「啊哈哈，那倒是滿有可能的
而且啊，他在滿是槍械的遊戲裡還不用槍而使劍呢。」
莉茲貝特 § 於「SAO」裡幫桐人打造劍的少女。
在「ALO」內是小矮妖族的打鐵匠。

「任何時候都要注意自己的身後。」

「————————！」
「你什麼都辦不到。
你只能在這裡被我擊倒，狼狽地躺在地上——
然後，就這麼眼睜睜地
看著我幹掉那個女人。」

SAO SWORD ART ONLINE

「Gun Gale Online」最強者決定大混戰
Bullet of Bullets第三屆大會會場

「ISL諸神之黃昏」全圖

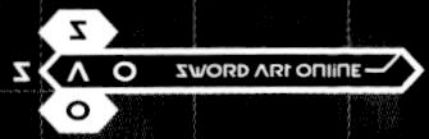

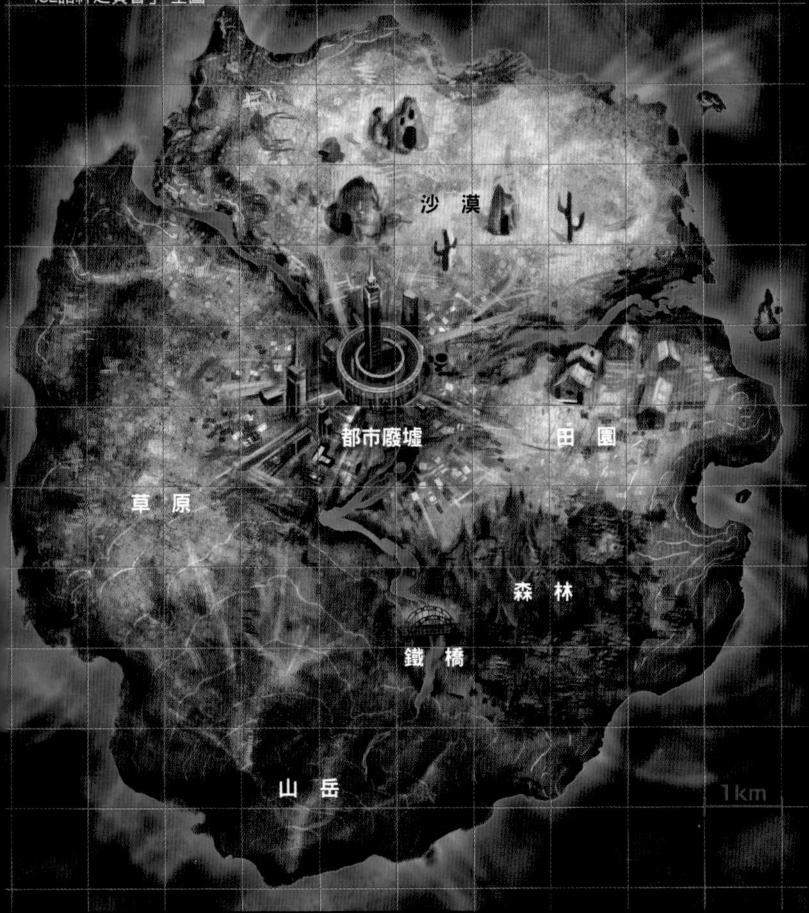

沙 漠
都市廢墟
田 園
草 原
森 林
鐵 橋
山 岳
1km

「ISL諸神之黃昏」

成為槍與鋼鐵的VRMMO「Gun Gale Online」最強者決定戰——第三屆「Bullet of Bullets」決勝大會會場的孤島。通過預賽的三十名槍手，將以大混戰的形式在同一張地圖裡進行廝殺。最後活下來的玩家就是優勝者。
決賽於「ISL諸神之黃昏」這個直徑十公里的圓形舞台裡舉行。這裡是個結合了高山、森林與沙漠等地形的複合場地，而各個玩家在隨機配置於地圖裡之後便會正式展開戰鬥。
每位參賽者都有一種名為「衛星掃描接收器」的道具。監視衛星每十五分鐘會經過地圖上空，此時全部玩家的所在位置將傳送到所有人的接收器裡。也就是說，為了避開奇襲而持續潛伏在某處的時限最多只有十五分鐘。
坐鎮於地圖中央的都市廢墟，是遠古高度文明所殘留下來的遺跡。而南部則有將地圖一分為二的大河流經，上頭架了一座鐵橋。此外，東南部是森林、西部是草原、東部是田園，而北部則是沙漠地帶。沙漠裡除了沙地，也有岩山區與洞窟存在。

插畫／碧 風羽

「這雖然是遊戲，
但可不是鬧著玩的。」

——「SAO刀劍神域」設計者·茅場晶彥——

SWORD ART ONLINE
phantom bullet

REKI KAWAHARA

abec

bee-pee

7

「哥哥～」

晴朗的星期天，原本坐在桌前吃著午餐的我，在看見親愛的妹妹伴隨著最燦爛的笑容呼喚我時，馬上有股「不祥的預感」衝上眉間，由此便可以證明我——桐谷和人有多素行不良。

不過，我還是停下把小番茄往嘴裡送的動作，開口說：

「……幹嘛突然這樣叫我啊，小直？」

才問完，便看見坐在對面的妹妹——正確來說應該是表妹——桐谷直葉從身邊椅子上拿起某個東西，此時我馬上就知道自己的預感沒錯。

「那個啊……今天早上，我在網路上看見這樣的消息喔？」

隨著這句話，一張Ａ４大小的列印紙被推到我眼前。看來她是將國內最大的ＶＲＭＭＯ遊戲情報網站「MMOTomorrow」，簡稱「M Tomo」的新聞欄給列印下來了。

只見頭條新聞的位置上以粗大字體寫著「決定Gun Gale Online最強者的大混戰，第三屆『Bullet of Bullets』正式大賽的三十名參賽玩家出爐」。

下方還刊載著簡短的報導與全部出場者的名單。

直葉那指甲剪得相當整齊的食指，指著一行寫著「Ｆ組第一名：Ｋｉｒｉｔｏ〈初〉」的文字。我側眼看著那排字，同時無力地試著想將事情掩飾過去。

「咦、咦～竟然有名字跟我那麼像的人耶——」

「什麼相像，是完全一樣吧。」

直葉整齊瀏海下方那符合運動少女形象的乾淨臉孔露出微笑。

現實世界裡的她，可是位才高中一年級就忽然被選拔進入全國高中聯賽與玉龍旗團體戰（註：日本高中劍道三大賽之二）的劍道選手，像我這種只窩在家裡的虛弱傢伙，體力上根本就不是她的對手。而且直葉還在完全技能制的ＶＲＭＭＯ「ALfheim Online」裡操縱名為「莉法」的精靈劍士，那端正剛毅的劍技時常凌駕於我這種隨手亂舞的劍法之上。

雖然無論在現實或是虛擬世界裡，一旦和直葉吵架我就只能馬上道歉，但平常應該不需要擔心這一點才對。因為在我回到現實世界來的這一年裡，已經完全將我們小時候的疏遠感消除，還培養出深厚的感情，連暑假暫時從美國回來的老爸看到了都還會吃醋呢。

今天——二〇二五年十二月十四日星期天，因為母親按照慣例待在編輯部，所以午餐還是由我和直葉前去採購材料，合作完成加了水煮蛋的凱薩沙拉與海鮮燴飯，接著面對面坐在桌子前一團和氣地開始用餐……到直葉把那張列印紙拿出來為止。

「是、是啊……完全相同呢，嗯。」

我勉強將視線由印刷著Ｋｉｒｉｔｏ名字的紙張上移開，然後將小番茄放進嘴裡，咀嚼時還以模糊的聲音繼續說道：

「但、但是，這應該是個很大眾化的名字吧？我也只是省略本名而已。這ＧＧＯ裡面的桐人，名字說不定叫什麼……霧峰藤五郎吧，嗯。」（註：日文中桐與霧發音同為KIRI）

說出這種空虛的話後胸口之所以會感到一陣刺痛，一定是因為對親愛的妹妹撒了漫天大謊的關係吧。是的，直葉所指的Ｋｉｒｉｔｏ百分之百是我本人在遊戲裡的角色。

至於為什麼非得隱藏這件事實不可呢？原因在於我為了參加發生問題的射擊遊戲ＭＭＯ「Gun Gale Online」裡名為「Bullet of Bullets」的大會，而把當成根據地的ＡＬＯ裡使用的角色．桐人「轉移」到ＧＧＯ世界裡去了。

所謂的轉移，是所有利用「The Seed」平台的ＶＲＭＭＯ遊戲共同擁有的功能，它可以將玩家於某遊戲內培養出來的角色，在「保持原本強度」的情況下轉移到別款遊戲裡，這是幾年前根本無法想像的系統。

但這種系統當然也有一定的限制存在。而最大的限制，就在於單單只能移動角色，無法將擁有的金錢與道具帶到新遊戲裡頭去。因此，轉移通常不是暫時性的觀光，而是永久性的遷移行為。

如果我說自己要從ＡＬＯ遷移到另一個遊戲裡，深愛著那個精靈國度的直葉一定會大受打擊。而另一方面，我也猶豫著是否要向直葉說明為什麼得將「桐人」轉移到ＧＧＯ裡這件事。因為這與ＶＲＭＭＯ世界最為深沉的黑暗面有關。

委託我到ＧＧＯ世界調查整起事件的男人叫做菊岡誠二郎。他曾隸屬於政府的「ＳＡＯ事件對策小組」，現在則是總務省ＶＲ世界管轄部門，通稱「假想課」的國家公務員。

一週前的星期天，菊岡把我叫出去，告訴我某個奇怪的案件。

他表示在ＧＧＯ世界內部的街道裡，有個角色對其他角色說出「制裁」這種話並且朝對方發射子彈。如果僅僅如此，那麼就單純只是惡作劇或騷擾而已。不過，現實世界裡有兩名操縱遊戲角色的玩家，也在遭受槍擊的同一時刻心臟病發死亡了——大致上就是這麼回事。

我認為，這有九成的可能性只是偶然。

然而，我實在無法捨棄那剩下一成的「某種」可能性……於是接受了菊岡危險的委託，登入ＧＧＯ世界裡，希望能接觸那名引發騷動的槍擊者。

由於沒時間從頭開始鍛鍊角色，我只好將ＡＬＯ的桐人轉移過來，並為了吸引槍擊者的目光而參加昨天星期六所舉行的ＢｏＢ預賽。初次體驗的槍械戰鬥讓我感到相當頭痛，所幸首先遇見的玩家鉅細靡遺地向我講解遊戲內容，讓我得以成功通過預賽，並且和可能是槍擊者的男人有了第一次接觸。

但目前為止，還不知道那名自稱「死槍」的男人，是否真的有在遊戲內殺害現實世界玩家的力量。

不過，這讓我曉得了一件事。

那就是「死槍」與我之間有著出乎意料的關係存在。

「死槍」就跟我一樣，是那個死亡遊戲——Sword Art Online的「生還者」。而且不只如此，我和他過去說不定曾經交手過，還打算終結對方的生命——

「哥哥又露出這種恐怖的表情了。」

聽見這句話，我的身體忽然震動了一下。空虛地望著天空的雙眼再度聚焦後，馬上就看見直葉皺著眉頭，一臉擔心的表情。

她將方才推到我眼前的影印紙放在桌上，輕握著雙手盯著我看。

「那個……其實我早就知道哥哥……也就是『桐人』從ALO轉移到GGO裡了。」

這句突如其來的話，讓我嚇得眼睛都快跳出來了。看見這種反應之後，比我小一歲的妹妹露出早已看透一切的成熟笑容。

「桐人都從朋友名單裡面消失了，我怎麼可能沒注意到呢。」

「……不、不過，我打算這週末之後就轉移回去……而且名單也不用每天看吧……」

「我不用看也感覺得到。」

直葉斬釘截鐵地這麼說。那對大大的眼睛裡閃爍著充滿謎團的光彩，而此時我居然湧起「這傢伙也是女孩子呢」的想法。這種念頭實在令人感到很不好意思，再加上瞞著妹妹進行轉移的愧疚感，讓我不由得別開視線。但直葉卻還是平穩地對我說：

「……我昨天夜裡一注意到桐人不見了，馬上就登出遊戲並準備衝進哥哥的房間裡去。但哥哥絕對不會沒有理由便瞞著我離開ALO對吧？我想這一定有什麼原因，於是便聯絡了亞絲娜。」

「這樣啊……」

簡短地附和之後，我的脖子縮得更短了。

由ALO轉移至GGO這件事情，我只告訴了亞絲娜——結城明日奈，以及我們兩人的「女兒」，也就是人工智慧結衣。而理由在於……別說兩天了，就算我只消失兩秒，擁有部分系統登入權限的結衣也會馬上發現。

而且結衣不喜歡我有事情瞞著亞絲娜。當然，我若說自己有苦衷她一定能理解，但一想到我的指示將給結衣的主程式帶來負擔，便沒辦法這麼做了。

於是我便只告訴亞絲娜和結衣「由於接受了菊岡誠二郎的請託，所以得到GGO世界去一趟」，還說明目的是為了「調查The Seed連結體」。但我沒辦法向她們表明調查的核心部分，其實是「死槍」在遊戲內的槍擊，以及現實世界裡的兩起死亡事件——

這事件實在是荒誕無稽。但由於太過於奇特，反而讓人確實有種不太對勁的感覺。而這也是我無法將轉移的事情告訴直葉或其他朋友的最大原因。

垂下視線、口中含糊其辭的我，耳裡忽然聽見移動的聲音。

接著是細微的腳步聲，以及兩邊肩膀被手觸碰的感覺。

「哥哥……」

直葉將身體靠在我的背後，然後在我耳邊低語：

「亞絲娜她說『跟往常一樣，桐人在ＧＧＯ裡大鬧一番後立刻就會回來了』。但是，我想她心裡一定很不安才對。而我也和她一樣。因為……因為，哥哥昨天那麼晚才回來，而且臉上的表情非常恐怖。」

「是嗎……」

我只能這麼回答。直葉的短髮輕撫過我的脖子，在離我左耳非常近的距離，一道夾雜著鼻息的聲音響起。

「應該……沒有危險吧……？我不希望你又跑到很遠的地方去……」

「我不會離開的……」

我這次清楚地告訴她，然後將自己的右手疊在左肩的小手上。

「我保證。今晚ＧＧＯ大會活動結束之後，我就會回到ＡＬＯ和……這個家裡。」

「嗯……」

直葉似乎點了點頭，然後上半身就這樣靠在我身上，暫時停著不動。

我被囚禁在SAO的兩年裡，妹妹已經非常心痛了，而現在又讓她感到如此不安，實在是太不應該了。

其實我也可以發一封「我不接受委託了」的簡訊給菊岡誠二郎，然後忘記所有事情——但經過昨天的預賽之後，有兩個理由讓我很難做出這樣的決定。

其中一個原因是，我已經與那個誤以為我是女性玩家而親切地指導各種知識、拿著恐怖巨大狙擊槍的女孩子「詩乃」約好再戰。

而另一個原因就是我和「死槍」之間的宿怨。

我得再度面對那個身穿灰色長袍的男子，並確認他「過去的名字」——以及他那兩名被我用劍斬殺的夥伴之名。因為這原本是我回到現實世界後，應該立刻完成的責任……

我輕輕敲了敲直葉放在我肩膀上的手，再度說道：

「不要緊，我一定會回來的。來，我們快吃吧。東西要冷掉囉。」

「嗯…………」

直葉的聲音變得比較有力了。她點點頭，用力抱了我的肩膀一下後才放開。

小跑步回自己的椅子上坐下後，妹妹臉上又有了充滿精神的笑容。她舀起一大匙燴飯放進嘴裡，接著又輕輕揮舞著湯匙。

「話說回來，哥哥……」

「…………嗯？」

「我從亞絲娜那裡聽說了，這次的『工作』好像可以賺不少錢對吧～？」

「嗚！」

菊岡跟我約定好的三十萬圓報酬，以及準備拿這筆錢購買的最新規格ＰＣ零件一覽表，隨著喀啦喀啦的音效在我腦海裡展開……我判斷勢必得削減些硬碟容量之後，「碰」一聲拍了一下胸部。

「嗯、嗯！我什麼都買給妳，好好等我回來吧。」

「太好了！我老早就想要一把奈米碳管製的竹劍了！」

……看來主記憶體的容量也得有所修訂才行了。

為了避開車潮，我稍微提前在下午三點便跨上老舊機車出門。

車子沿著川越街道不斷向東，通過池袋後由春日大道往都心前進。接著我在本鄉折往南邊，由文京區進入千代田區後，不到幾分鐘作為目的地的綜合醫院便出現在眼前。

雖然昨天才來過這地方，但記憶似乎已經相當遙遠。

其實理由相當簡單。因為昨晚我即使躺在自己床上也完全無法入睡，只是在黑暗當中張開眼睛，拚命回想心底深處那早已遺忘的過去——ＳＡＯ時代的殺人公會「微笑棺木」毀滅的整個過程。

結果，凌晨四點時我終於放棄靠自己入睡，戴上AmuSphere潛入ＶＲ空間裡，藉由區域網路從自己房裡的ＰＣ當中叫出「女兒」結衣，然後要她陪我閒聊直到「睡眠登出」成功為止，但最後還是因為沒辦法熟睡而做了個很長的夢。

幸好我幾乎不記得夢的內容，但從醒過來到現在，耳朵深處一直有道聲音盤旋不去。

——你是桐人嗎？

這是昨天ＢｏＢ預賽當中，可能是「死槍」的玩家對我的低語。

而這同時也是我用劍斬殺的兩人——不對，包含擔任亞絲娜護衛的那個男人在內，總共三名「微笑棺木」成員對我的疑問。

是你嗎？你就是那個殺了我們的「桐人」嗎？

無論是在ＢｏＢ預賽會場或夢中，我在面對這個問題時都無法直接回答「沒錯」。

今天晚上八點開始的決賽裡，我應該會再度和那個像亡靈的傢伙碰面才對。如果再被問到同樣的問題，我這次非得承認不可。

但我卻沒自信能做到這一點。

「……………早知道會這樣……」

就不要將「桐人」由ALO裡轉移過來，直接用全新名字的角色潛入GGO就好了。

對事到如今還有這種丟臉想法的自己苦笑之後，我便將摩托車停好，走進病房大樓裡。

由於出門之前先傳過簡訊，所以安岐護士已經在昨天那間病房裡等我了。她跟昨天一樣隨性地綁著辮子，但今天鼻子上戴了一副無框眼鏡。只見她坐在床邊的椅子上，翹起那雙修長的腿，看著已經有些跟不上時代的紙張印刷文庫本。但她一看見我走進來，便迅速合上書本並露出微笑。

「唷，這麼早就來啦，少年。」

「抱歉，今天也要麻煩妳了，安岐小姐。」

對她點點頭後，我瞄了一眼時鐘，發現還不到四點。雖然距離BoB決賽開始還有四個小時以上，但如果跟昨天一樣搞到差點來不及報名而冷汗直流，那也未免太沒有學習能力了吧？所以我還是早點登入，練習一下射擊技巧比較好。

我將外套掛在衣架上，對安岐護士說：

「那個……決賽是晚上八點開始，所以那時再看我的心電圖就可以了。」

結果這位白衣護士輕輕聳了聳肩。

「沒關係。我剛輪完夜班，今天休假。所以無論陪你幾個小時都沒問題喔。」

「咦……那、那不是很不好意思嗎……」

「會嗎？那我想睡時就借一下你的床囉？」

她口中說著這種台詞，還眨了一下眼，身為一個在現實世界裡頭女性經驗值相當低的重度VRMMO成癮者，只能含糊其詞並移開視線而已。安岐護士看見我的樣子便呵呵笑了起來。由於在復健時的丟臉模樣被這個人盡收眼底，所以我在她面前可以說完全抬不起頭來。

我為了掩飾尷尬而一屁股坐到床上，接著馬上依序掃過旁邊準備好的各種螢幕器材，以及放置在枕頭上的銀色雙重圓冠型頭盔——「AmuSphere」。

菊岡特別幫我準備了全新的機器，無論是不鏽鋼的外表還是人工皮革的內側，都沒有任何污點。它時尚的設計與質感遠遠超過原始的NERvGear，與其說是電子機器，倒不如說是裝飾品還比較合適。

如同它「絕對安全」的廣告詞一樣，這台機器應該無法產生致命的微波才對。不，應該說它早就被嚴格設計成只能產生微弱的電磁波而已。

所以按照常識來判斷，其實根本不用特別跑到醫院在胸口貼上心電圖的電極，還安排護士守在旁邊照顧自身安全。無論是什麼人用什麼樣的手段，都無法利用這台AmuSphere傷害我分毫。

但是——

但是ＧＧＯ裡的知名玩家「ＺＸＥＤ」與「薄鹽鱈魚子」在現實世界裡確實已經死了。

而對他們的角色發射假想子彈的「死槍」，是過去曾在ＳＡＯ世界憑著自己意志ＰＫ……也就是殺人的玩家。

如果，完全潛行技術這個東西，現在還有仍未被發現的危險要素呢？

比如說，在ＳＡＯ這個異常世界殺了人的玩家，得到了某種適合在ＶＲ環境裡放射的數位化「殺氣」或「怨念」，而這種力量又經由AmuSphere將其轉變為檔案，再利用網路流入被狙擊者體內對其神經系統發出某種訊號……最後造成心臟停止。

如果這個假設成立，那麼「死槍」在遊戲內的攻擊便有可能讓現實世界裡的玩家死亡。

同時「桐人」所揮動的假想之劍，也有可能真的殺掉「死槍」或是其他人。

我也曾在艾恩葛朗特裡殺害過其他玩家，數量說不定比大部分紅色玩家還要多。

一直以來，我都刻意地去遺忘掉喪生在我劍下的那些人。但是，昨天那段記憶的封印已經解開了。

不，應該說我根本就不可能忘記這段過去。這一年裡面，我只是讓自己別過臉不看這段沉重的過往，不斷逃避著應該承受並且付出代價的罪過……

「少年，你是怎麼了？怎麼臉色那麼難看？」

白色休閒鞋的尖端忽然輕輕碰了一下我的膝蓋。

我被嚇得肩膀緊繃。抬頭一看，才發現安岐護士透過無框眼鏡以沉穩的目光看著我。

「啊……沒什麼……」

我微微搖頭，但最後還是咬緊了嘴唇。幾個小時前才為了同樣的理由讓直葉擔憂，現在還讓接受這個麻煩委託的安岐小姐替我操心，這也未免太丟臉了。

然而，護士小姐臉上浮現過去復健時曾鼓勵過我的笑容。她從椅子上站起來，移動到我身邊說：

「難得有機會讓美女護士做心理諮詢，你就把心事全說出來吧。」

「…………要是我拒絕，應該會遭天譴吧。」

「呼」一聲吐出長長一口氣後，我看向地面，猶豫了一會兒才開口說：

「那個……安岐小姐，妳到復健科來之前是在外科服務對吧？」

「嗯，是啊。」

「請原諒我這個不禮貌而且直接的問題……」

我稍微瞄了一下左上方，以更細微的聲音問：

「…………已經過世的患者，能在妳的記憶當中停留多久……？」

這是個挨罵或遭到白眼也不為過的問題。如果我是護士，一定會覺得「不懂醫療現場的小鬼問這是什麼自以為是的問題」吧。

不過安岐護士臉上還是保持著沉穩的微笑，回了我一句「這個嘛……」。她看了一下病房的天花板後，慢慢張開嘴說下去：

「只要我去回想，就可以想起他們的名字與容貌。就算只是在同一間手術室裡共處一個小時的病人……嗯，依然記得。我明明只看過他們因為麻醉而沉睡的臉而已，這還真的很不可思議對吧。」

也就是說，安岐小姐參加的手術裡面有患者過世囉……雖然我知道這並非什麼可以隨便觸及的話題，但還是忍不住這麼問道：

「妳不會想忘了他們嗎？」

不知道這麼說的我臉上作何表情，只見安岐小姐連眨了兩下眼睛。但她塗著薄薄口紅的嘴唇仍舊保持著微笑的形狀。

「嗯……這個嘛……我不知道這樣算不算回答了你的問題……」

安岐小姐先這麼說完後，才用略為沙啞的聲音接下去：

「人類呢，只要是覺得應該忘記的事情，就一定會忘記。甚至連『我想忘記』的念頭都不會有。因為你愈是想要忘記，記憶反而愈深刻，最後會記得更為清楚不是嗎？這麼一來，或許……心底深處，也就是潛意識裡其實根本不想忘記那件事吧？」

這意料之外的答案，讓我輕吸了一口氣。

愈是想要忘記，反而愈是無法忘記……？

這句話入人心扉，在嘴裡引發一股強烈的苦味，而我在內心將它變成自嘲的笑容之後，才吐出這麼一句話來：

「……那麼，我還真是個惡劣的人呢……」

避開安岐護士那帶有「為什麼」意味的視線後，我看向雙腳中間的地板。接著又握緊放在膝蓋上的雙手，然後利用這股壓力將胸口的話吐出來。

「…………我在ＳＡＯ裡面……殺害了三名玩家。」

沙啞的聲音撞上病房白色牆壁，變成奇妙的回音傳了回來。不，其實應該只有我的腦部感受到迴響而已吧。

我去年十一月到十二月為了復健而住到這間醫院來時，安岐小姐是負責照顧我的護士。所以她知道我被囚禁在假想世界裡兩年的事情。但在這之前，我從未對她說過那個世界內部所發生的事情。

從事醫療工作的人，聽到任何奪走生命的事故，一定都會感到很不愉快。但從嘴裡衝出來的話語卻再也停不住了。我只能將頭垂得更低，以沙啞的聲音繼續說：

「他們全部是紅色……全部是『殺人兇手』，但我也可以選擇不殺掉他們，而讓他們無力反抗就好。但我還是把那些人殺掉了，因為自身的憤怒、憎恨……以及復仇心而斬殺他們。而我這一年來甚至把他們忘得一乾二淨。不，應該說我連現在提到這件事情時，也還想不起那兩個人的姓名與臉孔。換言之……我是連自己親手殺害的人都能忘記的傢伙。」

閉上嘴後，病房裡便充滿了一片沉重的寂靜。

過了好一會兒，衣服摩擦的聲音與床墊搖晃的感覺傳到我身上來。我想應該是坐在左邊的安岐小姐站起來準備離開病房了。

但我猜錯了。忽然有隻手穿過背部放在我右肩上，接著用力將我拉了過去。這時我身體左側緊貼在白色制服上，接著全身緊繃的我，便聽見有道細微的聲音伴隨著呼吸在極近距離處響起。

「抱歉，桐谷小弟。我雖然自信滿滿地說要替你心理諮詢，但我還是沒辦法將你背負在身上的重擔消除，當然也沒辦法和你一起承受它。」

原本在右肩上的手開始撫摸起我的頭髮。

「別說『Sword Art Online』了，我根本沒有玩過任何ＶＲ遊戲……所以我無法感受你使用的『殺害』這兩個字究竟有多沉重。不過……有一點我是知道的。你之所以非這麼做不可，應該是為了要幫助別人對吧？」

「咦………」

她這番話出乎我的意料。

為了幫助別人。這個要素確實是存在。但是——但是，也不能因為這樣就……

「醫療上也會有必須選擇搶救哪一條生命的場合出現。像為了搶救母親而放棄胎兒、為了解救等待器官移植的患者而放棄腦死的患者。而且在大規模的事故或災害現場，也有評估病患急救順序的『檢傷分類』制度。當然……不是說有正當理由就可以殺人。失去的生命，無論付出什麼樣的代價都換不回來。但是……像你這種與死亡事件相關的人，應該也有權利想到有人因為自己而獲救。你有權利藉著想起自己幫助過的那些人來讓自己獲得救贖喔。」

「讓自己……獲得救贖的權利……」

我用沙啞的聲音說完之後，便在安岐護士的手還放著的情況下用力搖了搖頭。

「但是……但是……我忘了那些被我殺死的人。把那些重擔與義務全都拋棄了。所以我根本不配得救……」

「要是你真的忘記，就不會那麼痛苦了。」

用堅毅的聲音說完後，安岐護士便將左手放在我的臉頰上，並讓我面向她。無框眼鏡深處那對細長的雙眼裡，有著堅強的光芒。當她用剪短指甲的大拇指擦拭我的眼角之後，我才發現眼裡已經滲出淚水。

「你還記得很清楚。當應該想起的那一刻到來，你就會全部想起。所以呢，那時候你也得同時回想起你幫助過、守護過的人才可以唷。」

輕聲說完後，安岐小姐便將自己的額頭靠在我的額頭上。

冰涼的觸感，讓盤旋在腦袋中的沉重想法開始冷卻下來，肩膀也因此放鬆。於是我靜靜地閉上了眼睛。

幾分鐘後，赤裸的上半身貼了膠體電極的我橫躺在床上，用雙手舉起AmuSphere。

從昨晚起，就一直有股冰冷且沉重的恐怖與自責纏繞在身邊，現在這些重擔終於離我遠去。但只要再度遭遇「Gun Gale Online」世界裡的那個男人——也就是「死槍」，它們很容易就會重新壓在我身上。

將簡直變得像鑄鐵製般沉重的ＶＲ界面套到頭上之後，我將電源打開，接著馬上就有準備完成的電子音響起。我移動了一下視線，對坐在螢幕裝置旁邊的安岐小姐說：

「那就麻煩妳幫忙監控囉。還有……剛才……那個……謝謝妳。」

「哪裡，沒什麼好謝的。」

用傳道般的語氣說完後，護士便在我身上蓋了一條薄毛毯。在那股清潔肥皂的香味中，我用力閉上眼睛。

「八點前應該不會有事吧……我大概十點左右會回來。那麼我走囉。開始連線——！」

喊完後，七彩放射光便在眼前展開，接著將我整個人吞噬進去。

逐漸遭到遮斷的五感之外，傳來安岐小姐的聲音。

「了解了，你放心進去吧，『英雄桐人』。」

什麼…………？

還來不及思考，我的意識已經離開現實世界，進入那個滿是沙塵與硝煙的荒野。

8

「那個男的……」

喀滋。

「……真讓人火大！」

朝田詩乃用穿著球鞋的腳尖踢著鞦韆的鐵柱，嘴裡吐出這句話。

這裡是離詩乃家不遠的小小兒童公園角落。天空已經開始變暗，而這座公園又是只有兩樣遊樂器材加上一個小砂堆的簡陋地點，所以就算是星期天也沒有半個小孩子在此玩耍。

詩乃旁邊，坐在一具鞦韆上的新川恭二瞪大了眼。

「真、真是難得呢。朝田同學妳……竟然會這麼直接地批評一個人。」

「因為他真的……」

詩乃將雙手插在棉布裙裡，背部靠在傾斜支柱上，噘起了嘴繼續說道：

「……很厚臉皮，然後又愛性騷擾、愛耍帥……說起來，哪有人到了ＧＧＯ還用劍在戰鬥的啊！」

每當詩乃說到「那個男的」有多令人憤怒時，就會踢飛一顆腳邊的小石子。

「而且，那傢伙一開始還裝成是女孩子，然後讓我帶他去商店選裝備！我還差點就借錢給他了呢。啊～～真是的，我甚至給了那傢伙名片……氣死我了，什麼『可不可以請妳自己投降』嘛！」

這番抱怨，一直持續到周圍終於沒有大小合適的石頭才停止。詩乃低頭看了一下身邊，發現恭二似乎非常震驚，用某種微妙的表情看著她。

「新川同學……你怎麼了？」

「沒事……與其說稀奇，不如說我第一次看見朝田同學妳說了別人那麼多壞話……」

「咦……是這樣嗎？」

「嗯。因為妳平常好像對別人沒有什麼興趣……」

「…………」

聽新川這麼一說，詩乃才有了自覺。

平常，她絕對不會積極地跟別人打交道，就算人家惡作劇——比如說像遠藤那些傢伙，她最多也只是感到厭煩而已。因為她覺得根本沒必要浪費多餘的精力在生氣上。

真要說起來，詩乃連自己的問題都處理不完了，哪裡有空去管別人的事呢？儘管如此，「那個男的」卻莫名地讓人相當火大，即使從昨天星期六午後的首次接觸到現在，已經過了不止二十四個小時，那傢伙依舊留在意識裡揮之不去。

但也難怪她會這麼生氣。

詩乃開始玩ＶＲＭＭＯ－ＲＰＧ「Gun Gale Online」已經半年了。然而到目前為止，還沒遇過像那樣正面侵犯別人私人領域的玩家。而且不僅如此，在預賽第一回戰後的休息時間忽然被他握住手時，更因為過於震驚而產生了強烈動搖，這讓詩乃在之後的第二回戰裡有兩發由中距離進行的狙擊沒命中目標。

「……別看我這樣，我可是很容易生氣的。」

詩乃特地以腳尖將遠處的小石子勾過來並朝著樹叢用力踢去，同時低聲這麼說道。

「哦……是這樣啊。」

恭二依然一直盯著詩乃，但他似乎想起了什麼事，突然從鞦韆上探出身子熱心地說：

「那麼……要不要在哪個練功場伏擊他？如果要狙擊就由我來當誘餌……不過，要復仇還是正面戰鬥比較好對吧？我可以馬上找來兩、三名優秀的機槍手幫忙喔。或者用雷射擊暈他來個ＭＰＫ（註：Monster Player Killer，利用怪物殺害其他玩家）也不錯。」

吃了一驚的詩乃眨眨眼，接著舉起右手，打斷正訂定各種ＰＫ計畫的恭二。

「嗯……那個……我不是這個意思。怎麼說呢……他雖然很讓人火大，但戰鬥方式倒是十分光明正大。所以我也想在公平條件之下，堂堂正正地和他一決勝負。雖然昨天戰敗……但我已經明白他的戰法了，而且還有復仇的機會呢。」

詩乃推推那副平光眼鏡，接著從裙子口袋裡拉出手機來確認時間。

「還有三個半小時，ＢｏＢ決賽就要開始了。這次一定要在這個盛大的活動裡，把那個角色給轟出一個大洞來。」

詩乃右手食指筆直地朝向西方天空，瞄準線前方甚至可以見到開始上升的紅色月亮。

昨晚，也就是十二月十三日的晚上，舉行了一場決定ＧＧＯ最強者的活動——「第三屆Bullet of Bullets」預賽。

Ｋ組的詩乃一路過關斬將，但最後出現在她眼前的，卻是那位理當還是初學者——不過心裡早已有某種預感會碰上他的「那個男人」。

那傢伙的名字是「桐人」。是從詩乃不知道的ＶＲＭＭＯ裡，利用「The Seed」平台所特有的轉移機能來到ＧＧＯ的玩家。

詩乃為了報名預賽而前往ＧＧＯ世界首都「ＳＢＣ格洛肯」總統府高塔的路上，遇見了應該是剛潛行到遊戲裡來的桐人。他詢問詩乃武器店應該怎麼走，平常總是冷冷指個方向便離開的詩乃，這次卻主動帶路。

而理由便在於——桐人的角色，不管怎麼看都是個女孩子。

詩乃事後才知道，這種模樣的Ｍ型角色在ＧＧＯ裡被稱為「９０００系列」，是一種乍看之下與Ｆ型沒什麼兩樣的角色。由於這種類型鮮少出現，所以可以連著帳號賣個很高的價錢。而理所當然地，桐人的外表就是符合這種身價的「美人」。一頭亮麗的長直黑髮，宛如夜空般綻放光芒的大眼睛，還有雪白的肌膚與纖細的身體。老實說，甚至比詩乃那種貨真價實的Ｆ型角色還要女性化。

玩了半年ＧＧＯ的詩乃，從來沒有遇過「女性初學者玩家」。當然她是認識幾名女性玩家，但她們玩ＧＧＯ的資歷全部比詩乃還要久——全都算是老鳥，跟詩乃之間互射的子彈可能比對話還要多。

因此詩乃一看見這個不知如何是好的黑髮少女——其實是個男性——馬上想起過去的自己，於是就像被吸引般自動擔任了他的導遊。

兩人先在大型商店裡挑好裝備，然後詩乃教會他「彈道預測線」這種ＧＧＯ獨特的戰鬥系統，接著還指導他在總統府高塔裡報名預賽的方法。最後他們一起移動到高塔地底的待機巨蛋，為了將街道用裝備換成戰鬥用而進到休息室裡。而詩乃就在裡面把除了內衣以外的全副武裝卸除——到了這個時候，桐人才報上了自己的姓名與性別。

詩乃因為強烈的羞恥與憤怒而給了對方一巴掌，接著這麼說：

「一定要打到決賽來啊。課程的最後，要讓你嘗嘗宣告敗北的子彈是什麼滋味。」

不過老實說，她根本不覺得有這種機會。

桐人是個剛轉移到ＧＧＯ來的初學者。而且這人不知道在想些什麼，主要武裝選的竟然不是步槍也不是機關槍，而是「光劍」這種超接近戰用的武器。

要靠劍贏過用槍的對手，可以說是天方夜譚。詩乃在心裡如此預測，然後準備就此忘記桐人的事情——

想不到，桐人竟然遵守了與詩乃的約定。在六十四人爭奪勝利的Ｆ組預賽裡，只靠著一把光劍與副武裝的小口徑手槍便從第一回合打到第五回合，一路前進到有詩乃等待的決勝戰裡。

在成為預賽決勝戰舞台的黃昏高速公路上，詩乃見識到了桐人驚人的戰鬥能力。他以光劍的細長能源刀刃，將詩乃心愛的反資材狙擊槍「Ultima Ratio Hecate II」發射的必殺50ＢＭＧ彈給擋住——不，應該說是劈開了。

桐人以猛烈的衝刺穿過分成兩道光芒的子彈中間，衝進詩乃身邊後將劍刃架在對方脖子上，並在極近距離之下低聲道：

「那可不可以請妳自己投降。我不是很喜歡砍女孩子耶。」

「～～～～～！」

光是回想，就能重新感受到當時那種屈辱感，於是詩乃將對著月亮的右手粗暴地放下。

她因為還想踢小石頭而在腳邊尋找了一陣子，然而很可惜，它們已經全都被踢到遠方的草叢裡了。於是，她只好用球鞋的根部用力踢了一下背後的鐵柱。

「給我記住……這個屈辱我一定會加倍還給你……」

當她用力喘息時，恭二由鞦韆上站起身，好像還是很在意似的皺著眉頭看詩乃的臉。

「……怎、怎麼了？」

「那個……妳這麼做……沒關係嗎？」

恭二的目光落在詩乃的右手上。原來在不知不覺之間，她原本輕輕握住的拳頭已經豎起了食指與大拇指，做出類似手槍的形狀。

「啊……」

她急忙張開手輕輕揮了一下。確實，平常光是這種讓人聯想起「槍」的動作，便會讓詩乃感到心悸。然而，現在卻很不可思議地沒有那種感覺。

「嗯，沒關係。好像是因為生氣……所以沒什麼大礙。」

「這樣啊……」

恭二低下頭，持續凝視著詩乃的眼睛。他忽然伸出雙手包住詩乃的右手。那溫暖又有些汗的手掌觸感，讓詩乃反射性低下頭。

「怎……怎麼了嗎，新川同學？」

「我總覺得……非常擔心……因為朝田同學跟平常不太一樣……那個……如、如果有能幫得上忙的地方，我什麼都願意做。決賽時我只能透過螢幕幫妳加油……但要是有其他能做的事情……我……」

詩乃瞬間將瞄了恭二一眼。那纖細的臉龐當中，只有雙眼因為內在洋溢的情感而不斷發出光與熱。

「什……什麼才叫做平常的我呢……」

她一時想不起平時的自己是什麼模樣，於是如此低語。接著，恭二的雙手開始用力，張口急促地說：

「朝田同學總是很冷酷……保持一副超然不會為任何事動搖的模樣……妳明明有跟我相同的遭遇，卻沒有像我一樣逃離學校……實在是太堅強了。我一直很憧憬朝田同學這種個性。朝田同學……可以說是我的理想。」

被恭二氣勢所壓倒的詩乃想要向後退，但身後的鞦韆鐵柱卻不允許她這麼做。

「可、可是……我一點都不堅強啊。你也知道吧……我只要看見槍，就會發作……」

「但遊戲裡的詩乃就不一樣了。」

恭二繼續踏出半步。

「她可以自由自在地操縱那麼強力的武器……已經可以說是ＧＧＯ裡最強的玩家之一。我認為那才是朝田同學真正的模樣。現實世界裡的朝田同學，一定也會變成那種樣子。所以……妳不用擔心。看見妳因為那個男人而生氣、動搖，我……我就忍不住想幫忙……」

——可是呢，新川同學……

稍微別過目光之後，詩乃在心中這麼呢喃。

——在很久很久之前，我也是和普通人一樣會哭會笑的喔。我並不是憑自己的意志變成「現在的樣子」。

變得跟遊戲裡的角色一樣堅強，確實是詩乃的心願。然而，那只是希望能超越對槍械的恐懼感，而非捨棄自己所有的感情。

說不定，自己心底還是希望能像普通人那樣和朋友一起歡笑、一起吵鬧吧。所以在格洛肯街角看見那個迷路的初學者少女時，才一反常態地拚命照顧對方，也因此才會在知道對方是男性之後那麼生氣。

詩乃很感謝恭二這麼關心自己。雖然很感謝，但她總覺得這份心意似乎瞄偏了。

——我……我想要的是……

「朝田同學……」

耳邊忽然傳來呢喃聲，讓詩乃瞪大了眼。不知何時，恭二的雙臂已經將她連著鐵柱一起抱住了。

儘管無人的公園幾乎已被黑暗所包圍，然而葉子掉光的行道樹對面大街上還有行人經過。現在不論任何人見到詩乃與恭二，都會認為他們兩個是情侶吧。

一想到這裡，詩乃便反射性地以雙手將恭二的身體推了回去。

「…………」

恭二以受傷般的眼神看著詩乃。她嚇了一跳，這才趕緊解釋：

「抱、抱歉。聽見你這麼說，我真的很高興……你是我在這裡唯一能交心的好朋友。但是……我現在還沒有那種心情。因為我的問題必須靠自己奮鬥才能解決……」

「……這樣啊……」

看見恭二寂寞地低下頭，少女心中充滿了罪惡感。

恭二應該知道詩乃的過去——那個事件才對。在他拒絕到校之前，遠藤等人已經將這件事宣傳給全校知道了。即使知道那個事件，他還願意與自己交心，自己是不是也應該對他付出真心呢？當然詩乃也不是沒有這樣的念頭。她知道，要是恭二因為傷心而離開，自己將會感到非常寂寞。

然而，潛意識的角落不知為何就是會閃過那個男人，也就是桐人的臉龐。他有著過剩的自信心、對自己的實力絕對信任。詩乃希望能夠藉由和他交戰，逼出自身的全力。

沒錯——現在詩乃唯一的願望，就是打破包覆在心上那層又黑又硬的殼，讓自己由恐怖的

回憶當中解放出來。為了做到這一點，她要在黃昏的荒野裡戰鬥，並獲得勝利。

「所以……你可以等我到那個時候嗎？」

她以極細微的聲音說完，恭二便以含著種種感情的雙眼凝視著詩乃，一會兒後點點頭露出微笑。他以唇語表示「謝謝」，詩乃也跟著笑了。

離開公園之後，詩乃便和恭二道別，接著趕回自己家裡，途中還在便利商店裡買了礦泉水與蘆薈果粒優格當作晚餐。她平時總會盡量自己烹調營養均衡的料理，但在進行超過三個小時以上的長時間潛行時，會有許多原因讓玩家不宜塞太多食物到胃裡。

少女單手拿著發出沙沙聲的小袋子衝上樓梯、踏進家門。急忙鎖上電子鎖之後，她便穿越廚房來到三坪大小的房間，並瞄了一眼牆壁上的時鐘。

雖然還有好一陣子才會到ＢｏＢ決賽開始的時刻——晚上八點半，但詩乃還是想早點登入，然後花點時間在檢查裝備・彈藥與集中精神上。

她迅速脫下厚棉布材質的無袖連身裙與棉質襯衫並將它們掛在衣架上，接著連上半身的內衣也脫下丟在角落的籃子裡。她一邊因為盤據在地板上的冷空氣縮起身體，一邊換成無袖運動內衣與短褲這種較為輕鬆的服裝。

按下不會設定成太高溫的空調以及加濕器電源後，詩乃喘了口氣並且在床上坐下。她從塑膠袋裡拿出寶特瓶，轉開瓶蓋後稍微含了一小口水到嘴裡。

靠著AmuSphere的感覺訊號中斷機能，在潛行時能有效阻斷百分之九十九來自現實環境的干擾，但詩乃還是從經驗裡學到許多可以維持舒適遊戲環境的方法：潛行前少吃點東西、先去上廁所等基本知識自然不在話下；此外注意氣溫與溼度，穿上無負擔的服裝也是相當重要的事。她曾經在盛夏時喝下大量冰開水後登入遊戲，結果在中立區域的戰鬥裡感到強烈腹痛，最後遭到檢查出異常訊號的AmuSphere中斷連線。當然，在她腹痛舒緩並再度連線時，角色早已死亡且傳送到街道裡了。

手頭寬裕的重度ＶＲＭＭＯ玩家，會為了追求完全阻斷感覺而導入「隔離艙」這種物品。現在兼具休閒設施的高級網路咖啡廳已經開始設有這種隔離艙，上個月恭二便邀請過詩乃到這種店裡頭去。

登入用的房間為單人專用，在房裡浴室淋浴完後，使用者便在全裸的情況下躺進佔了房間近半面積的膠囊裡。而膠囊內部出乎意料地相當寬敞，裡面裝有比重經過調整的黏稠液體，深度約四十公分。

一躺在上面，身體便會漂浮起來，連支撐脖子的枕頭也幾乎沒有任何接觸感。戴起掛在內側牆上的AmuSphere並關上沉重的艙口後，隔離艙內部便完全被黑暗與寂靜所包圍。

其實，光是在那個空間內漂浮就已經是種相當有趣的體驗了，但由於已經先和恭二約好在

ＧＧＯ裡碰面，所以詩乃立刻登入ＶＲ空間裡。

登入後的驚人之處在於，假想世界所給予的五感情報似乎真的比平常來得純淨。恭二說這是因為身體感覺已經降低到了極限，因此完全沒有「中斷訊號外洩」所產生的雜音。先不用說這些理論，那種連敵人靴子踩在沙上的聲音都能聽得一清二楚的感覺，確實讓詩乃覺得物有所值。

然而，她同時也感覺到某種難以用言語形容的不安。

應該說——將肉體完全由現實世界裡切割出來，反而會讓人更加擔心身體的狀況。當潛行到ＶＲ世界時，現實世界裡失去一切知覺的自己就像具玩偶般橫躺在床上，而這個事實所帶來的一絲不安又被隔離艙給增幅了。

當然，與稱作「惡魔機器」的NERvGear相比，AmuSphere的安全措施可以說是有點過頭了。不僅特別不讓感覺中斷機能完全發揮效果——所以才會需要利用隔離艙——就連聲音．光線．震動以及其他的刺激，都很容易啟動防護功能將使用者趕回現實世界。

即使如此，在潛行時玩家的肉體還是沒有任何防備。某種意義上來說這跟睡眠其實差不了多少，但詩乃在隔離艙裡登入時，總是無法拋開讓脖子感到些許刺痛的不安感。最後她得到了結論——即使會有些外洩的雜訊出現，自己的小房間還是世界上唯一能安心的登入地點。

詩乃腦中胡思亂想，手裡的小湯匙不停地動，結果優格馬上就被她吃光了。容器在水槽裡洗乾淨後，便丟進了資源回收垃圾袋裡。接著她又在浴室裡刷完牙、上完廁所、洗完手與臉後才回到房間裡。

「——好！」

「啪」一聲打了一下雙頰後，詩乃便整個人躺到床上去。手機早已轉為靜音模式，房門與鋁窗也已上鎖，禮拜一要交的作業也事先在白天做完了。現實世界裡需要掛心的瑣事可說已經全部處理完畢。

她戴上AmuSphere，按下牆上的開關以熄燈。這時，想打倒的玩家臉孔先後不斷地出現在轉變成微暗的天花板上，接著又消失不見。

最後出現的是有著亮麗黑髮與鮮豔紅唇的光劍士——也就是桐人。他左手拿著手槍、右手裡的光劍下垂，臉上露出輕視的笑容，筆直地凝視著詩乃。

詩乃心底馬上燃起一股鬥志。那個男人，可能是她在殺戮荒野中所能找到的最強敵人。他能幫助詩乃得到打破那禁忌過去的力量，某種意義上來說——他是最後的希望。

我會盡全力戰鬥。而且一定要打倒他。

用力吸了口氣並慢慢吐出後，詩乃閉上了眼，準備開口說出那句能讓靈魂移動的咒語。下一刻，房間裡便清晰地響起她變得相當堅強的聲音。

「開始連線！」

身體所承受的水平方向重力忽然間消失，些微的浮游感隨即降臨。

接著天地在前方九十度迴轉。像從柔軟的滑梯上溜下來般，腳尖先碰到了堅硬的地板。直到假想身體的五感完全調整好之後，詩乃才睜開眼睛。

首先映入她眼簾的，是在沒有星光的夜空之中，拖著長尾巴流過的巨大全息圖霓虹燈。

「Ｂｕｌｌｅｔ　ｏｆ　Ｂｕｌｌｅｔｓ　３」的全紅文字列在大樓之間閃耀。

詩乃出現在貫穿格洛肯街道中央的大道北端，也就是總統府高塔前面的廣場上。平常這裡是個沒什麼人煙的區域，但今天卻擠滿了無數的玩家，每個人手裡都拿著飲料與食物盡情歡鬧著。其實這也是理所當然的，特別為即將開始的ＢｏＢ決賽所設置的賭盤已經開始下注，目前ＧＧＯ裡存在的貨幣有大半以上都集中在這座廣場裡面。

表示著倍率的全息圖視窗高掛在空中，而打扮得相當華麗的莊家——可怕之處在於此人不是一般玩家，而是營運公司所準備的「官方指定莊家ＮＰＣ」——與販賣可疑機密消息的情報販子周圍更是萬頭鑽動。詩乃忽然在意起某件事而靠近莊家ＮＰＣ，並抬起頭看著視窗，結果發現自己的賠率相當高。這應該是昨天預賽落敗所造成的結果吧。想到這裡，她便找了一下桐人的名字，結果那人也是高賠率的成員之一。

詩乃用鼻子「哼」了一聲之後，有了將所有財產賭在自己身上的想法，但一想到這會沖淡主要目的的純度，少女便轉身離開了人群。由於她角色的外表眾所皆知，又是ＢｏＢ決賽常客，所以四周有許多視線都追著那離去的身影，不過倒是沒人有勇氣敢靠近她就是了。因為大家都知道詩乃是個「一旦認定是敵人便會毫不留情動手的野貓系女孩」。

她打算早點進入待機巨蛋好集中精神，因此開始朝總統府移動。走了一陣子後，背後忽然有人呼喚她的名字。

「詩乃！」

ＧＧＯ世界裡，只有一名玩家會這樣叫她。一轉過頭，果然看見數十分鐘前才在現實世界裡分手的新川恭二操縱自己的角色「鏡子」，邊對著她揮手邊跑了過來。一身都市迷彩服的高瘦Ｍ型角色臉上似乎因為興奮而略為泛紅。

「詩乃，妳怎麼這麼慢。我還在擔心妳呢——怎麼了嗎？」

鏡子發現詩乃臉上微微浮現笑容後，覺得有些奇怪。

「沒事。只是剛剛才在真實世界裡見面的人立刻又在遊戲裡遇上，覺得有點奇妙而已。」

「……現實世界裡的我當然沒有虛擬體這麼帥囉。倒是妳有多少勝算？還是有什麼作戰計畫？」

「要說有多少勝算嘛……我也只能說盡力而為了。基本上，也就是重複索敵．狙擊．移動而已。」

「說得也是。不過……我相信詩乃絕對會得到優勝的。」

「嗯，謝謝。你接下來有什麼打算？」

「這個嘛……可能在某間酒店裡看實況轉播吧……」

「那麼，結束之後就在那間酒店裡碰面，看是要替我慶祝還是陪我喝悶酒吧。」

詩乃再度微笑著這麼說完後，鏡子瞬間低下了頭，然後馬上又抬了起來。他忽然抓住詩乃的右臂，將她拉到廣場角落的陰影裡面。鏡子根本不管其他玩家是否還看得見他們兩人，只是迅速轉過頭來用相當緊張的表情看著詩乃。而詩乃也只能不斷眨著眼睛。

「詩乃……不對，朝田同學……」

鏡子應該很清楚在ＶＲＭＭＯ裡稱呼別人本名是多麼沒禮貌的事。因此他忽然這麼說，令詩乃著實嚇了一大跳。

「什……什麼事……？」

「我可以相信妳剛才說的話嗎？」

「剛才的什麼話……」

「妳說要我再等一下對吧……？朝田同學只要確認過自己的實力之後，就會和我……」

「你、你怎麼忽然講這種話！」

感覺到雙頰發熱的詩乃將臉埋進了圍巾深處。但鏡子向前跨出一步，再次用力握住詩乃的右手。

「我……我真的很喜歡朝田同學……」

「抱歉，現在可不可以別提這些！」

用稍微嚴厲的口氣說完之後，詩乃接著搖了搖頭。

「我現在想把精神集中在大會上……因為我得拚盡全力，才有機會在戰鬥中獲勝……」

「這樣啊……說得也是……」

鏡子放開了手。

「但我還是相信妳。我會等妳的。」

「嗯、嗯。那……我差不多要開始準備了……先走囉。」

如果繼續和鏡子交談下去，可能得帶著動搖的心情參加大會，於是詩乃抽身後退。

「加油唷，我會支持妳的。」

她對語氣充滿熱情的鏡子點了點頭後，臉上露出僵硬的微笑，接著才轉身離開。從建築物的陰影裡出來、快步朝總統府入口處走去的這段時間裡，詩乃一直感受著那道幾乎要讓後背燃燒起來的目光。

穿越玻璃大門，來到人煙稀少的建築物內部後，少女才總算放鬆肩膀的力道。

她靠在大石柱上，腦中轉著「難道是自己的態度讓他誤會了？」這樣的念頭。

恭二表現出的好感確實很明顯。不過說句實話，現在光是處理自己的問題就已經令人相當吃力了。

詩乃完全不記得過世的父親長什麼樣子。對她來說，記憶最為深刻的男性臉孔，便是五年前那個郵局搶案的犯人。每當遇上麻煩，她的恐慌症就會發作，接著那人的臉孔便會在腦海裡復甦。那宛若無底沼澤的陰沉眼神，總是躲在周圍的黑暗處窺視著詩乃。

至於和其他女孩子一樣交個男朋友然後每晚講電話，週末一起出去玩……這種事詩乃也不是沒想過。然而，若就這麼和恭二交往，也許有一天會從他身上見到「那雙眼睛」。這正是詩乃最害怕的事情。

如果引起發作的契機變得不只是「槍」，而是看見「男性」便會覺得恐懼——那麼就連要生存下去都會變得十分困難。

她只能戰鬥。現在她能做的，就只有這件事而已。

詩乃將腳下的靴子用力朝地板一踩，發出「喀」的一聲，接著便朝向入口大廳深處的電梯走去。

不過，這時又有人從背後叫住了她。那喊出自己名字的聲音既清晰又略微沙啞，與鏡子的低沉嗓音完全不同。聽見這聲呼喚的詩乃，不由得閉上了眼睛。

當她帶著厭惡的心情轉過頭之後，站在她眼前的果然——是那個令人憎恨的「男人」。

9

我降落的地方，是ＧＧＯ世界的首都「ＳＢＣ格洛肯」北端，也就是靠近總統府高塔的路旁一角。

在憂鬱的黃昏色天空下，熱鬧的全息圖霓虹燈群不斷流過，上頭的內容幾乎都是現實世界裡實際存在的企業廣告。如果是在ＡＬＯ裡，玩家們一定會大舉抱怨這種行為「破壞整個世界觀」吧，但這種景象倒是與這座頹廢的未來都市頗為契合。而這些霓虹燈裡最為醒目的，當然就是馬上要開始的第三屆「Bullet of Bullets」大會的廣告了。我一見到那鮮紅的粗大字體，全身便開始微微發抖。當然這不是來自於恐懼而是因為興奮——至少我希望如此。

呼著氣將臉轉回來後，我下意識地將披肩的黑髮往背後一撥，放下手臂時才因為自己的動作而感到喪氣不已。然而最後我還是勉強說服自己，這是已經習慣角色的證據。

我打算先完成大會的報名工作而朝稍遠的總統府走去，此時馬上有幾道視線從大路兩邊投射過來。這令人相當不舒服，因此我忍不住想瞪回去……不過最後還是忍住了。

其實他們也不是真的在注意我本人。只是這個角色的外表看起來跟女孩子沒兩樣——而且還是個相當漂亮的美少女。今天如果立場互換，想必我也會拚命盯著看。

一般來說這種時候不只是看，還會有兩、三名玩家靠過來搭訕才對；不過男性們看見我走近時，卻都馬上保持距離。理由大概可以想見：昨天的ＢｏＢ預賽裡，那副拿著光劍拚命朝對手衝過去猛砍的狂戰士模樣，已經眾所周知了吧。

大會公開的出場者資料裡只有姓名與參賽次數，並未標示出性別。而「Ｋｉｒｉｔｏ」又是個中性的名字。所以ＧＧＯ世界裡的玩家，應該都認為我是個「因為殘暴成性而故意不拿槍，選擇揮舞光劍的獵奇系女孩」吧。

雖然很不願意被歸類成這種人，但若因此能在即將開始的ＢｏＢ決賽裡讓其他對戰者有所顧忌，那被誤會也就值得了。畢竟我的目的不在於獲得優勝，而是再度和那個穿著破斗篷的男人——「死槍」有所接觸。

三十位決賽出場者的名單中，並沒有「死槍」這個名字。但他一定有參加這次的決賽。如果他的目的是在ＧＧＯ世界裡展示自己的力量，那麼遊戲內外都眾所矚目的ＢｏＢ正是最棒的舞台。「死槍」登錄在系統上的應該是本名——這麼說好像有點奇怪——也就是另一個角色名稱才對。

首先得找出他的名字，然後在大會裡再度和他對話，只要能確認他在ＳＡＯ時代的角色名稱，就能藉此得知他現實世界裡的本名。菊岡誠二郎應該可以查詢已成為機密情報的舊ＳＡＯ

玩家帳號資料才對。只要知道那人的本名，應該就能曉得他是否真的殺了……不，應該說他是否真的能殺掉「ＺＸＥＤ」與「薄鹽鱈魚子」了。

然而在這段過程中，我勢必得面對自己的罪過。

那分恐懼依然沒有消失。

不過，為了不讓自己再度選擇「遺忘」這條逃避的道路，這也是必要的感情。

我緊握雙拳，以戰鬥靴的鞋底用力踩著路面，朝向前方逐漸浮現的巨大總統府高塔前進。

提到與人對戰的大會……別說ＡＬＯ了，就連在ＳＡＯ裡我也曾因此而感到興奮不已。

想不到，如今居然會抱著恐懼的心情參賽。

當臉上露出自嘲笑容的我爬完通往高塔的寬廣階梯時，看見前方大廳入口附近有條熟悉的砂石色圍巾像貓尾巴般不停搖晃著。

不用看那頭水藍色短髮以及由外套下襬伸出來的修長雙腿，便可以知道這人是昨天預賽決勝戰的對手——狙擊手「詩乃」。雖然她是我在ＧＧＯ裡唯一認識的人，但我還是猶豫著該不該趕上去跟她打招呼。

因為昨天剛潛行到這個世界就立刻迷路的我，厚著臉皮拜託偶然遇見的詩乃替我帶路，而且當時我沒有馬上解開她由角色外表便將我當成女性玩家的誤會，偽裝成「完全不知如何是好的初學者少女」，除了請她解說遊戲系統與幫忙選擇裝備道具之外，還很過分地在休息室裡目睹她那個角色只穿著內衣的模樣。

不僅如此——

我在預賽中忽然遇見引發問題的槍擊者「死槍」，得知他除了是「SAO生還者」之外還是殺人公會「微笑棺木」的成員。這讓我受到很大的衝擊，因此在接下來與詩乃的決勝戰中，我幾乎已經放棄了比賽。具體來說，就是打從戰鬥開始我便無力地向前走，想要故意被詩乃射出的致命子彈擊中而輸掉比賽。

但詩乃卻沒有擊中我。

她在我周圍射完灌注了純粹的憤怒而燃燒著藍白色火焰的六發子彈後，便捨棄自己的優勢，直接和我見面並且大喊。

她說「別開玩笑了，想死的話自己一個人去死」。又說「你要覺得這只不過是VR遊戲裡的一場比賽那是你的自由！但不要把你的價值觀強加在我身上好嗎！」。

這句話深深刺入我的胸口。

其實，我在很久以前也對別人說過類似的話。

那已經是四年前的事了。當時剛升上國中二年級的我非常幸運，或許該說非常不幸地抽中了「Sword Art Online封閉Beta測試版」的玩家資格，每天從學校回來之後，便潛行到當時還不是死亡遊戲世界的浮遊城艾恩葛朗特裡，直到隔天早上為止。

說起來真有點不好意思，往後成為傳說勇者的「桐人」，當年雖然因為在ＰｖＰ活動裡總是名列前茅而小有名氣，但跟現在相比可以說完全不曉得怎麼跟人打交道，所以在遊戲裡頭也幾乎沒有任何可稱為朋友的對象。然而在認識的人當中，還是有少數幾個我認為將來能跟他們變成朋友的玩家，其中一名是個常在決鬥大會裡碰上的土氣茶色頭髮劍士，他擅長單手劍。

這人總是以兼具了清晰邏輯與敏銳判斷力的方式作戰。而我內心一直期待能與他在大會裡交手，但最後卻在那個終於到來的舞台裡——受到了莫大打擊。在熱戰的最後一刻，原本應該能避開揮砍的他竟然故意吃下這一擊而落敗了。我推測他應該是為了巨額賭金才會故意放水，便在盛怒之下對他說出之前詩乃講的那段話。

ＢｏＢ預賽的決勝戰舞台裡，我就像被四年前的自己給痛罵了一樣，於是誠心向詩乃道歉。雖然之後我們以面對面的方式再度對決，但結果對詩乃來說應該難以接受吧。不管再怎麼說她也是個狙擊手，自超遠距離射出必中必殺的子彈才是她最大的武器。今天的大混戰決賽裡，她一定會拚盡全力將復仇的子彈轟進我眉間才對。

因為上述的複雜理由——或許應該說完全是自己招惹出來的種種原因，讓我猶豫起該不該向走在前面幾公尺處的詩乃打招呼。

但是幾秒鐘後，我便拋開猶豫直接大步爬上階梯，接著開口喊出她的名字。

「嗨，詩乃。今天也請多指教。」

她那像尾巴的圍巾整個停了下來，水藍色頭髮稍微向上翹的模樣簡直就像是隻貓。以右腳跟為中心轉過身子的狙擊手少女，臉上出現露骨的厭惡表情，然後用鼻子冷哼了一聲。

「……請多指教是什麼意思啊。」

她藍色瞳孔閃爍的憤怒光芒讓人馬上就感到後悔，但我並不是隨便就叫住她的。這時候要是說錯話而讓她不再理我，那可就糟糕了。因此我以相當認真的表情說：

「那當然……是希望我們彼此都能盡全力來戰鬥的意思囉。」

「少噁心了。」

——看來我一開始就犯錯了。但我還是毫不氣餒地繼續說：

「話說回來，妳怎麼這麼早就開始潛行了？現在距離大會還有三個小時呢。」

「還不是因為昨天被某人害得差點來不及報名。」

詩乃別過臉抱怨完後，又瞥了冷汗直流的我一眼。

「……說起來，你自己還不是現在就登入了？幹嘛講得好像我閒閒沒事做一樣。」

「那、那就讓我們有效利用等待時間吧！在決賽開始之前，先去喝杯……不對，應該說來交換個情報……」

在現實世界裡，我實在不敢對真人說出這種話。不，考慮到我已經有亞絲娜這個女朋友這點，就連在假想世界裡也是不可饒恕的行為。但我敢對天地神明發誓，這絕非在ＶＲ世界裡的搭訕行為，而是為了完成任務與使命，以及為了詩乃本人安全所需要的步驟。

——結果詩乃似乎沒察覺我內心複雜的糾葛，她在瞪了我好幾秒之後，才用鼻子「哼」了一聲並以最小的動作點點頭。

「好吧。反正一定又是我單方面告訴你各種情報。」

「我、我沒……也不是沒有這種企圖啦……」

我含糊帶過，往開始向前走的詩乃背後追了過去。

利用總統府大廳一樓的機器從容地完成報名手續之後，詩乃便帶我到設置在地下一樓的廣大酒店區域。由於四周環境的光線被調整到最低限度，所以幾乎看不見聚集在各張桌子前面的玩家臉孔。只有設置在天花板上的幾個大型面板螢幕映出炫目的原色影像。

詩乃走到深處的包廂座位坐下，接著看看簡單的金屬板飲料單，按下冰咖啡字樣旁邊的小按鈕。然後，同樣金屬製的桌子中央便打開一個洞，從裡面出現裝滿黑色液體的杯子。跟得向ＮＰＣ點餐然後由它們送上料理的艾恩葛朗特餐廳相比，這系統實在是相當簡樸，但也確實很符合ＧＧＯ這個遊戲的氣氛。

我也按下薑汁汽水的按鈕，然後拿起浮現的杯子一口氣喝掉裡面大半的液體。待假想的氣泡感從喉嚨裡消失後，我才打開話匣子說：

「決賽的大混戰……就是把三十個人隨機安置在同一張地圖裡面，只要遭遇對手便開始槍戰，殘存到最後的傢伙便獲得優勝……我說的沒錯吧？」

結果詩乃先是透過咖啡杯瞪著我，然後才開口：

「看吧，你果然是想讓我當解說員嘛。說起來，這些情報全都寫在營運公司寄給參賽者的電子郵件裡了吧。」

「我、我是看過了啦……」

正確來說，我只有大略看過一遍，原本打算登入遊戲後再仔細詳讀的。但在這之前便先遇見了詩乃這位常客，直接請她教學應該會比較快……我當然不敢這麼說，只好乾咳了幾聲將話題帶過。

「那個……我只是想確認一下自己的理解有沒有錯誤……」

「還真敢說呢。」

她那種極其冷淡的聲音，讓我的心也涼了半截。幸好詩乃將杯子放回桌上之後，便開始快速說明起決賽的規則：

「……基本上就如你剛才所說的那樣，決賽確實是三十名參賽者在同一張地圖裡的遭遇戰。開始位置雖然是由亂數決定，但每個玩家最少會距離一千公尺，所以不會有敵人忽然出現在眼前的情形發生。」

「一、一千公尺？也就是說地圖相當寬廣囉……？」

我不由得插嘴之後，藍色雷射般的視線再度射了過來。

「你真的看過電子郵件了嗎？這在第一段裡面就有寫了。決賽地圖是直徑十公里的圓形場地。那是個有山、森林、沙漠的複合舞台，因此不會有絕對優勢的裝備或是能力。」

「十、十公里？那還真是大……」

大小就跟浮遊城艾恩葛朗特的第一層差不多。這也就是說，系統會將僅有的三十名參賽者，在彼此間隔一千公尺的情況下，配置於足以讓一萬人同時狩獵的區域裡。

「……這樣真能碰得上對手嗎？搞不好在大會時間到之前都見不著任何人呢……」

「這是個用槍互相攻擊的遊戲，因此必須用這麼寬廣的地圖。像狙擊槍的射程就有一公里，而突擊步槍也有五百公尺左右。如果把三十個人全都擠在一張狹窄的地圖裡，那比賽一開始所有人就會瘋狂射擊，馬上就會有一半以上的參賽者陣亡。」

「哦……原來是這樣啊……」

我點頭同意，而詩乃則繼續進行詳細的解說。這個講話尖銳又冷淡的角色，也許背後其實是個相當親切且溫柔的女孩也說不定——要是被她看出我這麼想，一定會吃不完兜著走，所以我還是乖乖地聽她繼續講解：

「——但正如你所說，碰不上對手就沒辦法開始戰鬥。而且還會有反過來利用這一點，打算躲到剩最後一個人才現身的傢伙出現。所以參賽者都會自動擁有一個叫『衛星掃描接收器』的道具。」

「衛星……是指間諜衛星還是什麼嗎？」

「沒錯。系統設定每十五分鐘就會有監視衛星經過上空。這時全員的接收器都會收到地圖內所有玩家的位置。而且只要觸碰地圖上閃爍的光點，就會顯示該玩家的姓名。」

「唔……總之躲在一個地方的上限是十五分鐘囉？地圖上出現自己的所在位置後，隨時都有可能遭到奇襲。」

「正是如此。」

我露出微笑，對輕輕點頭的詩乃問道：

「但這種規則不是對狙擊手不利嗎？妳們的任務不就是像顆番薯一樣躲在掩蔽處，然後不斷用狙擊槍瞄準敵人嗎？」

「像顆番薯是多餘的。」

詩乃以那爆發藍色火花的雙眸瞪了我一眼，接著冷哼一聲並露出自傲的微笑。

「十五分鐘已經夠我用一發子彈殺掉一個人再移動一公里了。」

「是……是這樣嗎。」

她應該不是在說大話才對。如果想靠衛星情報對詩乃發動奇襲，很可能反而被她從遠距離狙擊。我將這件事牢記在心後，乾咳了一聲並整理所獲得的情報。

「呃，也就是說，比賽開始後便要不斷移動搜索並擊倒對手，然後撐到剩下自己一個人為止……是這樣吧？而且每隔十五分鐘，手邊的地圖裝置會顯示出全員的所在位置。那時就能知道還有誰仍然存活——我的理解有什麼錯誤嗎？」

「大致沒錯。」

詩乃點頭肯定後將杯中的冰咖啡全部喝完，並用力將杯子放回桌上準備起身。

「那麼，沒事了吧？下次看見你時，我會毫不留情地扣下扳機……」

「哇，等等嘛。我現在才要開始講正題啦。」

這還真像某個公務員的台詞耶。我心裡這麼想著，同時急忙伸手拉住詩乃的夾克衣角。

「…………還有什麼事？」

即使對方露出非常厭惡的表情，還故意看了一下左腕上的軍用手錶，我依然毫不氣餒地點了點頭，於是詩乃嘆了一大口氣後再度坐下。她將兩隻手肘撐在桌上，然後把嬌小的下顎抵在交錯的十指上，以眉毛的動作催促我說下去。

「呃、那個……我想問一個奇怪的問題……」

我吞吞吐吐地說完，迅速揮動左手將主視窗給叫了出來。

「The Seed」規格的ＶＲＭＭＯ，主視窗設計幾乎都完全相同，所以我毫不考慮地便將其變換為他人也能看見的模式，然後迅速移動標籤。

我秀出營運公司傳給ＢｏＢ決賽參賽者的電子郵件中列出三十位選手姓名的那一頁。其中當然也能看見Ｆ組預賽第一名「Ｋｉｒｉｔｏ」與第二名「Ｓｉｎｏｎ」的名字。

瞄了一眼我展示的視窗後，詩乃那細長的鼻樑就像貓——不，應該說像美洲豹生氣時那樣皺了起來。

「……怎麼，要向我炫燿昨天在預賽決勝戰裡得勝嗎？」

聽見她帶刺的低語聲，我趕緊吸了口氣，然後以非常認真的表情搖了搖頭。

「不是啦，我沒那個意思。」

可能是感受到我態度上的變化了吧？詩乃皺起她漂亮的眉毛說：

「…………那現在又讓我看參賽者名單，究竟是什麼意思？」

「名單上的三十個人，有幾個是妳不認識的？」

「啥……？」

我沒理會表情極度訝異的詩乃，將手指沿著不算長的名單往下移動。

「拜託，這對我來說很重要，請妳務必告訴我。」

「嗯……跟你講也沒關係啦……」

雖然還帶著疑惑，但詩乃依然將目光轉往浮在桌面的紫色全息圖視窗。她藍色的瞳孔迅速地左右移動著。

「嗯……這已經是第三屆ＢｏＢ了，裡頭幾乎都是我認識的人。第一次打進決賽的……除了某個讓人火大的光劍士之外就只有三個人。」

「三個人。名字叫什麼？」

「嗯……『槍士Ｘ』與『Pale Rider』，然後還有……這個『Ｓｔｅｒｂｅｎ』是唸作『史提夫』對吧。」

詩乃僵硬地唸了幾個名字，我也親自在視窗上確認了一遍。除了「槍士Ｘ」是以日文表示之外，其他兩人皆是字母。我閉上眼睛，嘴裡重複唸了這三個名字好幾次。

此時詩乃以半訝異半焦躁的聲音對我說：

「喂，到底是怎麼回事啊？你從剛才開始就一直發問，卻連半點說明都沒有。」

「啊啊……嗯……」

我以曖昧的回覆爭取時間，腦袋拚命思索。

詩乃告訴我的三個名字——

這裡頭應該有一個是我來到這世界的原因。他是兩起奇異死亡案件的關係者，同時也是曾隸屬於殺人公會「微笑棺木」的ＳＡＯ生還者——通稱「死槍」的角色名稱。

我之所以這麼推測，是因為死槍到目前為止將真正的角色名稱隱藏得十分徹底。如果可以，他一定很想把「死槍」拿來當成角色名稱才對，但這麼一來會收到許多垃圾郵件，甚至在預賽時期就會惹上不少麻煩。而若讓真正的角色名稱太過於出名，又會讓好不容易建立起來的「死槍」謠言相形失色。因此他得不斷隱姓埋名到今天，詩乃必定不知道有這個人存在。

問題在於，這三個名字哪個才是真正的「死槍」呢……

當我陷入沉思時，有隻白皙的手闖進我視野中。只見那隻手以食指用力敲了敲桌面。

一抬起頭來，馬上就見到詩乃瞇起雙眼瞪我。

「……我真的要生氣囉。你究竟在搞什麼？這些對話全都是為了引我生氣，然後讓我在決賽裡產生失誤的作戰嗎？」

「不是……不是那樣。我沒那種意思……」

感受那宛若超高溫火焰般的目光後，我緊緊咬住嘴唇。

我無法立刻決定是否該向她說明全部的事情。「GGO世界裡有一名自稱『死槍』的玩家在街上的酒店與廣場進行槍擊，而被他擊中的對手從此再也沒有登入」，相信這樣的謠言應該已經廣為流傳，但還是沒有什麼玩家相信他們真的被殺掉了。當然眼前的詩乃應該也是如此才對。

老實說，我也不是完全相信這件事。遊戲內的子彈能夠殺害現實世界裡的玩家——以前幾天我和菊岡得到的結論來說，不管用哪種理論都無法解釋這種情形。

然而現在的我，已經無法對死槍的能力一笑置之。如果那傢伙原本是「微笑棺木」的主要成員，那麼他無疑就是在浮遊城艾恩葛朗特裡積極剝奪眾多玩家生命的殺人玩家。他或許會由那種恐怖經歷當中，推導出某種超越我和菊岡想像力的理論……這種可能性依然存在。

假如我在這裡將所知的情報全告訴詩乃，跟她說死槍的能力可能是真的——「被擊中說不定會死亡，所以請妳別參加這次的決賽」這麼一來她會聽我的勸告嗎？不，絕對不可能。昨天因為陪我買東西而差點趕不上預賽報名時，詩乃那拚命的側臉再度浮現於腦海中。這名少女應該也有非得參加ＢｏＢ大會不可的重大理由才對……

那對藍色瞳孔原本狠狠瞪著保持沉默的我——卻忽然緩和了下來。

她的淡紅色嘴唇幾乎沒怎麼動便說出這句話：

「…………難道說，這和昨天預賽時你臉色忽然變差有關嗎？」

「咦…………」

我與詩乃四眼相對，一時說不出任何話來。

但不久之後，我還是忘記了所有理由與盤算，像受到吸引般點了點頭。只有極其細微的聲音從自己的嘴巴裡流洩而出：

「……嗯……沒錯。昨天在地下的待機巨蛋裡，我忽然被以前玩同一款ＶＲＭＭＯ的傢伙叫住……我想他一定會參加今天的決賽。恐怕剛才的三名玩家裡有一個就是他……」

「你們是……朋友嗎？」

聽見詩乃的問題後我劇烈搖頭，弄亂了一頭長髮。

「不，剛好相反……我們是敵人。我和他曾經認真地想殺掉對方。但是……我卻想不出那傢伙當時的名字。我一定得回想起來才行。在決賽場地裡，我得再度和他接觸……弄清楚他到底在這裡做了些什麼事………」

一口氣說到這裡，我才發現自己所說的話多半會讓詩乃一頭霧水。一般的ＶＲＭＭＯ遊戲裡，就算是屬於敵對公會裡的玩家，廣義上來說也還是玩同一款遊戲的夥伴。用「敵人」來形容對方實在是太誇張了。

但是——

水藍色頭髮的狙擊手沒有嘲笑我的發言，她只是瞪大小小的雙眼。接著以系統幾乎辨認不出的微弱聲音呢喃：

「……想殺掉對方……敵人……」

然後她又用同樣細微的聲音，提出了一個足以穿透我意識深處的問題。

「……是因為玩法不合或在組隊時發生糾紛而交惡，這種遊戲上的爭執嗎？還是……」

聽到這裡時，我反射性地搖了搖頭。

「不。是賭上彼此性命的真實殺戮。那傢伙……那傢伙所屬的集團做出了絕對無法饒恕的事。雙方不可能和解，除了以劍了斷別無他法。做出這件事我毫不後悔。但是……」

雖然知道說下去只會讓詩乃更加困惑，但嘴巴就是停不下來。我握緊放在桌上的雙手，拚命看著對面那雙藍色眼睛深處，將聲音由乾渴的喉嚨裡擠出來。

「但是……我不斷逃避自己應該背負的責任。也不去思考自己這種行為的意義。直到今天，我都只是強迫自己去遺忘……然而現在已經不能再逃避下去了。我這次非得堂堂正正地面對問題不可。」

這段話的傾訴對象已經變成自己了。當然，詩乃應該完全聽不懂才對。當我閉上嘴時，詩乃也默默垂下視線。這時她心裡「招惹到怪胎了」的想法應該會變得更加強烈吧。

「…………抱歉，我淨說些莫名其妙的話。當作沒聽過吧。總之是我以前的宿怨……」

我故意做了個苦笑的表情後，準備將整件事情簡單化。

但詩乃發出的低語卻打斷了我的話。

「————『如果妳的子彈真的能夠殺害現實世界裡的玩家，妳也能毫不猶豫地扣下扳機嗎』……」

「…………！」

我迅速倒抽了一口氣。

這是昨天的預賽決勝戰時，我順著自己內心情感對詩乃做的質疑。其實，到現在我還是不

知道為什麼自己會說出這種話。但在聽見詩乃問「要怎麼樣才能像你這麼強呢？」的瞬間，我便以電光火石般的速度這麼反問。

假想世界裡的攻擊殺害了現實世界裡的玩家。從沒有人相信「死槍」的傳聞這點來看，就能知道這在常理上是絕對不可能的。然而，在目前已經不存在的另一個世界裡，這條規則已經實現了。

此時我只能保持沉默，而詩乃則以銳利目光緊盯著我的雙眼——並張開了小嘴說：

「桐人你……難道是在『那個遊戲』中……」

這個幾乎無聲的問題，馬上就溶解在酒店乾燥的空氣裡消失了。動搖的藍色眼珠往下看去，最後又靜靜搖了搖頭。

「…………抱歉。我不應該提出這種問題。」

「…………不，沒關係。」

聽見這意外的道歉，我也只能這麼回答。我們便在緊繃的沉默中靜靜看著彼此。

我不打算主動告訴詩乃自己是前「Sword Art Online」玩家，也就是「ＳＡＯ生還者」。但若不說出來，她將永遠無法理解我剛才的說明。

這樣詩乃應該就能理解我用「敵人」這個字眼的意思。也能夠了解「殺害對方」所代表的具體意義了。

我只是靜靜等待少女眼裡浮現出忌諱與厭惡的感情。

但是——

詩乃沒有移開目光，也沒有起身離座。她反而探出身體，緊盯著我看。她藍寶石般的瞳孔深處，似乎流露出某種……可能是求助的光芒。或許只是我的錯覺吧？

下個瞬間，詩乃已經緊閉起雙眼。接著緊咬自己的嘴唇。

連驚訝的時間都沒有，我們兩人之間的緊張氣氛便消失了。吐出長長的一口氣後，狙擊手少女浮現極為隱晦的微笑，對著我低聲說：

「…………該移動到待機巨蛋裡去了。不然就沒時間檢查裝備與熱身囉。」

「呃……嗯。說的也是。」

我點點頭，隨著詩乃起身。看了一下左手腕上簡單的數位手錶，發現時間不知不覺中已經接近晚上七點。距離決賽開始還有一個小時。

來到巨大酒店角落的簡陋電梯時，詩乃按了向下的按鈕。鐵網門邊發出聲響邊往旁邊移動，接著鋼鐵製的箱子現身。進到裡面之後，這回換我按了最下方的按鍵。

充滿假想落下感與機械聲的狹小空間裡，忽然響起一道細微的聲音。

「我知道你也有自己的難處了。」

身後的詩乃似乎往我靠了一步。接著便有個物體壓在我背部中央。那不是槍口——而是指

尖。她以稍微用力的聲音繼續說道：

「不過，和我的約定又是另外一回事。昨天決勝戰時的屈辱我一定會加倍奉還。所以你絕對不能被我以外的人擊倒。」

「…………我知道了。」

我輕輕點了點頭。

潛行到ＧＧＯ的最大目的，便是與「死槍」接觸以及解開殺人之謎。但這件事現在已經不單單只是菊岡誠二郎的委託，也與我自己有關。冷靜地想，我應該全力避開與詩乃這個恐怖的狙擊手戰鬥，以達成目的為優先才對。

不過，我在這世界裡遇見了詩乃，在這裡與她交談、戰鬥而建立起一段新的關係。我實在沒辦法無視或貶低彼此的互動。因為就算是在另一個假想世界，就算掛在腰上的是沒有實體劍刃的光劍，「桐人」也還是一名劍士。

「……我一定會存活到與妳對戰為止。」

如此說完後，背後的手指便離開了我的身體，接著響起一道細微的聲音。

「謝謝。」

在我詢問她為什麼道謝之前，電梯已經隨著劇烈震動停下。開門後，鋼鐵與硝煙——也就是戰爭的氣味，立刻從微暗的電梯前方推擠過來，包圍住我的身體。

詩乃悠長地吸了一口氣後，花上同樣時間將假想肺部裡的冰冷空氣全部呼出。

她緩緩將呼吸頻率調整得與心跳節拍相同，綠色著彈預測圓也反覆地收縮擴大。

瞄準鏡視野中央，有一名玩家趴在灌木叢裡緩緩移動。他手裡拿著一把小型「傑迪」衝鋒槍，雖然看不見其他輔助武器，但全身卻到處都有異常隆起。可能是將武器重量降低到最低限度，然後以高性能對光學槍防護罩以及對實彈複合裝甲來填滿裝備容量吧。此外，他還戴著附有臉部護甲的頭盔，看起來簡直像隻巨大的山豬。他的名字就叫做「豬金」，由能力值來看，是屬於專注於強化VIT的防禦型玩家，他雖然也參加過上一屆的決賽，但詩乃當時並未直接和他交手。

在距離一千兩百公尺以上的情況下，就算是反資材狙擊槍「Ultima Ratio Hecate II」也很難貫穿那身裝甲給予致命一擊。如果可以連續擊中兩次那就另當別論，不過敵人也不是省油的燈。一旦遭受狙擊，他勢必會馬上躲進掩蔽物的陰影中而久久不露面。到時候若還繼續靜靜待在原地等他再度探頭，聽見第一發子彈槍響的其他玩家鐵定會聚集過來，屆時自己勢必會被打成蜂窩。

趴在巨大岩石與矮樹叢之間的詩乃，手指放在扳機上無聲地呢喃：

「……來這邊。」

只要距離拉近到八百公尺以內，她就有自信能夠射中對方裝甲較薄且傷害係數較高的顏面部位，將那傢伙踢出決賽的舞台。

但詩乃的心願終究還是落空了，男子轉換方向逐漸遠去。對方很細心地連背部也穿戴著重裝甲，可以說一點空隙都沒有。雖然可惜，但看來還是得放棄這個獵物，等待下一個接近的敵人才是明智之舉。就在詩乃準備將右眼從瞄準鏡上移開時，忽然發現男人掛在右腰上的圓形物體。

那是大型的電漿手榴彈，而且有兩顆。大概是因為沒有輔助武器而拿來護身用的吧。在掩蔽物眾多的區域裡，這確實是能夠在極近距離戰發揮莫大功效的道具。只不過，在這個遊戲裡「便宜又有效的道具」通常也伴隨著一點危險性。詩乃再度繃緊全身神經，將靠在瞄準鏡上的眼睛瞇了起來。

她讓剛才一直瞄準男人背部的準星略往右下移動。最後十字瞄準線對準了搖晃的金屬球。

吸氣、吐氣。接著再度吸氣——然後就此停住。

當成功屏除所有雜念、自身與手上鋼鐵合為一體的瞬間，預測圓便急速凝聚成一個小光點。少女自然地扣下扳機。

接著馬上有一陣衝擊傳遍全身。視線也因為防火帽噴出來的火花而瞬間染白。但詩乃的視力馬上就恢復了。透過瞄準鏡，變回彩色的視野中能看見掛在男人右腰上的一顆手榴彈「啪」一聲彈了開來。她也將臉從槍上移開。

「賓果。」

當她低語時，遙遠的山丘中段部分已經爆出藍色火焰，周圍樹叢也因此全部倒塌。幾秒鐘之後，宛如遠雷的爆炸聲才傳來。不用確認就能知道男人的ＨＰ條已經完全消滅了。

這時詩乃已經站起身，疊好腳架背起黑卡蒂。由於槍聲與防火帽上的火花已經暴露了她的位置，狙擊後的幾分鐘可以說是狙擊手最危險的一段時間。她迅速往左右一掃，接著立刻朝事先決定好的路線奔去。

這條路的周圍長滿了灌木，因此不容易被發現。而且附近敵人的注意力應該都被野豬男盛大的爆炸聲給吸引過去了，受到奇襲的可能性相當低。不過，儘管腦袋裡知道這一點，詩乃依然沒有停下腳步。持續奔跑了一分鐘以上之後，她才蹲在好不容易抵達的巨大枯樹根部，接著「呼」一聲喘了口氣。當她抬起頭時，發現從厚厚的雲層縫隙中，可以見到逐漸西下的血紅色太陽。

Bullet of Bullets決賽開始到現在，已經過了將近三十分鐘。

剛才的野豬男是第二個遭到詩乃狙擊而退場的參賽者。但在監視衛星每十五分鐘一次的傳訊之前，參賽者無法得知目前還有多少生存者。少女由腰包中取出薄薄的「衛星掃描接收器」後，讓它顯現整個區域的地圖，並靜候位置情報更新。

左邊的計時器顯示出現實世界是晚上八點半時，高解析度的地圖上也出現幾顆閃爍的光點。其數量——總共有二十一個。換言之，現階段已經有九個人被打倒了。詩乃死命盯著畫面，盡可能將狀況記在腦海裡。

成為大會舞台的特設場地，是一座直徑十公里的正圓形孤島。島的北部是沙漠，南部是森林以及山岳。此外，還有一座已成了廢墟的都市坐鎮島中央。目前詩乃位在聳立於地圖最南端的岩山山麓。稍微往北處有一條大河流過，正好區隔出山岳地帶與森林地帶。

目前周圍一公里內只有三個光點。詩乃一個個以指尖觸碰，確認光點上的名字。最接近的是東北方六百公尺處持續往西移動的「戴因」。自微偏東方處追逐戴因的則是「Pale Rider」。最後那個在南方八百公尺處岩山頂靜止不動的光點，則是「獅子王里奇」。

里奇是裝備重型機槍「維克斯」的高火力型角色，想必是打算窩在區域裡最高的地點，掃射朝自己靠近的玩家吧。他在上一屆大會裡也採取了相同的戰法，最後是由於子彈耗盡這種極為簡單的原因退場，不過這次里奇應該已經有了對策才是。無論如何，這個不動的敵人可以先不用管他。

問題在於由光點來看似乎正全力逃走的「戴因」與追著他的「Pale Rider」。戴因不但是詩乃最近所參加那支中隊的領袖，也是連續三次打進ＢｏＢ決賽的老手。他身上裝備著高性能的「ＳＧ５５０」突擊步槍，擅長中距離戰鬥。這人在人格上雖然不怎麼值得尊敬，但確實是個不能小看的對手。

而把實力不容小覷的戴因像過街老鼠般追著跑的Pale Rider，老實說詩乃根本沒見過他，當然也沒和他交過手。難道他真的那麼強？還是武裝適合該處的地形？當詩乃感到狐疑時，上空的監視衛星似乎已經離開，表示在儀器上的所有光點也開始閃爍起來。大概再十秒左右情報就會消失了。

詩乃反射性舉起右手，準備將存在遠方的十八個光點全部點一遍。但在食指快碰到畫面之前，那隻手又忽然握緊拳頭。因為她注意到自己正準備尋找某個特定的名字。

「那種傢伙……誰管他是死是活啊……」

詩乃輕聲嘟囔。自己根本沒必要去擔心那種傢伙——那個可憎的光劍玩家「桐人」現在是否還活著。需要注意的，就只有進入黑卡蒂射程之內的獵物而已。如果桐人出現在射程範圍內，就只要不帶任何感情地瞄準、射擊，結束他的性命即可。

閃爍的光點們終於無聲地消失了。詩乃將儀器收回腰包裡，保持警戒地站起身。

下方是一片平緩的山丘，對面則是茂盛的森林。目前戴因與Pale Rider正在森林深處，由詩乃的右手邊往左手邊移動。兩人的目標應該是將區域一分為二的大河，以及橫跨在河上的橋樑。個性小心謹慎的戴因一定會避開在高風險的森林裡戰鬥，選擇在視野良好的大橋上迎擊追來的Pale Rider才對。

詩乃比他們兩人更靠近那座橋。若現在立刻跑過去，應該可以先達到狙擊位置才對。她要在那裡看著兩人對決，然後趁獲勝者鬆懈下來的瞬間狙擊。

重新揹好右肩上的黑卡蒂後，詩乃放低身子，再度飛奔於灌木林之中。

少女順利穿越暗茶色山麓地帶，衝進最後一株灌木叢，眼前立刻出現一條有著紅色反光的帶狀物體。

那當然是一條河。流水由南邊山裡奔出，蛇行穿過整個地圖中央後朝北方而去，最後消失於遠方那籠罩在雲霧底下的遺跡都市裡。

河流對岸則是聳立著諸多巨大古木的森林。蒼鬱的樹梢下方，能見到有條石頭小徑蜿蜒其中。小徑在詩乃潛伏的位置北方兩百公尺處碰上河流，並連接了一條簡單的鐵橋。此刻，那兩名玩家應該在小徑上全力衝刺才對——

才想到這裡，便有道人影由生長在小徑與鐵橋交接處的巨大古木陰影裡直線衝出。詩乃急忙將黑卡蒂架在地上，等不及掀起瞄準鏡上的可掀式護罩便直接將眼睛湊了上去。

那人全身穿著木紋圖案迷彩服。頭盔下方可以見到他四方形的下巴。此外，從他手上那把ＳＩＧ突擊步槍便能得知這人就是戴因沒錯。他正以符合老鳥玩家身分的順暢姿勢衝過小徑。花了幾秒鐘離開森林之後，男子便直接跑上生鏽的鐵橋。他一口氣穿過橫跨五十公尺的鐵橋，來到詩乃藏身處這頭的河岸，隨即馬上趴到地面上擺出臥射姿勢。

「原來如此……」

詩乃有些佩服地嘟囔。在這種情況下，確實可以單方面攻擊想渡過鐵橋的敵人。不過，他還是太掉以輕心了點。對於可能位在河川這一側的敵人來說，他可是將背部毫無防備地暴露出來呢。

「任何時候都要注意自己的身後啊，戴因。」

當刻度鏡片交點捕捉到那粗獷的側臉時，詩乃便這麼呢喃道。這下子即使不用等戴因與Pale Rider一決勝負，也可以直接出手了。雖然這麼做Pale Rider將會注意到詩乃的存在，但他若想強行攻擊就非得渡橋不可。詩乃距離鐵橋只有兩百公尺，就算對方全力奔跑她也有一擊必殺的自信。

——對收看實況轉播的觀眾不好意思就是了。

詩乃腦裡這麼想著，然後靜靜將手指放在黑卡蒂扳機上，但就在下一個瞬間……

脖子後方有了一股冰冷的戰慄感。

自己背後還有人在。

——笨蛋！居然因為專注於狙擊而疏忽背後的警戒！

詩乃在腦袋裡這麼大叫，同時將右手從黑卡蒂上移開。她的身體就像彈簧般反轉一百八十度，接著用左手拔出輔助武器「ＭＰ７」衝鋒槍。在進行這些動作的期間，她的腦袋裡也斷斷續續地閃過思考的火花。

——可是，背後怎麼可能有人在呢？幾分鐘前檢查「衛星掃描接收器」時，後方只有動也不動的獅子王里奇而已啊？那傢伙當然不可能從山上跑下來，而且如果敵人抱著重機關槍接近，自己也不可能沒注意到他的腳步聲。話說回來，里奇之外的敵人要在這麼短時間內繞到背後可說是難如登天。那到底是怎麼回事——他又是誰呢——

即使心裡抱持著巨大的驚訝與疑問，詩乃還是將ＭＰ７往正後方伸了出去，然而同一時間也有一道黑色槍口出現在她眼前。果然不是自己多慮，而是真的有人逼近到貼身距離了。

事到如今已經無法迴避。只有彼此將彈匣裡的子彈全部射光互相削減對方的ＨＰ一途了——做出這樣的覺悟後，詩乃準備扣下扳機。

但是就在撞針準備擊發子彈之前……

襲擊者像是要制止詩乃般迅速舉起右手低聲說道：

「等等！」

「嗚……！」

詩乃瞪大雙眼，將視線的焦點由槍口轉移到對方臉上。

她立刻見到那頭長及腰部的亮麗黑髮、即使受到夕陽照射也依然白皙的肌膚，以及閃爍著強烈光芒的細長瞳孔。

仇敵桐人有點像半趴在詩乃身上似的，以左手握住5－7手槍對準了她。

當認清楚現狀之後，詩乃內心立刻有幾種感情綜合起來，形成了一道火焰。她忘記眼前的槍口，下意識地咬牙切齒、面目猙獰，打算發射左手的MP7。

但桐人卻再度以冷靜的聲音低聲說話，讓詩乃加諸於手指上的力道在緊要關頭停下。

「等等。我有個提議。」

「……事到如今還有什麼好說的……」

詩乃以細微但充滿殺氣的聲音反駁。

「這種狀況之下哪還有什麼提議與妥協！只有看誰先死而已！」

「如果我想動手，老早就可以開槍了！」

桐人話中所帶有的異常緊張感，讓詩乃不由得閉上嘴巴。感覺上，似乎有比目前這種持槍相對的狀況更讓他在意的事。

而且雖然很不甘心，但桐人所說的確實一點都沒錯。如果他能如此輕易地貼近，當然隨時都可以從背後以子彈或是光劍解決詩乃。

「…………」

面對被迫保持沉默的詩乃，桐人又繼續輕聲說道：

「我不想在這時彼此互擊，讓另外兩個人聽見槍聲。」

桐人的目光瞬間轉往詩乃背後，朝向那座即將發生另一場遭遇戰的鐵橋看去。

「……？什麼意思……」

「我想觀看那座橋上的戰鬥，直到他們分出勝負為止。在那之前請別出手。」

「……看完後你打算怎麼辦啊？你該不會想說『我們等到那個時候再互相攻擊』這種蠢話吧！」

「得看到時候的狀況……不過屆時我應該會離開。不會對妳出手。」

「但我可能會從你背後狙擊唷？」

「那也沒辦法。請妳諒解，快開始了！」

當桐人焦急地再度看向鐵橋時，竟然就這樣將左手上的５—７手槍放下來了。即使對方用衝鋒槍瞄準自己眉間，他依然將手槍收回腰間的槍套裡。

詩乃雖然生氣卻也無可奈何，肩膀的力道就這麼放鬆了。

只要扣在扳機上的手指再多加點力道，ＭＰ７的二十發四．六毫米彈就能將桐人的ＨＰ全部轟光。但詩乃已經把桐人當成自己最大的對手，所以實在不願意在這種半吊子的情況下結束與他的戰鬥。

「如果是桐人，或許沒有預測線也能迴避黑卡蒂的遠距離狙擊」，詩乃已經在這樣的前提之下，絞盡腦汁想出各種與他正面對戰的方法。既然要打，她當然希望自己和桐人成為三十名參賽者當中的最後兩名生存者，然後進行一場能夠耗盡全部心神的慘烈死鬥。

「……重新來過的話，你就會好好和我戰鬥嗎？」

「嗯。」

桐人點了點頭，而詩乃則在凝視他的眼睛半秒之後也放下了衝鋒槍。雖然知道不太可能，但為了預防桐人忽然砍來，詩乃在放下槍時依舊沒把手指從扳機上移開。桐人倒是馬上全身放鬆，整個人趴在詩乃左邊的灌木叢底下。他由腰包裡拿出小型望遠鏡，立刻開始觀戰。

這種絲毫沒把決鬥放在眼裡的態度，讓她再度浮現一股又生氣又無奈的複雜情感。這個男人究竟為什麼要看別人的戰鬥呢？話又說回來，他到底是從哪裡出現的呢？幾分鐘前自己確認「衛星掃描接收器」時，周圍一公里內確實沒有桐人的名字才對。

然而詩乃目前還是先把所有疑問吞進肚裡，並將ＭＰ７放回左腰上。接著她再度以雙手抱住黑卡蒂，由瞄準鏡往即將交手的兩人看去。

長長的鐵橋上，依然能見到戴因趴在靠近詩乃這邊的地面擺出臥射姿勢。貼在他臉頰上的

ＳＧ５５０可以說完全沒有任何搖晃，這種持續不斷的集中力顯示他確實不容小覷。當然能將戴因逼入絕境的Pale Rider也不可能如此簡單就從對岸的森林裡現身。

「……你滿心期待想看的戰鬥，或許根本不會發生呢。」

詩乃對身邊的桐人發出充滿諷刺意味的呢喃。

「戴因也不會一直趴在那邊。如果那傢伙準備起身移動，我可是會先狙擊他唷。」

「如果是這樣，那妳出手也沒關係……不，先等等。」

桐人回答的聲音忽然充滿了緊張感。詩乃反射性地將眼睛離開瞄準器，改用肉眼注視鐵橋的整體狀況。

這時，忽然有道人影從一直延伸到對岸陰鬱森林內部的小徑深處登場。

那是個身材高瘦、穿著奇妙藍白色迷彩服的玩家。由於他戴著附有黑色護甲的頭盔，所以無法看見容貌。那人身上的武裝只有右手上的輕量型「阿瑪萊特・ＡＲ17」散彈槍而已。這個男人應該——不，一定就是追著戴因跑的「Pale Rider」了。

趴在橋另一邊的戴因肩膀整個緊繃了起來。而那種異常緊張的氣氛也傳到了遠方的詩乃身上。相對地，從Pale Rider的站姿上感覺不出任何壓力。他似乎完全不怕戴因手中那把ＳＩＧ，只是輕鬆地朝鐵橋走過來。

「……那傢伙很強……」

詩乃不由得這麼說道，而身旁的桐人忽然輕輕動了一下身體。詩乃朝他瞄了一眼後，發現那張宛如少女的側臉散發出非常緊張的氣息。也就是說，桐人注意的是那個Pale Rider嗎？詩乃雖然還是首次見到這個名字與外表，但從動作就能曉得他確實有某種程度的實力。

雖然ＧＧＯ裡有「彈道預測線」這種現實世界裡不可能存在的預知未來輔助系統，但要接近握有全自動機槍的對手依然不是件輕鬆的事。一般來說，都會由一個掩蔽物後方全力衝刺到另一個掩蔽物後面，藉著不斷左右移動來拉近與敵人的距離。

但是Pale Rider就這樣毫無防備地踩著輕鬆腳步踏上鐵橋。這時已經沒有任何可以阻擋子彈的地形或是物體了。連原本就想造成這種情況而逃到此處的戴因，也能從趴在地上的背部看出他些微的疑惑。

不過再怎麼說，戴因擔任對人中隊的領袖也有段時間了，經驗讓他馬上就拋開自己內心的困惑。一秒鐘後，戴因的ＳＧ５５０突擊步槍那符合瑞士製槍械的牢靠運轉聲，立刻傳遍河面。

然而Pale Rider卻以出乎詩乃意料之外的手段閃過射來的十幾發五．五毫米彈。他竟然朝著某根支撐鐵橋的鋼索衝去，然後只用一隻左手不斷往上爬。戴因雖然急忙將槍口對準他，但臥射姿勢實在不容易瞄準上方的敵人。第二次的射擊失去了準頭，而Pale Rider便利用鋼索的反作用力使勁一跳，直接在相當靠近戴因的橋面上著地。

「明明是ＳＴＲ型卻極力減輕裝備重量，然後強化三次元機動力……而且特技技能點得相當高。」

當詩乃低語的同時，戴因也為了表示自己不會再次上當而改採高跪姿，接著第三次扣下扳機。只不過，他這次的攻擊也早已被Pale Rider料中了。稍微偏上發射的火線與地面之間雖然僅有些微空隙，但那個藍白色剪影立刻一頭衝了進去。而且他並未跌倒，而是利用左手支撐地面並迅速向前滾翻。當他起身時，離戴因已經只剩下二十公尺的距離了。

「臭傢伙……！」

戴因發出熟悉的咒罵聲，迅速準備更換空的三十連發彈匣。但是……

Pale Rider右手中的阿瑪萊特已經隨著低沉的槍聲噴出火花。

在這種距離之下，散彈槍的子彈不可能完全落空。戴因身上各個部位閃過著彈效果光，整個人隨之向後倒去。但值得稱讚的是，依然沒有停下動作的他已經換好彈匣並準備把槍湊到臉上——然而這時又有了第二次的轟然巨響。

再度縮短距離的Pale Rider二度射擊，讓戴因身體完全失去平衡。這就是散彈槍這種武器的恐怖之處：除了一般傷害之外還有相當高的延遲效果，讓人只能無力地連續受擊。

——不用將ＳＩＧ湊到臉上，直接在拿在腰間把子彈射光不就得了。

但詩乃的思考當然無法傳到戴因腦袋裡面，而且現在也已經太遲了。Pale Rider繼續拉近距離，同時緩緩裝填ＡＲ17的子彈，最後在戴因眼前第三次扣下扳機。12口徑的彈包整個炸裂，放射出的散彈雨將戴因僅剩的ＨＰ消耗殆盡。

呈大字型倒在地上的戴因終於完全靜止不動，身上出現「Ｄｅａｄ」的紅色立體文字列並緩緩開始迴轉。如此一來，他便算是從大混戰裡淘汰出局了。為了預防參賽者在現實世界裡交換情報，所以大會結束之前他無法登出，這具「屍體」將在保有意識的情況下觀看實況轉播直到比賽結束。

「那個藍色的傢伙還真是厲害……」

身旁的桐人以極其細微的聲音這麼說道。下意識準備點頭回應的詩乃，在聽見他下一句話後便微微蹙起眉頭。

「……那傢伙……就是斗篷底下的人嗎……？」

詩乃瞬間感到疑惑，但馬上就想起「Pale Rider」正是桐人在意的三個名字其中之一。也就是說，Pale Rider可能就是在桐人以前玩過的ＶＲＭＭＯ裡那個彼此廝殺的對象。而那個遊戲的名稱，難道是——不，一定是已經成為傳說的那個…………

這時，詩乃強迫自己別繼續思考下去。

桐人應該也有他的難題。但那是屬於他個人的負擔。別人沒辦法、也不應該替他背負起那些責任。

詩乃像是拋開短暫疑惑般打開黑卡蒂的保險，接著簡短地輕聲說道：

「我要狙擊那個傢伙。」

她不等桐人回答，便將手指放在扳機上。Pale Rider以精采的猛攻解決戴因後，已經離開橋旁，準備沿著河流朝北方走去。詩乃的十字瞄準線捕捉到他瘦削的背部後，便考慮起風向、距離並展開微調。

這時，桐人才好不容易用沙啞的聲音回答：

「嗯嗯……我知道了。不過，如果他就是那個男人的話……」

——就是那個男人又如何？你的意思是，在距離不到三百公尺還背對這邊的情形下，他能躲過我的狙擊手特權——「沒有彈道預測線的第一發子彈」嗎？

「別開玩笑了……」

詩乃只動了動嘴唇回應桐人，接著便毫不猶豫地準備扣下扳機——

但就在這個時候……

詩乃由瞄準器裡見到難以置信的光景。

Pale Rider穿著藍白色迷彩服的右肩出現小小著彈效果光，然後這個瘦高的男性便像被彈開般往左邊倒去。

「「啊……！」」

詩乃與左邊用望遠鏡觀看現場的桐人同時發出叫聲。

那是狙擊。來自詩乃以外的狙擊手、而且出於河川對岸的森林深處。絕對沒錯。

詩乃雖然驚訝，但還是反射性地將注意力全部集中到聽覺上。這當然是為要了辨認狙擊Pale Rider的槍聲來自何方以及它的音色。但是……

就算詩乃再怎麼豎起耳朵，所能聽見的依舊只有乾燥的風聲以及河川的流水聲而已。

「……我聽漏了……？」

詩乃嘟囔著，而似乎在思考同一件事的桐人則是小聲回應：

「不，我確實什麼聲音都沒聽見。這究竟是怎麼回事……？」

「我能想到的有……聲音很小的光學狙擊槍……或是加了抑制器的實彈槍，不過……」

「抑、抑……？」

側眼瞪了一下感到疑惑的桐人後，詩乃心裡想著「究竟要我教你多少東西啊」，嘴上開始解說起來。

「就是滅音器。加在槍管前端用來抑制槍聲的裝置。」

「原、原來是滅音器啊……」

「也可以這麼稱呼它沒錯。總之加上這種裝置的狙擊槍，可以在一定程度上抑制槍聲。但這玩意兒除了會影響命中率與射程之外，還是個昂貴的消耗品呢。」

「原來如此……」

桐人點點頭，視線稍微往詩乃的黑卡蒂II前端瞄了一眼。結果槍管前面只有大型防火帽而已，就連桐人這個外行人也知道那不是滅音器。詩乃在對方還想說些什麼之前，便趕緊補上一句：

「這不是為了省錢。而是因為那種東西不符合我的風格。」

她「哼」了一聲，再度往瞄準鏡看去。倒在地上的Pale Rider完全沒有起身的模樣，但看起來應該沒被一擊斃命才對。如果是那樣，他身上會跟躺在稍遠處的戴因一樣有著紅色Ｄｅａｄ標籤出現。他明明還活著，為什麼不逃走也不反擊呢——

此外還有其他的疑點。那就是十分鐘前「衛星掃描接收器」的地圖上，詩乃已經確認過周圍一公尺內沒有其他人了。換言之，謎之狙擊者是在相當遠的距離之外射中Pale Rider。但這麼一來，對方所用的應該是相當大口徑的狙擊槍才對。可是在ＧＧＯ裡面，槍械的口徑愈大，減音器的效果也愈差，而且對命中率．射程的影響也愈大。但剛才完全沒聽見槍聲，這實在讓人無法接受。

思考到這裡，詩乃忽然想起數分鐘前自己對身邊的玩家也有過相同疑問。覺得偶而也該發問的她轉過頭去低聲這麼說道：

「話說回來……桐人，你剛才到底是從哪裡冒出來的？十分鐘前的衛星掃描時，你明明不在這座山周圍啊。」

「咦……？我在距離那個叫Pale Rider的傢伙五百公尺的地方跟蹤他，所以應該會顯示在儀器上才對……嗯……啊，原來如此。」

「怎麼了？」

「這麼說來，十分鐘前我可能剛好在渡河也說不定。大概是因為我一直潛在河底，所以衛星就沒發現我了……」

——你、你是游泳渡河的嗎！

詩乃拚命忍住才沒大叫出聲。

確實，這個遊戲裡河川與湖泊不是什麼禁止進入的區域，就算掉進去也不會立刻死亡。但是在水中ＨＰ會持續減少，同時會因為全身裝備過重而無法隨心所欲地游泳，所以除了背負呼吸輔助裝置的潛水夫型玩家之外，其他玩家要自力渡過那條寬廣的河流，幾乎可以說是絕對不可能。

「你、你怎麼辦到的……？」

好不容易提出這個疑問後，桐人居然若無其事地聳了聳肩回答：

「當然是暫時卸除所有裝備囉。『The Seed』規格的ＶＲＭＭＯ裡，都可以在屬性視窗裡將武裝解除丟回道具欄，沒必要自己用手拿吧？」

「…………」

嚇得不知道該作何反應，指的應該就是這種情況吧。先別管游泳渡河這種想法，光是在戰場上將所有武器防具檔案化的大膽程度就已經讓人無法置信了。

「……你那個角色穿著內衣的模樣，外面收視轉播的觀眾看見了一定會很高興的。」

「咦，實況轉播原則上不是只播放戰鬥畫面而已嗎？」

對於桐人那句「別想唬我」的台詞，詩乃只好用鼻子冷哼一聲回答：

「總之……『衛星掃描接收器』無法捕捉潛藏在河底的身影就對了。這點我會記住。不過，你拚命渡河追趕的Pale Rider實力強歸強，也不是多頂尖的玩家嘛。吃了一發狙擊彈之後就嚇得站不起來了，看來他接下來大概……」

詩乃還來不及說完「無法存活吧」，就被再度拿起雙筒望遠鏡的桐人給打斷了。

「不……他應該不是嚇得站不起來喔……妳仔細看，那傢伙的身上是不是有奇怪的光影效果……？」

「咦……」

詩乃急忙將瞄準鏡的倍率調高。雖然夕陽太強而不易分辨，但Pale Rider的藍白迷彩服上確實有同為藍色的火花到處亂竄。這效果詩乃以前見過幾次，那的確是——

「電……電磁震撼彈……？」

「那、那是什麼？」

「正如其名，是命中敵人不久後便會產生高壓電讓對象麻痺的特殊子彈。但它需要大口徑的狙擊槍才能裝填，而且單發子彈的價格非常高，幾乎不會在對人戰裡使用。那是組隊時專門用來狩獵大型Ｍｏｂ的子彈啊。」

實際上當詩乃在說明時，讓Pale Rider無法動彈的火花也開始變淡了。再過數十秒之後效果應該就會消失了吧。他的ＨＰ應該不會因此而逐漸減少，但這麼一來實在不知道對方為什麼要進行如此高難度的遠距離狙擊——

「————！」

詩乃無法判斷剛才那「怦咚」一聲的震動究竟是出於己身，還是旁邊的桐人。

兩人藏身的樹叢北方兩百公尺處，正是那座東西向的大鐵橋。而鐵橋西側躺著已經被判定死亡的戴因。Pale Rider則被由東邊森林射來的電磁彈擊倒，目前倒在更偏北方五公尺處，但他現在已經準備爬起來了。

就在倒地的兩個人正中間，一根支撐大橋的鐵柱陰影裡，忽然有道黑色剪影滲了出來。

乍看之下那根本不像個人（玩家）。整個角色的輪廓帶有奇妙的朦朧感。在拚命注視以後，詩乃才終於了解看不清楚對方的原因：那人身上披著一件覆蓋全身的深灰色破爛斗篷，而且那件斗篷還因為風吹而像小生物群般不規則地亂動。那是狙擊手穿的吉利服（註：Gille Suit，狙擊手用的偽裝衣，外表與灌木叢相似），不，應該說是「吉利斗篷」才對。只不過——

「……他什麼時候開始待在那裡的……」

詩乃下意識地呢喃。那個破爛斗篷應該就是射中Pale Rider的狙擊手了。但是，他究竟什麼時候從森林裡出來並渡過橋的呢？就算他穿著有卓越隱蔽效果的吉利斗篷，但只要他在沒有任何物體的鐵橋上移動，必定會被發現。還是說，他跟桐人一樣是游泳過河？不過要真是這樣，自己絕不可能沒見到他叫出視窗來操縱裝備人偶的模樣。

然而下一瞬間，立刻又有了讓詩乃將這些疑問全部拋到腦後的新衝擊出現。

破斗篷緩緩向前進，接著露出右手裡那把剛才一直藏在身體底下的主要武裝來。

「——『Silent Assassin』。」

她發出像喘息般的聲音。

那是把全長直逼黑卡蒂的大型狙擊槍。槍身雖然比黑卡蒂要細，但橫切過機關部的幾道散熱孔、具備拇指孔的先進握柄一體型槍托，還有那經過去光化處理的深灰色槍體，全都醞釀出一股讓人心寒的冷徹感。但最具特色之處，還是裝在槍管前端的長型減音器。不對，裝在上面這種說法似乎有些錯誤。應該說那原本就是把在使用減音器的前提下所設計出來的狙擊槍。

它的正式名稱叫做「國際精準Ｌ１１５Ａ３」。用的是３３８Lapua Magnum子彈。雖然威力遠遠比不上黑卡蒂Ⅱ所使用的50ＢＭＧ彈，但是Ｌ１１５並非反資材狙擊槍。從標準配備有

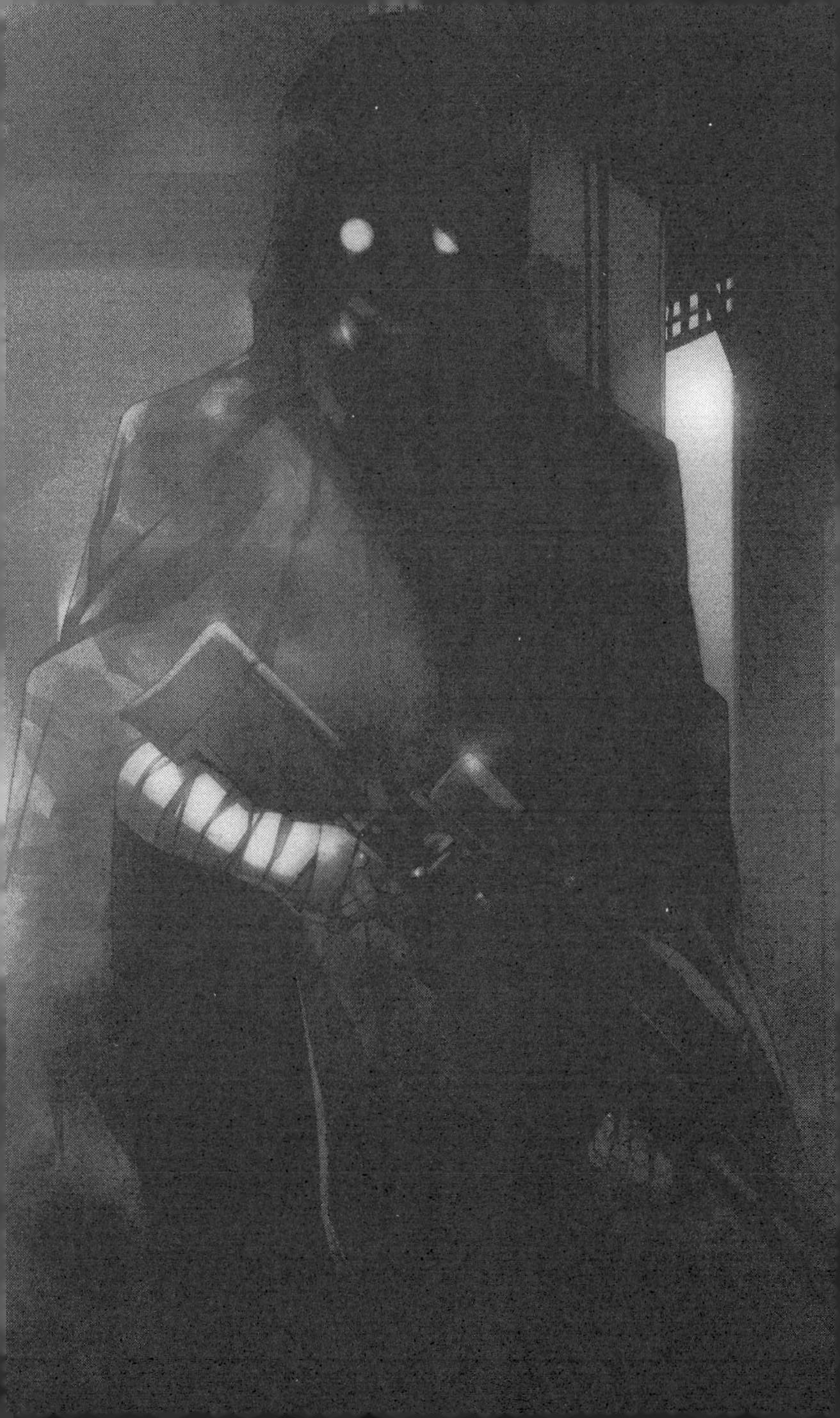

專用減音器這點就能知道，它是為了狙擊人類所製造出來的槍械。由於最大射程有兩千公尺以上，所以被子彈射中的人根本看不見射手的身影，臨死前也無法聽見槍聲。因此眾人送給它一個外號——「沉默的刺客」。

雖然曾經聽說ＧＧＯ內部確實有那把恐怖的狙擊槍，但詩乃從來沒有實際看見過。說起來，她除了自己之外並沒聽過什麼能單獨作戰的狙擊手。但是那個破爛斗篷竟然能從對岸的森林深處準確地擊中Pale Rider。如果沒有足夠的技術與精神力以控制與心跳連動的著彈預測圓，絕對不可能完成這種狙擊。

——他到底是什麼人？

詩乃反射性看了左手上的手錶。時間是八點四十分。距離第三次「衛星掃描」的時間還有五分鐘，在這種狀況之下讓人感到相當漫長。

瞄準鏡中的謎之斗篷以死氣沉沉的動作將Ｌ１１５掛到右肩上。原本詩乃瞪大了眼睛，想看狙擊槍上是否有貼所屬中隊的貼紙或其他標誌，但槍身下除了較粗的通槍條外，就沒什麼特別不同之處了。在詩乃凝視之下，破斗篷滑行般朝著倒在地上的Pale Rider走去。

幾乎毫髮無傷就擊倒戴因的Pale Rider，本身也是個散發出強者氣息的玩家。雖然詩乃沒聽過他的名字，但在遙遠的北方大陸裡，他應該和那個使用迷你砲機槍的「怪獸」一樣是知名人士吧。只不過同時見到這兩人的情形下，破斗篷的存在感更為驚人。過去入手黑卡蒂時，詩乃曾經單獨打倒過一隻巨大的魔王級怪物，而破斗篷給詩乃的戰慄感就跟當時那隻怪物——不，應該說在那隻怪物之上。

但在確認破斗篷實力的同時，詩乃心中也有個百思不得其解的疑問出現。

明明有如此稀有的狙擊槍與高超的狙擊技術，為何不用實彈而用電磁彈呢？Pale Rider一身輕裝，只要３３８Lapua彈擊中他的頭或是心臟，應該有機會一擊斃命才對。不過，如果是要讓他麻痺後才進行更加精密的狙擊，這種戰術倒也還可以理解。但破斗篷在擊中一發電磁彈後便從森林裡走出來，主動向仍有許多ＨＰ的Pale Rider暴露自己的位置。這麼一來，剛才高難度的狙擊不就一點意義都沒有了嗎？

無法預測對方意圖的焦躁感，讓詩乃緊咬住嘴唇。

話說回來，旁邊的桐人突然安靜了下來。雖然詩乃想看一下他的情況，但又猶豫該不該把目光從破斗篷身上移開，只好繼續透過黑卡蒂的瞄準鏡往外看。

移動到Pale Rider面前的破斗篷，就在背著Ｌ１１５的情況下直接將右手伸進斗篷裡面。

「喔，是要用副武器來解決對方嗎」詩乃馬上這麼想。就算只是小型衝鋒槍，但在這種極近距離下只要射完一匣子彈就足以讓Pale Rider的ＨＰ歸零——

「……咦……」

但詩乃卻再度發出驚訝的聲音。

破斗篷拿出來的，怎麼看都只是把手槍而已。因為夕陽造成的明暗對比實在太過強烈，而且馬上就被身體的陰影擋住，所以詩乃無法看清究竟是哪種槍，但光從剪影就能判斷出那只是把很普通的自動手槍。

一發手槍子彈所造成的傷害雖然不輸給衝鋒槍，但就算連續扣扳機也無法全自動射擊，得花上許多時間才能將敵人的ＨＰ耗盡。而目前躺在地上的Pale Rider馬上就要從麻痺狀態中恢復過來了。等他一能夠行動，必定會馬上發射右手裡的散彈槍。到時候被擊斃的就會變成這個破斗篷了。

儘管如此，這個充滿謎團的玩家卻只是站在那裡任由晚風吹動吉利服下襬，從他的背部也感覺不出任何焦躁或動搖。他依然用持槍的右手對準躺在地上的Pale Rider，接著將左手由斗篷裡伸出來。那隻手上沒有任何東西。不知道打算做什麼的破斗篷，將左手手指放在頭套的額頭部分。接著又移動到胸口。最後則是左肩與右肩。

這動作就是所謂的「十字聖號」——他是打算為即將死亡的敵人禱告嗎？但他應該沒有多餘的時間做這種事才對。難道他有自信能夠在超近距離之下躲過散彈槍的射擊？還是說，他只是個幸運得到稀有槍械就得意忘形的傢伙……？

過多的疑點讓詩乃焦躁地緊咬住嘴唇，這時忽然有道細微的聲音傳進她左耳裡。

「……詩乃，快開槍。」

那是桐人的聲音。只不過這短短一句話裡，就已經帶著從未體驗過的緊迫感。詩乃不由得反問：

「咦？要射誰？」

「射那個破斗篷。拜託，快開槍！在那個傢伙動手前開槍！」

那異常緊迫的聲音，竟然帶著讓詩乃右手食指往黑卡蒂扳機移動的力量。原本詩乃一定會抱怨個兩句，但現在她也不再多說，直接將十字瞄準線的交點對準破斗篷背後。她由周圍的塵埃效果測出風向與溼度後，微調了一下瞄準的角度。當放在扳機上的手指一用力，綠色著彈預測圓立刻覆蓋在敵人身上。

理論上來說，詩乃應該要等他們兩人分出勝負再攻擊獲勝的那一方。要是現在攻擊破斗篷，從麻痺狀態中恢復的Pale Rider一定會馬上逃進左側灌木叢地帶，而詩乃多半就再也沒有狙擊他的機會了。

但即使知道這一點，詩乃依然沒放鬆手指上的力道。不知為何，她總有股非得命中不可的感覺。她停止呼吸，將假想的冷空氣停留在胸口。那種冰冷感可以讓心跳平靜下來。怦咚……怦咚……當縮放與脈搏連動的預測圓在敵人背部中央縮成一個小點時——

槍聲乍響。

大型防火帽上迸發出火龍噴吐般的巨大火焰。

與對方的距離僅有三百公尺，所以絕對不可能失手。詩乃眼裡甚至已經看見該角色背後開了個大洞朝遠方飛去的幻象。

然而——

實際上，就在詩乃扣下扳機的同一時間，穿著破斗篷的玩家上半身就像不帶任何質量的幽靈般整個往後傾斜。必殺子彈就這麼從他胸口掠過，在遙遠的地面上開了個大洞。

「什………」

說不出話的詩乃立刻有種感覺。她發現對方的臉轉向這邊，由破爛頭套深處放射的視線透過瞄準鏡與自己的目光相對。而那被陰影蓋住的嘴巴確實浮現出笑容。詩乃下意識地發出喘息般的聲音。

「那……那傢伙……從一開始就知道我們躲在這裡了……」

「怎麼可能……！他一次也沒看過我們這邊啊！」

聽見桐人那同樣感到非常震驚的聲音後，詩乃微微搖著頭說：

「如果沒看見彈道預測線，是絕對不可能做出那種閃避動作的。也就是說，他從某個時間點開始便已經看見我，也經過系統認定了……」

當她這麼說時，右手依然自動將黑卡蒂的下一發子彈裝填進去。詩乃雖然再度擺出狙擊姿勢，卻開始猶豫起來了。面對擁有那種反應速度的敵人，這種有預測線的單發攻擊應該九成九

會被躲過。自己也可以選擇將彈匣裡的四發子彈全部擊發，但如果全部都被躲開，反而容易被對方拉近距離反擊。怎麼辦……應該怎麼做才好呢……

像是看透詩乃的短暫猶豫般，破斗篷又將身體拉了回來。

他再度將右手上的自動手槍對準Pale Rider，接著以拇指扳起擊錘，左手支撐在握柄旁，然後側身平靜地扣下扳機。

一道小閃光出現。遲了幾秒鐘之後，「磅」一聲乾燥的槍響傳到詩乃耳裡。

「啊……！」

身旁的桐人彷彿在害怕什麼般呻吟了起來。

子彈理所當然命中了Pale Rider的胸口中央。雖然是人體的要害，但這個世界裡無論哪個部位被九毫米魯格彈擊中都不會立即死亡。而且Pale Rider應該還有將近九成左右的ＨＰ才對。但不知道為什麼，破斗篷卻不再攻擊了。他只是保持著雙手持槍的姿勢，悠然站立在當場。明明知道詩乃仍然瞄準著他，卻完全沒有尋找掩蔽的意思，應該是有能夠閃躲任何子彈的自信吧。

一秒、兩秒、三秒──

到了這個時候，讓Pale Rider無法動彈的電磁震撼彈效果終於消失了。

穿著藍白色迷彩服的他就像彈簧般跳了起來，接著以迅雷不及掩耳的速度舉起右手中那把ＡＲ17散彈槍，並把槍口整個貼在破斗篷胸前。這已經可以說是貨真價實的零距離了。這種情況下散彈將全部打進破斗篷的心臟。它的威力與手槍不同，破斗篷很有可能會被一擊斃命。

詩乃與旁邊的桐人，還有全ＧＧＯ世界以及現實世界看著這場大賽轉播的觀眾，應該都瞪大了眼聚精會神地看著這一幕吧。

反擊的槍聲——沒有響起。

取而代之的，是重物落地的細微聲響。那是Pale Rider右手上的ＡＲ17掉落在自己腳邊深茶色沙地上的聲音。

接下來，Pale Rider便像關節遭到破壞的人偶般跪倒在地，而且就這樣慢慢往右邊傾斜，最後完全側躺在地上。

從詩乃的位置，只能見到Pale Rider頭盔護甲下方的嘴角。他張大的嘴巴似乎正迸發出無聲的哀嚎，又像是痛苦地呼吸著空氣。

他忽然以相當虛弱的動作抬起左手，做出緊抓住胸口中央的動作。就在下一刻——

穿著藍白迷彩服的整個身軀都被看似雜訊的不規則光線包圍，接著突然消滅。

最後剩下來的光線形成小小的「ＤＩＳＣＯＮＮＥＣＴＩＯＮ」文字列，但不久後也像融於夕陽裡一般消失了。

「……那是……怎麼回事？」

幾秒鐘後，詩乃才好不容易講出這句話來。

披著破斗篷的玩家只用手槍對Pale Rider開了一槍。而這時Pale Rider的ＨＰ應該還有剩。接著Pale Rider解除麻痺狀態，準備用散彈槍反擊，但就在他開火前，線路不幸地發生故障，把他從遊戲裡踢了出去。

如果要說明剛才眼前所發生的事情，這應該就是最合理的解釋了吧。

但怎麼會那麼剛好就在那時斷線呢？而且，那個差點遭到大逆轉的破爛斗篷與其說是運氣好，倒不如說他似乎早就知道會發生斷線事故。不對，應該說——

那就像是他「憑著自己的意志把Pale Rider從遊戲裡踢出去」。

那是不可能的。不可能自遊戲內部干涉其他玩家的網路連線。

但是破爛斗篷對於Pale Rider的消失似乎完全不驚訝，他只是緩緩將左手收回斗篷裡。接著又朝天空中的某一點舉起自己拿著手槍的右手。詩乃馬上就知道那裡有什麼東西了。那是正在轉播大會實況的虛擬攝影機鏡頭。大會為了讓玩家知道自己正被拍攝，在空中設置了一個淡色發光體。也就是說，他那個動作是對所有觀眾的宣言。但他是要宣布什麼呢？方才與Pale Rider的一戰是因為網路故障才能不戰而勝，根本不是值得誇耀的勝利方式。還是——對破爛斗篷來說，剛剛的消失才算真正的勝利？換言之……

「那傢伙……能把其他玩家從伺服器裡趕出去嗎……？」

詩乃以沙啞的聲音呢喃著。

而旁邊的桐人也以宛如夢囈般的聲音回答：

「錯了……不是那樣。不是那麼普通的力量…………」

「哪裡普通了？這可是個大問題耶。怎麼可以用這種作弊的方法呢，營運公司到底在幹嘛……」

「不對！」

桐人忽然緊抓住詩乃的左臂。詩乃雖然反射性想甩開他，但接下來的話卻讓少女全身都凍結了。

「那傢伙不是把人從伺服器裡踢出去而已。他是把對方給殺了。剛才Pale Rider……現實世界裡操縱Pale Rider的玩家已經死了啊！」

「…………你…………」

你在說些什麼！

詩乃原本準備這麼說，但桐人接下去的發言再度讓詩乃把話吞了回去。

「不會錯。那傢伙……那傢伙就是『死槍』──『Death gun』啊！」

詩乃聽過這個名字。等曖昧的知識從記憶深處浮起之後，詩乃便直接把它講了出來。

「……Death……gun。你是說那個奇怪的謠言嗎……？就是有個人在街上的酒店與廣場裡，槍擊上次大會的優勝者『ＺＸＥＤ』與獲得前幾名的『薄鹽鱈魚子』，結果他們兩個就再也沒有登入了……」

「沒錯……」

桐人點完頭後便筆直看著詩乃的臉。那又大又黑的瞳孔深處，有著詩乃未曾見過的強烈衝擊與恐懼，還有除此之外的某種感情正劇烈搖晃著。

「我一開始也覺得不可能……連昨天在待機巨蛋裡遇見他之後，我依然不斷否定這種可能性。但是，現在已經不用懷疑了……那傢伙真的能用某種方法殺害現實世界的玩家。實際上『ＺＸＥＤ』與『薄鹽鱈魚子』的屍體已經在不久前被發現……」

「…………」

——你為什麼知道這種事？你到底是誰？你和那個破爛斗篷到底是什麼關係……？

在聽見確實有「死槍」而感到驚訝之前，詩乃內心已經先因為對桐人這個人物的疑問感到一片紊亂，而這也讓她開始喘不過氣來。

當然，老實說詩乃還是沒辦法馬上就相信這種事情。在遊戲中殺害現實世界裡的人？這實在是太過於異想天開了……而且這不是很矛盾嗎？如果事關現實世界裡的生命，那就已經不是遊戲了。但看見桐人那不像虛擬角色所能表現出來的認真表情、聲音以及眼神後，總讓人覺得沒辦法對這件事情一笑置之。你到底——是何方神聖呢……

思緒一片混亂的詩乃只能保持沉默，這時候持續以銳利眼神緊盯著她的桐人，好不容易才再度將目光往鐵橋移去。而詩乃也像被他牽引般望了過去。

讓Pale Rider「退場」的謎之破爛斗篷，在將對準攝影機的手槍放下來之後，稍微轉向南方瞥了戴因一眼。腹部上方有「Ｄｅａｄ」標籤的戴因雖然保持著登入狀態，但他當然無法講話、也無法做出任何表情，所以根本無法得知他對在自己身邊進行的奇異戰鬥有什麼想法。

破斗篷將手槍放回槍套，重新揹好肩上的Ｌ１１５後，「沙」一聲開始朝著戴因走去。難道他要攻擊戴因這個「屍體」嗎？詩乃想到這裡不禁倒抽了一口氣。而桐人似乎也有同樣的想法，只見他纖細的身體微微一動，彷彿馬上就要由樹叢底下衝出去一樣。

但是，應該說算戴因好運吧——破斗篷並未再次拿出手槍，只是經過戴因身邊，然後朝鐵橋移動。但他沒有渡橋，而是像剛開始出現時那樣，繞到粗大鐵柱後面便消失了。他應該是走到較為低矮的河堤上了吧。現在雖然一時看不見他的身影，但那個位置也只能沿著河岸往北或南走。只要開始移動，一定馬上就能再度看見他才對——

「…………還沒出現……」

桐人低聲說道。詩乃則是默默點了點頭。即使過了十秒鐘，破斗篷還是沒有出現。這也就是說，他依然躲在橋柱的陰影後面。看來應該是在戒備詩乃的狙擊吧。

這時候左手腕上傳來微微的鈴聲震動，詩乃因而看了一下手錶。八點四十四分五十秒。還有十秒鐘就要開始第三次「衛星掃描」了。詩乃從腰包裡拿出儀器，注視著畫面。

「桐人，你監視鐵橋。我趁現在確認那傢伙的名字。」

「知道了。」

聽見對方立刻回答後，詩乃便等待著地圖更新。還有三秒……二、一，開始掃描。宇宙大戰時代的間諜衛星飛過遙遠上空，鉅細靡遺地掃描著地表。它的電子眼可以輕易貫穿小型掩蔽物。除了躲在洞窟，或者是像桐人那樣潛到水底之外，就沒有其他方法能躲過它的監視了。

「啪啪」幾聲過後，螢幕上浮現幾顆光點。獅子王里奇依然窩在遙遠南方的山頂上。在大會結束之前他應該都不會下山了吧。

大約距離他八百公尺的北方，緊靠在灌木地帶山崖上的兩個光點就是桐人與詩乃了。距離兩人相當遙遠的玩家們，一定會認為他們是在近距離交戰中吧。其他人應該想不到他們是並排躲在灌木叢底下才對。當然詩乃也祈禱其他玩家不會知道這件事。

而再往北兩百公尺處，則有一顆顏色相當淡的光點，是呈現死亡狀態的戴因。本來再上方一點處應該要出現Pale Rider的光點，但地圖上當然沒有顯示出來。而位於戴因東方，代表鐵橋下方那個破斗篷的光點是——

「咦……沒、沒有？」

詩乃緊盯著儀器的高解析度畫面看，口中驚訝地說著。

但不論她看得再仔細，鐵橋周圍還是只有表示戴因的光點存在。破斗篷已經移動到別處去了。但要是他在河岸上移動，自己一定會注意到才對。詩乃一瞬間陷入「這究竟怎麼回事」的恐慌狀態，但馬上又重新開始思考起來。

能想到的就只有一種可能性——他跟桐人一樣潛入河底以逃避衛星掃描。若果真如此，那也就代表……

「……機會來了。」

聽見詩乃的低語後，桐人皺起眉頭。詩乃朝他瞄了一眼，接著迅速說明整個狀況。

「那個破斗篷沒出現在儀器上，一定是躲在河底。這麼一來，他現在應該解除了全部武裝。他就算上岸，要叫出視窗重新武裝至少也要花上十秒。我們只要在這時攻擊他……」

「如果只有一隻手槍的話呢？帶著這樣的輕裝備應該可以在水中移動吧？」

話還沒說完，桐人便同樣迅速地質疑，詩乃只好不甘願地回答：

「這我倒是沒試過，但如果ＳＴＲ與ＶＩＴ值有一定程度，應該……但就算這樣好了，只有一隻手槍我們應該可以輕易壓過……」

「不行！」

桐人忽然壓低聲音喊叫，並用力握住詩乃的左手。

「妳也看見了吧？那傢伙的黑色手槍已經讓Pale Rider消失了！要是被擊中一發，說不定就會真的死亡啊！」

詩乃無法將眼神從桐人發出光芒的黑色瞳孔上移開。她強迫自己往別處看去之後，微微搖頭並反駁道：

「……不過，我還是無法相信只是在遊戲裡被擊中就會真的死亡。不……應該說，如果這是事實，那麼那個破斗篷就能以自己的意志殺人，對吧？這怎麼可能……我實在沒辦法相信，GGO裡……VRMMO裡怎麼可能會有這種人存在……」

沒錯，即使是充滿殺伐之氣的「Gun Gale Online」荒野，對詩乃來說也還是一個「溫柔的世界」。

這個世界裡並不存在真正的惡意或殺意。之所以會用子彈與硝煙來代替溝通，只是單純地因為想超越對手、想變得比任何人都強。因為在這個世界裡，不論射擊或是挨上多少發子彈，都不會流出半滴血來。而且也絕對不會疼痛、受傷，或有其他實質上的損害。因此，就算戰鬥會導致落敗時的懊悔，也絕不會對敵手有任何怨恨。像之前的激戰裡，詩乃整隻左腳都被怪獸的迷你砲機槍轟飛，而怪獸也被詩乃的黑卡蒂槍彈貫穿全身。但是那場戰鬥之後，詩乃心裡只留下了自信與反省，以及對強者怪獸的敬意而已。相信怪獸一定也跟她一樣。

正因如此，詩乃才會選擇這個GGO世界，作為現實世界軟弱的自己與過去那段恐怖回憶之間的緩衝裝置。她相信，只要在這裡不斷地作戰，遊戲世界裡所建立起來的自信心總有一天會超越現實世界裡讓自己痛苦萬分的深刻怨念。

ＶＲＭＭＯ裡絕對不能有真正的惡意，否則就不再是假想世界了啊。它不就變得跟詩乃一直畏懼、逃避的黑暗現實世界一樣了嗎……

「我……實在不敢相信。竟然有這種不只ＰＫ，而真的動手殺人的ＶＲＭＭＯ玩家。」

聽見詩乃的呢喃後──

桐人以帶著深切痛楚的聲音回答：

「但他們真的存在。那個破爛斗篷……『死槍』，他以前就在我待過的ＶＲＭＭＯ裡殺害了許多人。即使知道對方會真的死亡，他依舊揮下手中的劍。就像剛才射擊Pale Rider時一樣。而我也………」

這時桐人停止說話並低下頭來，放開詩乃的手。

但是，將剛才那番沉重發言與之前對話裡得知的桐人過去組合起來，很容易就能推測出他沒說出口的部分究竟是什麼了。

三年前──西元二〇二二年底，震撼了日本全國的「那個事件」。連當時對ＶＲＭＭＯ一點興趣都沒有的詩乃，也因為媒體天天長時間報導而對該事件相當清楚。當初成為假想世界俘虜的年輕人總計在一萬人以上；而兩年後解放出來回歸現實世界的，大約有六千人。也就是說，有四千條人命因為該事件而喪生了。

毫無疑問，桐人一定是那個世界的「生還者」。而如果他所言不虛，「死槍」應該也跟他一樣。不對，不只是這樣而已。剛才桐人的話裡還隱含了更恐怖的事實。

在遊戲裡死亡就等於真正死亡的那個世界，「死槍」在知道對方確實會死的情況下，以自己的意志殺害了許多玩家。他正是剛才詩乃口中「真的動手殺人的VRMMO玩家」。

那種傢伙在GGO裡面……此刻，他就在「第三屆BoB決賽」區域裡，而且還不知道用什麼手段，與過去同樣地奪走玩家在現實世界裡的生命。桐人說的應該就是這麼回事。

詩乃好不容易從混亂的思考中整理出頭緒時，頓時感到全身發冷。

她的視線開始由中央慢慢變暗。在黑暗深處似乎有某種東西正窺視著她。那道視線──那道沒有生氣、虛無且宛若黏稠沼澤的視線是…………

「……乃。詩乃！」

忽然聽見有人呼喚自己的名字，讓詩乃使勁睜開眼睛。逐漸遠去的黑影後方，出現桐人擔心的臉。一看見他那兼具清純與妖艷的美貌，少女內心因制約反應而產生的厭惡感，便將恐慌症發作的預兆壓了下去。

詩乃輕呼出一口氣後才這麼回答：

「不要緊……我只是有點嚇到了而已。老實說……我沒辦法馬上相信你說的話……但也不覺得這全都是謊言或編出來的故事。」

「謝謝。這樣就夠了。」

桐人輕輕點頭，同時詩乃右手儀器上的光點群也開始閃爍了起來。原來是上空的衛星又快要離開了。詩乃急忙將畫面轉換為全區地圖並開始計算起光點數量。目前表示存活的明亮光點還有十七顆。代表死亡的昏暗光點共十一顆。總計有二十八顆。

「數量果然不符……」

開始時確實有三十個人，扣掉斷線消失的Pale Rider後也還少一個人。那應該就是潛入河底躲避掃描的「死槍」了。不，或許他不只是靜靜潛在河底，而在移動中。然而，無法預測他打算靠近或者是遠離己方兩人。如果是接近，他有可能馬上從詩乃與桐人潛伏的灌木叢東方水面冒出來，強行發動攻擊……

當詩乃想到這裡時，畫面上的光點終於全部消失了。這下子稍後的十五分鐘裡面，只能靠自己的五感來搜尋敵人了。

詩乃稍微往東邊瞄了一眼，但沒有發現任何動靜。破斗篷應該是由河底朝北方前進了。雖然他的主武裝Ｌ１１５Ａ３「沉默的刺客」是把恐怖的武器，但再怎麼說也跟黑卡蒂Ⅱ同樣是把手動槍機式的狙擊槍，所以不適合中～近距離戰鬥。他多半不會強行攻擊，而準備拉開距離以消除自己的位置情報吧。

想到這裡，詩乃吐著氣低聲說：

「我們兩個也得先離開這裡才行……遠方以為我們兩個正在戰鬥的玩家會湊過來想坐收漁翁之利。」

「……說得也是……」

桐人瞬間往地面看去，但馬上又轉向詩乃說道：

「要是我說『在大會結束之前，找個絕對安全的地方躲起來吧』……妳應該也不會聽，對吧？」

「那……那還用說！」

詩乃馬上以最大音量這麼叫了回去。

「我怎麼可能做出那種『宅王里奇』才會幹的蠢事！再說，這座島上根本沒有什麼絕對安全的地方。北部沙漠地帶裡是有衛星也無法穿透的洞窟沒錯，但只要被人丟顆手榴彈進去就死定了。」

「……我知道了。那麼，我們在這裡分開吧。」

「咦……………」

這出乎意料之外的發言，終於讓詩乃說不出半句話來。她眨了幾下眼睛後，好不容易才用平靜的聲音說：

「那、那你有什麼打算？」

「我要繼續追蹤『死槍』那傢伙……不能讓他再用那把槍攻擊任何人了。而且……若能直接和他碰面，我一定可以想起那傢伙以前的名字。這麼一來……」

這時桐人那光艷的嘴唇緊緊閉了起來。他吸了一口氣後正面看著詩乃。

「……詩乃，拜託妳盡量遠離那個破斗篷。我會遵守與妳的約定。下次在這座島上的某處遇見妳時，我會盡全力戰鬥。剛才……謝謝妳不攻擊我而把話聽完。」

輕輕點了點頭後，黑衣光劍士便由樹叢底下滑了出去。

「啊……等……」

當詩乃反射性地準備叫住他時，對方已經踩著深茶色砂礫站起身，就這樣頭也不回地朝北方鐵橋走去。

追著那逐漸遠去的纖細背影一陣子後，詩乃用力閉上眼睛。

「～～～……………」

將用力吸進肺裡的空氣隨著無聲的「夠了！」一起吐出來後，詩乃當場撥開樹叢起身。被她以粗暴動作破壞的灌木叢物件先是枝葉四散，接著便消失不見。

「給我等一下！」

少女大聲喊道，結果已經離開二十公尺的人影就這樣停了下來。她直接抓起黑卡蒂扛在右肩上，接著衝到桐人身邊。詩乃不管對方臉上那純粹的驚訝表情，瞪著別處開口：

「……我也跟你去。」

「咦……？」

「你打算和『死槍』戰鬥對吧？但那傢伙就算沒有那把槍也是個高手唷。你若是在和我對戰之前落敗，又要怎麼遵守約定？雖然我不是很願意，但現在還是應該先合作把那傢伙趕出這座島……以及ＢｏＢ決賽才對。」

將跑過來時腦袋裡想好的台詞一口氣講完之後，詩乃瞥了桐人一眼。結果那個光劍士雖然皺起眉頭嘴角卻微微上揚，表情十分奇妙。桐人掙扎了一陣子後，似乎還是很擔心詩乃的安危，搖了搖那頭黑髮並說：

「不行……妳也看見剛才的戰鬥了吧？那傢伙真的很危險。如果被擊中，妳在現實世界的身體說不定會……」

「現在不知道『死槍』究竟跑到哪裡去了，不論有沒有跟你在一起都很危險。說起來，像你這種在開放空間也不注意周圍只會拚命往前跑的菜鳥，有什麼資格擔心我啊！」

「…………這個嘛，妳說的也有道理啦……」

桐人又猶豫了幾秒鐘，但最後還是放鬆肩膀的力道，微微點了點頭——然後忽然以閃電般的速度揮動右手。當詩乃注意到他從腰間的掛勾上拔出光劍時，藍紫色能源光刃已經從桐人手上的劍柄裡伸出來了。

「啊，這傢伙難道想趁現在偷襲來實現自己的諾言？」詩乃不禁停止了呼吸。但是桐人卻直接將目光往西方移去。詩乃也跟著他往該處瞄了一眼，這時大約一百公尺外的大岩石陰影下立刻有好幾條紅線——也就是彈道預測線射來。

不知名敵人的全自動槍械發出吼聲，而桐人的光劍在留下無數殘影後，將根本無暇伏地躲開的彈雨全部掃落。詩乃被這種不曾在ＧＧＯ裡見到的光景所震懾，只能像根木頭般呆立在那兒，但一秒後重新恢復思考能力的她立刻趴了下去。她在空中解下黑卡蒂，並在落地擺出臥射姿勢的同時將腳架立於地面上。

這時已經可以確定襲擊者使用的是全自動槍械，但瞄準鏡裡所見並非「死槍」那身吉利斗篷。對方戴著頭頂有著中國結的奇妙半罩式頭盔，右眼則配上眼帶型瞄準補正裝置。詩乃記得自己曾見過這號人物，他是參加過上次大賽的槍手，名為「夏侯惇」。手裡的武器是「ＣＱ突擊步槍」。雖然這人是個實力驚人的古董級玩家，但現在他剛毅的下巴已經嚇得整個闔不起來了。也難怪他會有這種反應，因為出奇不意發射的一匣子彈，竟然全部被任誰都會以為是裝飾用武器的光劍給擋掉了。

「不會吧～！」

夏侯惇那張像古代中國武將般滿臉鬍子的嚴肅臉孔發出不合時代的聲音，接著便躲進岩石陰影裡頭去了。桐人低頭瞄了一下詩乃，聳了聳肩後說：

「先解決那傢伙吧。我來衝鋒，掩護就交給妳了。」

「…………了解。」

這下可有趣了，事情怎麼會變成這樣呢？

詩乃心裡雖然有這種想法，但還是將臉靠在愛槍的木頭槍托上。

11

「幾乎都沒拍到哥哥呢──」

莉法邊說邊搖晃著那帶著淡綠的金色馬尾，而一旁的西莉卡則動了動由淺棕色頭髮中伸出來的貓耳回應她。

「真的很讓人意外呢……我還以為桐人哥他鐵定一開始就會大展身手了呢。」

「不不不，妳別看他那個樣子，其實那傢伙還是很會算計的。說不定他打算躲在什麼地方，等參賽者減少到一定程度後才出來呢！」

窩在房間角落吧檯裡的克萊因這麼說道。與莉法、西莉卡一起坐在中央的亞絲娜聽見之後不由得苦笑起來。

「桐人再怎麼樣都不會做出這種事的……應該不會吧。」

她小聲地這麼說道。這時坐在亞絲娜左肩上那隻大約有巴掌大小的精靈──也就是亞絲娜與桐人的「女兒」人工智慧結衣，拍動那對宛如薄膜般的翅膀說：

「就是說嘛，爸爸他一定會用連攝影機都拍不下來的速度瞬間閃到敵人身後，然後來個突

襲！」

聽見這種合理的推論後，換成左邊的莉茲貝特笑了起來。

「啊哈哈，那倒是滿有可能的。而且啊，他在滿是槍械的遊戲裡還不用槍而使劍呢。」

瞬間所有人都想像起那種樣子。接著房間裡面便充滿了開朗的笑聲，在西莉卡膝蓋上捲成一團的小龍畢娜也動了動耳朵。

這六個人與一隻精靈已經很久沒聚在一起了，而他們目前所在處並非現實世界，而是大家都有加入的VRMMO－RPG「ALfheim Online」裡面。遊戲內部廣大世界地圖中有棵巨大的「世界樹」聳立著，其上還有一座名為「世界樹城市」的空中都市。而桐人和亞絲娜在城市一角共同租借的房間，便成了他們今天聚會的地點。

不愧是月費兩千尤魯特的房間，內部相當寬闊。擦得閃閃發亮的木頭地板中央放有寬敞的沙發組，而牆上還設有私人酒櫃。架上的無數酒瓶，是在假想世界裡也好杯中之物的克萊因從九種精靈族領地以及地底下的幽茲海姆搜蒐集來的。聽說裡面還有「除了喝不醉這一點之外，可以說比三十年蘇格蘭威士忌還好喝」的夢幻逸品。當然，未成年的亞絲娜到現在仍然無法了解這些酒的價值就是了。

房間南面是一整片玻璃牆壁，通常從這裡可將世界樹城市的壯麗景象盡收眼底。但是今天他們卻沒辦法欣賞這座都市的夜景。因為也能當成大型螢幕的玻璃牆現在正播放著另一個世界的景象。也就是——網路電視台「ＭＭＯ動向」轉播的「Gun Gale Online」最強者決定戰「第三屆Bullet of Bullets」實況影像。

今天集會的主要目的，除了幫一聲不吭就跑去參加這場大賽的桐人加油之外，當然也要順便批評一下桐人這種見外的行為。可惜同為夥伴的巨斧戰士艾基爾並不在這裡。因為他在現實世界裡經營的咖啡廳兼酒吧正是最忙碌的時刻。話雖如此，亞絲娜目前也不是在自家，而是從他的店「Dicey Cafe」二樓登入遊戲。這是為了在大會結束之後能夠馬上抓住也在都心某處潛行的桐人，然後好好抱怨一番。

「但是，桐人這傢伙為什麼要特別從ＡＬＯ轉移到那裡去參加大賽呢？」

莉茲貝特手拿著注滿奇妙翡翠色葡萄酒的玻璃杯，以充滿疑惑的口氣說道；左邊的莉法聽見後便朝亞絲娜使了個眼色。目前只有亞絲娜、莉法以及結衣知道桐人是受到ＡＬＯ的夥伴，水精靈族魔法師「克里斯海特」——其實背後操縱者是總務省假想課官員・菊岡誠二郎——的委託才會到ＧＧＯ去。由莉法眼中看出「交給妳了」的意思之後，亞絲娜稍微考慮了一下，才這麼回答道：

「這個啊……好像是因為他接到了什麼奇怪的打工。聽說是要調查ＶＲＭＭＯ，或者應該說是『The Seed連結體』的現狀。因為ＧＧＯ是唯一有『貨幣還原系統』的遊戲，所以才會選為調查對象。」

這段說明與桐人所言一字不差，但亞絲娜並不認為這就是事實的真相。她當然不覺得桐人對自己說謊，只是必定還隱瞞了某些關鍵。前幾天約會完要回家時，桐人向她說明了轉移的理由，而那時亞絲娜便已經從桐人的表情、聲音與態度裡察覺出事有蹊蹺了。

只是她當時告訴自己別多問。因為一定有某種理由令桐人無法全盤托出。而亞絲娜也深信那絕對不會是背叛她信任的理由。

所以亞絲娜僅僅說了聲「加油囉」便送桐人離開，現在只能和一些志同道合的好友，待在遙遠的另一個世界裡觀看實況轉播——

但她不能否認，這幾天自己心裡總感到莫名的不安。

那並非她不信任桐人，而是一種相當模糊的預感。一種有事情要發生，不，應該說正在發生的感覺。就類似過去在艾恩葛朗特迷宮區裡，被大批怪物由索敵範圍外逐漸包圍時那種無形的不安——

亞絲娜的聲音及臉色應該沒有顯露出自己的擔心才對，但身為好友的莉茲貝特可能已經靠第六感察覺出事情有點不對勁了吧，只見她用曖昧的表情點了點頭說：

「這樣啊……打工是吧。那個任何遊戲都能立刻上手的傢伙的確滿適合這種打工……」

「但是也不用忽然參加ＰｖＰ大賽吧？如果只是調查工作，應該要在街頭和其他玩家談話才對吧？」

聽見待在牆邊的克萊因這麼發問，包含亞絲娜與莉法在內的四人也全都感到不解。一會兒後西莉卡才吞吞吐吐地說：

「會不會是……打算拿下大會優勝來迅速賺取大量金錢，然後實際試驗一下貨幣還原系統？我曾聽說能還原的最低金額門檻相當高……」

聽見這段話，亞絲娜肩上的結衣立刻補充道：

「官方網站上雖然沒有記載匯率，但根據網路上的消息，最低還原額度是ＧＧＯ遊戲內貨幣十萬點，兌換日圓的匯率是一百比一，所以能換成一千圓。營運公司似乎會將加值過的電子貨幣密碼寄到玩家登錄的電子郵件信箱裡。這次大賽的優勝獎金是三百萬點，全部還原的話就是三萬圓。」

雖然結衣很輕鬆便將話說完，但這可是她剛才即刻搜尋龐大的網路資料並彙整出來的結果。她搜尋的速度以及過濾情報的準確度，可是任何「搜尋專家」都望塵莫及的。也難怪桐人經常拜託她幫忙寫回家作業的報告了，其實就連亞絲娜她們偶而也會這麼做呢。

「謝謝妳，結衣。」

用指尖摸了摸小精靈的頭之後，亞絲娜邊思考邊說：

「看來貨幣還原系統也不是多複雜的東西呢……我們也常將電子貨幣密碼化後以電子郵件傳送給對方。所以桐人應該不用實際到現場去調查才對吧……」

「也有可能是被三萬圓獎金給騙去的。」

聽見克萊因這種露骨的吐槽後，所有人都露出苦笑。莉茲貝特馬上回了他一句「桐人才不會跟你一樣哩」，然後又正色繼續說道：

「但是，就大混戰形式的ＰｖＰ大賽來說，通常是不可能靠躲在某處這種手段打進前幾名的吧。我記得ＡＬＯ裡也有這種大賽，如果一直躲在同一個地方，幾分鐘之後就會自動施放搜敵魔法讓人無所遁形對吧？」

「……而且，老實說以哥哥的個性應該不會做這種事才對。要是那個人聽見別人戰鬥的聲音，絕不可能還有辦法耐著性子躲在某個地方不動。」

不愧是長年與桐人一起生活的莉法，說出來的話確實有說服力。大家都覺得桐人確實是這樣子的人。

當她們談話時，在現實世界應該足足有三百英吋的巨大螢幕裡，依然閃過許多實況轉播影像。由於是槍戰遊戲，所以通常是由跟在某位玩家背後的攝影機進行轉播。當攝影機跟著玩家時，鏡頭下方便會出現該玩家的名字，然而分為十六等分的畫面裡就是沒有「Ｋｉｒｉｔｏ」的名字。攝影機原則上只會拍攝戰鬥者的身影，可知大會開始已經過了三十分鐘的現在，桐人依然一次都沒有戰鬥過。

難道是剛從劍與魔法的世界轉換到不熟悉的槍械世界裡，所以變得較為謹慎了嗎？但是亞絲娜所知道的桐人，是個不論在什麼情況下都會正面接受挑戰的人。正如莉法所說，難得參加這種大規模的比賽，實在難以想像他會在三十分鐘裡都躲著不跟其他參賽者碰面。若是一開始便衝去與最有希望奪冠的玩家大戰，然後漂亮地被幹掉——這倒比較符合他的個性，但顯現在螢幕右端的參賽者一覽表中，裡頭的桐人狀態確實是「ＡＬＩＶＥ」。

「…………也就是說，還有比在大賽裡活躍更加重要的目的嗎……？」

當亞絲娜低語的同時，十六等分畫面中央附近的戰鬥正迎向最高潮。

主視點玩家的名字是「戴因」。他在帶著紅鏽的鐵橋尾端架起機關槍，拚命地射擊。但是穿著藍白服裝的對手先以貓妖族般的輕巧身手橫跳到橋上，然後再度朝他逼近。最後對方手裡那好萊塢電影當中罪犯常使用的大型槍械不斷開火，一下子就幹掉了戴因。

這時莉茲貝特似乎也正看著同一個畫面，只聽見她輕輕吹了聲口哨。

「哇～那個人真厲害。這樣看起來，ＧＧＯ似乎也滿有趣的嘛。不知道能不能自己製造槍械耶……」

莉茲貝特延續ＳＡＯ時代的作風，在ＡＬＯ裡也當了個小矮妖打鐵匠。這話聽起來很有她的特色，令亞絲娜也不由得笑了起來。

「喂喂，可別連妳都轉移到ＧＧＯ去喔。新艾恩葛朗特還有許多樓層等著攻略呢！」

「就是啊，莉茲小姐！馬上就要開放二十層樓以上的更新檔了耶！」

就連莉法對面的西莉卡都出聲阻止，因此莉茲貝特只好舉起雙手表示投降。

「我知道、我知道了啦。只是在想『不論哪種遊戲裡都有這種強者呢～』而已嘛。剛才那個藍色傢伙，一定是這回比賽優勝的熱門人選……」

當她說到這裡時，同一畫面裡的「藍色傢伙」竟然啪一聲倒了下去。

鏡頭主視點立刻轉換成倒在地上的藍色玩家。下面還顯示出「Pale Rider」這個名字。

他雖然倒地，但好像還沒一命嗚呼。此時開始有一些微小的火花以他右肩的彈痕為中心到處爬著，看起來就像在封鎖玩家的行動一樣。

「簡直就像風魔法的『封雷網』一樣……」

聽見風精靈族魔法戰士莉法的評語後，火精靈族的刀使克萊因立刻搖著他那用低俗圖案頭巾豎起來的紅頭髮並開口說：

「我最討厭那玩意兒了。再怎麼說追蹤性能也太好了一點吧！」

「你應該討厭所有的弱化魔法吧！稍微提升一下抗魔法技能嘛！」

「哼，誰理妳啊。像我這種武士才不會選擇有『魔』字的技能呢，打死我也不選！」

「我說啊，很久以前ＲＰＧ裡的武士可都是會使用黑魔法的戰士唷！」

爭吵的克萊因與莉茲貝特令亞絲娜露出苦笑，她伸出右手對準那個值得注意的畫面，然後以兩根手指將它拉開。橫躺在地上的Pale Rider一口氣變大，同時將其他中繼畫面推到四周去。

從他突然被麻痺到現在已經過了十秒鐘以上，但鏡頭裡依然沒有其他人出現。能見到的只有暗茶色的大地和鐵橋，以及流經下方的大河與遙遠彼方因沙塵而模糊的森林——

啪嚓！

這忽然響起的聲音，讓五個人的身體同時因為驚嚇而抖了一下。這時有片黑布由畫面左端入鏡。攝影機開始逐漸向後拉，新登場的人物終於整個出現在大螢幕上面。

「……幽靈……？」

以沙啞聲音呢喃的究竟是莉茲貝特還是西莉卡——又或者是亞絲娜自己呢？

那是件隨風飄蕩的破爛暗灰色斗篷。頭套內側完全被陰影遮住而看不清楚。只能看見深處有兩顆鬼火般的紅色眼睛。這模樣與過去在艾恩葛朗特裡讓眾人吃盡苦頭的幽靈系怪物實在太過相像了。

亞絲娜眨了一下眼，接著再度看向畫面。當然，站在那裡的不是幽靈，而是一名參加大賽的玩家。從斗篷下襬可以清楚見到他的兩條腿，而且那人右肩還掛著一把大型黑色獵槍。這個破爛斗篷，應該就是用電流讓Pale Rider無法動彈的人吧。ＡＬＯ裡也有許多由遠距離發射捕縛系魔法封住敵人行動，然後才接近以物理攻擊解決對方的魔法戰士，這在遊戲裡可以說是相當熱門的能力構成。

破爛斗篷就像要證實亞絲娜的想法般將右手伸進懷中，接著拿出了一把黑色手槍。只不過，如果那就是他給予敵人傷害的主要武器，又有點……該怎麼說呢……

房間角落的克萊因似乎也有同樣看法，因此出聲質疑。他摩擦著滿是鬍渣的下巴說：

「……太寒酸了吧？」

「再怎麼看都是肩膀上的狙擊槍攻擊力比較高。用那把槍解決對方不就得了……」

「會不會是子彈很貴？ＡＬＯ裡不也是這樣嗎，要施放大魔法就得使用一堆觸媒。」

當眾人考慮起莉法所說的話時，破斗篷扳起黑色手槍後方的擊錘，將槍口對準仍然倒在地上的Pale Rider。

但是，他彷彿故意要吊對戰者——或者是觀眾的胃口一般，到現在還沒扣下扳機，反而舉起左手做出讓人意想不到的舉動。只見他以食指和中指指尖依序碰了碰額頭、胸口、左肩以及右肩。

這個瞬間——

亞絲娜感覺腦袋深處產生了小小的抽搐。

這不是什麼特別的手勢。就只是一般所謂的「十字聖號」而已。除了在西洋電影裡常可見到之外，在ＶＲＭＭＯ裡也有許多職業是回復系術師的玩家為了施放法術而經常做出這種動作。當然真正的基督教徒看見可能會感到不愉快吧，不過亞絲娜既不是基督徒，剛才的感覺應該也不是憤怒或不悅。真要說起來——感覺就像是手指不小心將不該打開的結給解開了一樣……

不知不覺間緊繃身體、瞪大了眼睛的亞絲娜，只是看著畫面上的破斗篷劃完十字然後將左手放在手槍握把旁邊。他右腳退後半步，側著身子準備對Pale Rider扣下扳機——

「啊……？」

突然所有人嘴裡都發出驚訝的聲音。

破斗篷不知道在想些什麼，忽然將身體整個向後仰。

但零點一秒後亞絲娜等人馬上就知道為何要這麼做了。鏡頭之外飛來一顆巨大的橘色光彈，它在掠過張開的斗篷後，穿越之前原本是該角色心臟的位置，再度往畫面外飛去。

應該是有人從遠方狙擊那個破爛斗篷吧。而且，亞絲娜看見那顆子彈似乎是從破斗篷左後方飛來的。他竟然能以漂亮的動作躲開那種角度與速度的攻擊，就算遊戲世界不同，亞絲娜也知道這實在是非常了不起的技術。

破斗篷躲過突然來襲的子彈後，以毫無生氣的動作將上半身拉回來，接著又往左後方瞄了一眼。破斗篷在頭套深處的臉雖然處於陰影下而看不見，但亞絲娜還是感覺到他露出了輕視的笑容。

這時亞絲娜腦袋深處又有了刺痛感。

——怎麼了？這種感覺究竟是怎麼回事？這是……記憶嗎？但那怎麼可能……我從沒有去

過ＧＧＯ世界，甚至沒有看過它的遊戲畫面啊……

破斗篷像是要射穿亞絲娜的疑惑般再度舉起了手槍。

這次他終於輕鬆地對因為麻痺而倒地的玩家扣下扳機。

乾燥的槍聲響起。黃銅色的空彈殼飛出並掉落在他腳邊的荒蕪大地上。

發射的子彈命中躺在地上的Pale Rider胸口正中央，在他身上產生了細微的火花。但這看起來並不是能一擊將ＨＰ削減完畢的強力攻擊。

一秒鐘之後，Pale Rider便親自證明了亞絲娜沒有看錯。好不容易由麻痺當中恢復過來的角色迅速起身，直接將右手裡的大型槍械抵上破斗篷胸口。

「嗚哇，大逆轉……」

亞絲娜也預測即將會出現如莉茲貝特所說的景象。

但是……

別說槍聲或是火光了，就連扣下扳機的聲音也沒發出來。反而是Pale Rider手裡的槍滑落到腳邊。

接下來槍械持有人便慢慢向右邊倒去——最後整個人再度倒在地上。

頭盔所附的銀灰色護甲之下，可以見到Pale Rider瘦削的鼻樑與緊閉的嘴唇。他的嘴唇開始發抖，忽然張大了嘴巴。接著從他喉嚨深處迸發出無聲的激烈感情。亞絲娜直覺那是來自於操縱這個角色的玩家本身最真實的驚愕與恐懼。

當以手掩嘴的莉法這麼說時，更讓人意想不到的事情發生了。橫躺在地上的Pale Rider全身就像按下暫停鈕般凍結，然後便被白色雜訊的特效光包圍並消失了。

特效光在本體消失後依然殘留於空中，最後更凝結成一串文字的形狀。但代表網路斷線的立體文字接著就被一隻暗沉的黑色靴子給踩亂了。原來是破斗篷將左手收回斗篷裡之後便往前踏了一步。

「怎……怎麼了…………？」

看來他也知道實況轉播的鏡頭在什麼地方，只見他直接將右手上的手槍對準螢幕。這讓亞絲娜有種GGO與ALO世界的隔閡——不，應該說假想與現實世界的境界已打破、自己真實的肉體正被槍口所對準的感覺，令她背部感到一陣寒意。

頭套深處的黑暗裡，那對發出紅色光芒的眼睛閃爍了一下。同一時間，也有機械般斷斷續續的聲音由畫面裡傳出來。

「……我和這把槍的真正名字是『死槍』……『Death gun』！」

那無機質聲音裡，包含著扭曲的劇烈感情，當亞絲娜一聽見那道聲音，記憶深處便產生了一道最大的裂縫。

這除了讓她無法呼吸之外，心跳也急遽加速。原本她的視線是朝著螢幕中央破斗篷那看不見的臉，但現在只能逐漸低下頭去。這時聲音再度響起：

「總有一天、我也會、出現在你們這些傢伙、面前。然後、用這把槍、帶給你們真正的死亡。我就是有、這種、力量。」

黑色手槍發出小小的聲響。如果他現在扣下扳機，子彈彷彿真的會衝破假想螢幕筆直飛來，這讓亞絲娜不由得擺出警戒姿態。破斗篷就像看穿她的恐懼般，由頭套深處發出微笑的氣息。接著再一次發聲——

「別忘了。一切、都還沒結束。什麼、都還沒、結束——It's showtime——」

聽見那結結巴巴英文的瞬間，亞絲娜頓時有了最後且最大的衝擊。

——我認識那個傢伙。

不會錯的。我曾在某處見過他。還和他說過話。但那是在哪裡呢……

不對，其實我已經知道答案了。就是在那座浮遊城……艾恩葛朗特裡面。並不是目前浮在ALO空中的安全複製品，而是我曾度過兩年時光的真實異世界。「Sword Art Online刀劍神域」還沒有結束。那傢伙所說的話裡面，省略了這款遊戲的名字。

——是誰？操縱破斗篷的究竟是那個世界裡的哪個玩家……？

亞絲娜雖然一臉茫然，但還是以超高速思考著，當右後方突然傳來一道硬物落地的聲音時，她差點就跳到沙發上面去。

一回過頭，才發現是坐在吧檯板凳上的克萊因不小心將右手中的水晶平底杯摔到地上。而杯子掉在地板上發出聲音後，變成了多邊形碎片而逐漸消失。但他完全不在意手裡昂貴的訂做道具已經損毀，只是瞪大了頭巾下的雙眼。

「喂，你在做什麼……」

克萊因低沉且沙啞的聲音阻止了莉茲貝特繼續抱怨。

「不……不會吧……那傢伙……難道是……」

一聽到這裡，亞絲娜這次真的從沙發上跳了起來。她一轉頭便對著克萊因大叫：

「克萊因，你認識他嗎？那傢伙究竟是誰？」

「沒、沒有啦……我想不起他以前的名字了……不過……我可以肯定……」

這名刀使以帶著深刻恐懼的眼神看著亞絲娜，接著開口說：

「那傢伙是……『微笑棺木』的成員。」

「…………！」

這下不只是亞絲娜，連莉茲貝特與西莉卡都倒抽了一口氣。「微笑棺木」——連她們兩個生活在中層的女孩，都對這個在艾恩葛朗特犯下許多兇行的殘忍殺人公會印象深刻。

亞絲娜下意識地將手放在她們肩上，接著畏畏縮縮地對克萊因問：

「難……難道……是那群傢伙的首領，那個用菜刀的……？」

「不……不是『ＰｏＨ』那傢伙。他們兩個人的說話方式完全不同。可是……剛才那句『It's showtime.』正是ＰｏＨ最愛說的台詞。這傢伙應該是他身邊的高層幹部……」

克萊因像呻吟般說完後，再度看了一下螢幕。而亞絲娜和其他三個人也隨他看了過去。

在正面的擴大螢幕裡，破斗篷已經收起黑色手槍，開始朝遠方走去。他以那種幽靈般的滑行動作靠近鏡頭深處的鐵橋。但是他並未直接過橋，而是繞往橋柱外圍下到河岸邊去了。在紅色夕陽所造成的強烈明暗對比下，暗灰色斗篷立刻融入鐵橋陰影裡消失無蹤。

此時莉法微弱的聲音打破籠罩室內的沉重氣氛。

「那個……『微笑棺木』是……？」

「這個嘛……」

坐在旁邊的西莉卡，對在場唯一不是ＳＡＯ玩家的莉法簡略說明了一下那個殺人公會肆虐及消滅的經過。

莉法聽完之後一間咬緊嘴唇，然後以翡翠色眼珠筆直看著亞絲娜說：

「亞絲娜姊姊，我想，哥哥他一定知道ＧＧＯ裡面有剛才那個人在。」

「咦……？」

「昨天夜裡他很晚才回來，而且一到家我就覺得他的樣子很奇怪……難道說……他是為了解決宿怨才到ＧＧＯ裡頭去的……」

亞絲娜聽見後驚訝地呆立在當場，這次換成莉茲貝特靜靜握住她的手。少女為了讓朋友冷靜下來而用力一握，然後才搖著粉紅色短髮提出心裡的問題：

「但是這麼一來……那打工又是怎麼回事？桐人他不是接受了委託才到ＧＧＯ裡頭調查的嗎？」

沒錯，正是如此。委託桐人進行這次工作的，應該是總務省假想課的菊岡誠二郎。就算他原本是「ＳＡＯ事件對策小組」的負責人，應該也不清楚微笑棺木與攻略組之間的關係才對。但在這同時，桐人的轉移與破斗篷的存在應該也不只是偶然而已。這裡面一定有某種關連在。有某種讓菊岡注意到ＧＧＯ並請桐人協助調查的原因在。

亞絲娜用力吸了口氣，回握了一下莉茲貝特的手之後開口說：

「我先登出，試著和桐人的委託人聯絡看看。」

「咦？亞絲娜，妳認識那個人嗎？」

「嗯。其實大家都認識他……我把他叫到這裡來好好逼供吧。他一定知道事情的緣由。還有結衣，我登出的這段時間裡，可不可以麻煩妳搜尋一下ＧＧＯ的相關情報，找找看有沒有關於剛才那個破斗篷玩家的資料？」

「了解了，媽媽！」

她肩上的黑髮精靈飛到桌上，然後就這麼閉起眼睛，開始由龐大的網路洪流裡找出需要的情報。

「……那麼，麻煩各位稍等我一下！」

亞絲娜喊完後，便晃著水藍色長髮直接跳過沙發，迅速叫出選單視窗。她再度對所有人點了點頭，隨即按下了登出鍵。

七彩光芒立刻包圍亞絲娜的身體，讓她的靈魂由假想世界的樹上飛向遙遠的現實世界。

12

Gun Gale Online這款遊戲的系統上，沒有過去ＲＰＧ裡所謂「戰士」與「魔法師」這種職業的概念。

每個玩家可以自由選擇並強化肌力(STR)、敏捷(AGI)、耐力(VIT)、靈巧(DEX)……等總共六種「能力值」；另外還有槍械熟練度、彈道預測線強化、急救、特技等數百種「技能」，藉此構成只屬於自己的能力。也就是說，在某種意義上這個遊戲裡的職業量就跟能力組合數一樣多。

但反過來說，毫無計畫的能力構成——比如明明ＳＴＲ值相當低而無法裝備大型槍械，偏偏又不斷提升重機關槍的熟練度等——則會削弱自己的戰鬥力。也因為此，一定會出現像「要使用這把槍械就需要這些能力值與技能」這種能力構成的固定規則。依照技能選擇的細部差異，眾人將特性大致相同的玩家分類為「打手」、「坦克」、「補師」、「斥侯」等職業。

詩乃的職業「狙擊手」雖然稀少，但也是其中之一。他們為了裝備大型狙擊槍，必須先強化ＳＴＲ，接著為了提升射擊精準度而必須加強ＤＥＸ，最後則是為了在狙擊後能高速脫離現場而適量提升ＡＧＩ；相對地，只要被發現就會落敗，所以完全放棄ＶＩＴ。在技能上，除了必定需要的狙擊槍熟練度以外，還得強化其他所有關於命中率的技能；防禦用的當然就全部捨棄。只不過，就算能力配合得相當完美，還是有可能因為「心跳連動系統」而狙擊失敗，而這點就可以說是這個職業的難處了。

像這種過於極端的類型，其實並不適合參加多人大混戰。在瞄準遠方敵人時，他們很容易就會被其他人逼近身邊。一旦裝備衝鋒槍或突擊步槍的打手型玩家接近，狙擊手就只能舉白旗投降了。就算豁出去在沒有瞄準的情況下開火——通常沒辦法擊中——也只是落得在開第二槍之前便被全自動槍械打成蜂窩的下場。

基於上述的理由就可以知道，如果詩乃單獨行動，像現在這樣被重視命中率型的中距離打手「夏侯惇」接近到ＣＱ突擊步槍的射程時，她就已經沒有獲勝的希望了。

但這回的狀況不太一樣。因緣際會之下，她身旁有一位在ＧＧＯ世界應該是絕無僅有的「光劍士」，這人怎麼看都是名黑髮少女——但其實是個少男。

「光劍」這種應該是營運公司程式設計師依個人興趣所設定出來的武器，其極端程度與狙擊槍比起來可以說有過之而無不及。

射程只有劍身長度，大約一．二公尺。ＧＧＯ世界最小的實彈槍「德林傑雙管手槍」的射程僅僅只有五公尺，但光劍的攻擊範圍比起它還要短得多。不過，那閃爍著藍白色光芒的能源劍刃卻設定成擁有超乎想像的威力。這點從它能劈開黑卡蒂由極近距離發射的50ＢＭＧ彈就可以獲得證明。

換個角度來看，既然可以劈開任何子彈，也就等於是這個世界最強的防禦武器。但即使有「彈道預測線」，要用僅僅三公分寬的劍身來防禦遠超過音速的彈雨也絕對不是件簡單的事。這需要冷靜地判斷預測線的軌道與順序，還得有足以正確運劍的反應能力。而最重要的關鍵，便是面對全自動步槍也能面不改色的膽識——

到底要經過什麼樣的練習才能學會這些技術呢？詩乃實在難以想像。不，這或許已經不算ＶＲ遊戲的技術了。是玩家與角色一體化之後，源自於他本身的經驗、信念以及靈魂的力量。

裝填完畢的夏侯惇再度拿起ＣＱ瘋狂開火，然而桐人手上的光劍在空中化出無數殘影，精確地從彈雨裡頭挑出所有會命中自己的子彈，先後格檔、彈開。看著他的背影，讓詩乃不得不這麼認為。

這超越假想世界與現實世界藩籬的真正實力，正是詩乃追求的目標。在這個世界裡習得狙擊手的冷靜，不對，應該說是冷酷——無情，然後藉此粉碎朝田詩乃身上的軟弱。為了尋求能讓她得到真正力量的對手，這半年來她不斷徘徊在荒野當中。

自從昨天遇見桐人之後，詩乃心裡便一直有「我要全心全意與這名強敵戰鬥。如果能取勝，就一定可以獲得這樣的力量」的想法。

但她同時也注意到，心裡有另一種感情正在萌芽。

我想了解他、想跟他聊更多話。桐人來到GGO前，在那個世界裡究竟發生過什麼事？他在那個世界裡過著什麼樣的生活、學到了什麼、又是怎麼奮戰過來的？不——甚至連他在現實世界是怎樣的人，我也想知道。從小到大，自己從沒對任何人有過這種念頭……

「詩乃，趁現在！」

將夏侯惇第二次射擊全數處理完畢的桐人大喊，詩乃的思緒也因此被拉了回來。

她右手食指半自動地扣下黑卡蒂的扳機。雖然這一槍欠缺集中力，但現在的距離不到一百公尺。能力專注在命中率上的詩乃當然不可能失手。黑卡蒂的子彈直接從正中央貫穿夏侯惇的武將風格身體護甲。

在平時的戰鬥裡面，HP歸零的玩家會像玻璃般破碎並且消失，但BoB大會卻根據特殊規則而讓屍體留在現場。夏侯惇中彈後整個人向後飛去，而頭盔上的中國結也隨之在空中飄蕩。當他整個人呈大字型倒在荒涼的地面時，紅色的「Dead」標籤也開始旋轉起來。

詩乃吐了口氣後站起身，順便也將黑卡蒂能裝七發子彈，但殘彈已經不多的彈匣換掉。接著她將搭檔揹上右肩，瞄了臨時的夥伴一眼。

桐人靈巧地旋轉手中光劍並將它放回腰間扣環上。他在紅色夕陽映照下的側臉，看起來是那麼的神秘。藉著深呼吸將方才接近渴望的感情壓下去後，詩乃迅速地說：

「剛剛的戰鬥聲會招惹更多人過來。我們得趕快移動才行。」

「嗯。」

桐人點了點頭，接著將目光轉向附近的河面。

「『死槍』應該是沿著河岸朝北方走了。他大概想找個地方躲，等九點的『衛星掃描』過後再選擇接下來的目標。我想在他殺害……射擊下一個目標前阻止他。妳能幫忙想個點子嗎，詩乃？」

聽見這突如其來的請託後，詩乃先眨了幾下眼睛，接著才急忙思考應該怎麼辦才好。雖然在仍未了解整起事件的情況下，實在很難想出什麼好主意來，但詩乃還是立刻開口說道：

「不管他有多詭異的力量……『死槍』基本上還是個狙擊手，所以他應該不擅長在沒有掩蔽物的開放空間作戰才對。不過，由這裡再往北方前進，便會離開河岸對面的森林地帶。接下來一直到島中央的都市廢墟為止，全都是視野良好的平原。」

「也就是說，他很可能會選擇那座廢墟當成下一個狩獵場……是吧？」

桐人嘟囔完，便朝北方遙遠地平線的模糊大樓群剪影看去。雖然遠近效果讓它們看起來非常遙遠，但直線距離其實不到三公里。只要ＡＧＩ值不會太差勁，邊戒備邊奔跑只要十分鐘左右就能到達。

「好。那我們也朝那座都市前進。若沿著河岸跑，左右兩邊應該看不見我們才對。」

「……知道了。」

點頭同意桐人的話後，詩乃稍微往背後看了一下。

「戴因」的屍體依然躺在稍遠處的鐵橋尾端。但那個物體的存在反而表示他依然活著。真正死亡的人——雖然還只是可能——是早已消失無蹤的「Pale Rider」。

老實說，詩乃到現在還是沒辦法相信這件事。但同時又不認為這一切全是謊言。

不過，她心裡有某種確定的預感。那就是自己將在第三屆BoB大賽裡產生某些改變。只是不知道改變的方向是否會如自己所願——此外也不知道讓自己改變的對手，究竟會是桐人，還是那個神秘的破斗篷。

現在她只能靠自己的直覺來行動。因為「直覺」這種東西，是唯一無法透過屬性或是強化獲得的技能。

雖然詩乃沒像鏡子那樣極端強化AGI，但她的敏捷度絕對不低。帳面上應該與STR優先的桐人差不多才對。

但是像現在這樣一起奔跑之後，詩乃必須要拚盡全力才能追上前面飄逸的黑髮。該怎麼說呢，兩人的「基本動作」完全不同吧。河岸上有無數大石頭與忽然出現的龜裂，而桐人就像早已記住它們的位置一般，迅速閃躲或飛越這些障礙。他時常轉過頭配合詩乃的速度，這更是讓她覺得相當不甘心。

話雖如此，確實也是因為跑在前面的桐人幫忙指出容易通過的路徑，她才能比預想中還快通過中南部區域的草原地帶。不知不覺間，腳底的河床已經變成水泥地，抬頭也能見到沖天的大樓群不斷靠近當中。他們即將進入這座島的主戰場——城市廢墟。

「沒追上他。」

放慢腳步的桐人對詩乃輕聲說道。他多少有點期待能在途中趕上潛入河底朝都市前進的「死槍」，然後在對方以非武裝狀態離開水面時發動攻擊。

「……該不會是在哪裡追過他了吧……」

詩乃回答完後，轉過頭來的桐人便以沉思的表情看著身後的河流說道：

「不，這不可能。我在奔跑時已經確認過水裡沒有敵蹤了。」

「是、是嗎……」

話說回來，只要沒裝備氧氣筒，就沒辦法在水裡待超過一分鐘。死槍帶著L115這種大型狙擊槍，應該沒有多餘的載重空間才對。這麼說來，他一定是潛進鐵橋下方河川，然後順著往北的水流游到詩乃他們看不見的地方，接著爬上岸跑進都市廢墟裡頭。

「——那麼，他應該已經潛伏在這座城市裡面了。你看河流到那邊就沒了。」

詩乃眼前的河川，已經變成暗渠流進都市地底。而下水道入口處設置有堅固的鐵欄杆，一看便知道玩家沒辦法通過。那種障礙物就算扔個上百顆電漿手榴彈都無法破壞。

「這樣啊……距離九點的掃描還剩下三分鐘。只要待在這座廢墟裡，就沒有能躲過衛星掃描的方法對吧？」

詩乃瞬間考慮了一下桐人的問題，接著用力點了點頭。

「嗯。上一屆大會裡，就算是在高樓大廈的一樓還是會出現在地圖上。若真要躲，就只有相當危險的水底或是洞窟。除此之外就沒有能躲過掃描的地方了。」

「ＯＫ。只要在接下來的掃描裡能鎖定死槍的位置，就馬上發動攻擊以阻止他開槍。我會直接朝他衝過去，到時候就麻煩妳掩護我。」

「……我是沒關係啦……」

詩乃聳了聳肩，但隨後還是抓住這久違的機會糾正桐人說：

「但是有一個問題。你沒忘記『死槍』不是那傢伙的正式名稱吧？不知道名字的話，根本沒辦法從雷達上找出他的位置。」

「嗚……對、對哦……」

光劍士皺起漂亮的眉毛，陷入沉思。

「確實……三十名參賽者裡，妳不認識的只有三個人對吧？這三個人之中，我所追蹤的『Pale Rider』不是死槍。也就是說剩下那兩人……『槍士X』與『Ｓｔｅｒｂｅｎ』裡有一個是死槍……如果待在城市裡的只有一個，那一定就是他了……」

「如果兩個人都在，我們根本沒有猶豫的空間耶。現在就得先決定要攻擊哪一邊才行。那個──我剛才忽然想到……」

詩乃乾咳了幾聲後才繼續說：

「……把槍士反過來唸不就變成『死槍』了嗎？而『X』則可以唸成『cross』，也就是那傢伙比出來的十字……不過，應該不會那麼簡單吧……」

「嗯……不過呢，VRMMO的角色名稱基本上都是隨便創造出來的。像我也只是把本名拿來改一下而已……妳呢？」

「…………我也是。」

他們互相以奇妙的表情看了對方一眼，接著同時乾咳了幾聲。

桐人似乎還沒決定，話語隨著嘆息而出。

「如果那個叫『Sterben』的真像他名字一樣是個外國人就好了。BoB裡有來自國外的玩家嗎？」

「這個嘛……」

詩乃看了一下手錶，距離掃描只剩下兩分鐘不到。於是她盡可能迅速地說明：

「第一屆大會時，可以自由選擇連到美國或是日本的伺服器，不過聽說日文介面的日本伺服器裡還是有少數的外國人。雖然那時候我還沒有玩GGO，但從新……鏡子那裡聽說，第一個在ＢｏＢ裡獲勝的就是外國人唷。那人好像非常強，光靠小刀與手槍就把日本人全部幹掉了……」

「這樣啊……那他的名字是？」

「好、好像是叫Ｓａｔｏ……Ｓａｔｏｒｉ還什麼的怪名字。不過我開始玩時，日本伺服器就只有日本國內的玩家才能連線了，所以第二屆和第三屆參賽者全部都是日本人……至少是住在日本國內。那個『Ｓｔｅｒｂｅｎ』雖然是外文拼音，但應該是日本人才對。」

「這樣啊……」

桐人用力眨了一下眼，像是終於下定決心般這麼說：

「好，如果兩個人都在廢墟，就到『槍士X』那邊去。到時就算我像Pale Rider那樣被震撼彈擊中而麻痺，妳也不用慌張，只要準備狙擊就可以了。死槍一定會用那把黑色手槍做最後一擊，妳就趁那時候攻擊他。」

「咦…………」

聽見這句話的瞬間，詩乃馬上忘記時間已經剩下不到一分鐘，瞪大了眼睛。她緊盯著身邊的黑眸並問道：

「……你為什麼會這麼……」

相信我呢？但後半句話詩乃已經發不出聲音來了——

「……我也有可能不攻擊死槍，而從背後狙擊你啊……」

桐人似乎十分意外地揚起眉毛，隨即露出微笑。

「我已經知道妳不會這麼做了。來……時間快到了。那就拜託妳囉，夥伴。」

接著黑衣光劍士便拍了一下詩乃的左手，為了離開河床到街道上而朝樓梯走去。

被碰到的地方，就跟昨天的指尖同樣有種奇妙的熱度與疼痛感。但詩乃依舊無言地追著前面的背影。雖然從昨天起就不知道對自己說過多少次「這傢伙是敵人」了，不過她現在已經不再有那種感覺。

在短短的水泥樓梯上層，詩乃和桐人一起蹲在從街道裡看不見的位置，等待著本日第四次的「衛星掃描」。

她右手拿著接收器，眼睛看著左腕上的手錶。現在的時間是晚上八點五十九分五十五秒……六秒……如果大混戰進行的速度與去年相當，應該差不多要進入後半，也就是玩家只剩下一半左右了。實際上，剛才還能聽到頭上的廢墟都市裡不斷傳來槍聲與爆炸聲。不過現在聲音終於暫時停止，所有人應該都躲在陰影裡盯著接收器看吧。

八秒、九秒、九點整。

接收器的地圖上浮現幾顆白色與灰色光點。

「桐人，你檢查北方！」

低聲說完後，詩乃便碰了碰在街道最南邊，靠近河川西岸的兩個密集光點。出現在上面的名字當然是「Ｋｉｒｉｔｏ」與「Ｓｉｎｏｎ」。由於近距離戰鬥不可能持續十五分鐘以上，所以這下子其他玩家應該也知道這兩人不是在戰鬥而是組成搭檔了。雖然這絕對沒有違反規定，而且過去的大會裡也有互相協助的玩家出現，但其他人一定會有「那個詩乃竟然會和人合作」的想法。她不免在心裡祈禱，至少兩個人待在一起時別被攝影機拍到。

——她將雜念趕到腦袋角落，高速碰著北邊各光點並一一確認名字。「Ｎｏ—Ｎｏ」、「闇風」、「ｈｕｋｋａ」、「魔鎖夜」……每個都是詩乃認識的知名玩家。如果找的名字都不在這座城市裡，那就表示推理從一開始就錯了——

不。

「「……有了！」」

當詩乃這麼叫道時，桐人的聲音也完美地同時響起。

街道中央類似體育場的圓形建築物外圍。一顆光點單獨待在這個看起來視野良好的絕佳狙擊位置。當詩乃手指碰到它的瞬間，馬上就浮現了玩家名——「槍士Ｘ」。

她立刻和桐人互看了一眼，但馬上又轉回自己的裝置上。為了重複確認情報，詩乃繼續將手指移往北方，而桐人則是向南方移動。五秒鐘後，他們抬起頭來同時頷首。

「目前只有『槍士Ｘ』在城市裡。」

桐人接著以緊張的聲音回答詩乃的呢喃。

「嗯嗯，看來『Ｓｔｅｒｂｅｎ』不在這裡。換言之『槍士Ｘ』就是『死槍』了。而他瞄準的獵物應該是……」

桐人用手指著自己的接收器。顯示的光點正待在中央體育場稍微往西方的大樓上——名字則是「利可可」。處於孤立狀態的他如果要到別的地方，就一定得置身於槍士Ｘ的射程範圍裡。

當詩乃點頭時，代表利可可的光點已經開始朝著大樓出口移動。當他踏上道路的瞬間，立刻就會遭受Ｌ１５５狙擊槍的震撼彈襲擊吧。在他倒地並被那把黑色手槍擊中之前，無論如何都得阻止死槍不可。

收起接收器的桐人凝視著詩乃，似乎有話要說。但他只是短短說了句：

「拜託妳掩護我。」

「了解。」

詩乃簡單回答後站起身。她在爬上桐人面前的樓梯觀察周圍環境，接著以右手比出前進的手勢並衝上最後一層階梯。

成為大會舞台的孤島——正式名稱是「ＩＳＬ諸神之黃昏」。而聳立在它中央的古代都市廢墟，應該是依照現實世界裡的紐約市等知名大城所製造出來的。那些混合著機能性與傳統美設計的摩天大樓群矗立在夕陽下，而地面則有無數的英文看板與廣告。當然這些物體都已經老朽風化，而且全被蔓藤類植物與沙塵給遮蓋起來了。

詩乃與桐人全力在成為暗渠的河流上方道路奔跑。現在這座廢墟裡，除了他們兩人、死槍以及死槍的目標之外，至少還有五、六名玩家存在，但現在已經管不了那麼多了。所幸剛才的掃描裡沒有發現能馬上移動到他們附近的人。而且路上那幾台破爛的黃色計程車與大型巴士剛好可以成為絕佳的掩蔽物。兩人就這樣穿梭其中，不斷朝北方跑去。

這座廢墟城市的半徑大約有七百公尺，而在ＡＧＩ輔助全開的衝刺下，兩人不到一分鐘便跑過這段距離，前方可以見到一座巨大圓形建築物。那正是他們的目的地中央體育場。在詩乃的手勢下，他們先衝進巴士的陰影裡，接著透過破掉的全景窗觀察周圍環境。

體育場外壁大概有三層樓高，東西南北各有一個出口。如果槍士Ｘ從衛星掃描之後就沒有移動，應該會待在西方入口的正上方。詩乃瞪大了雙眼直盯著外壁上面看。根據強化視力(hawk eye)技能的輔助，物體遠近效果將會減弱，視野解析度也會跟著提升。她發現已經損壞的水泥牆邊緣有個類似槍孔的三角破洞，而在洞口後方深處——

「……有了。在那裡。」

在夕陽照耀下閃過光芒之處，無疑便是狙擊槍的槍口所在。這時桐人似乎也確認到了詩乃所見到的物體，跟詩乃一樣以細微的聲音說：

「看來，他還在等待『利可可』出現。好……我趁現在從他後方突襲。詩乃，妳就在這條街對面的大樓上準備狙擊。」

「咦……我也一起到體育場裡……」

詩乃雖然立刻反對，但馬上就被桐人強而有力的眼神給打斷了。

「這是讓妳將能力發揮到最大極限的作戰。我相信陷入危機時妳一定會用槍掩護我，所以才能安心和那個傢伙作戰。這就是所謂的搭檔嘛！」

「…………」

此話一出，詩乃也只能點頭同意桐人的計畫。他微微一笑，瞄了手錶一眼後繼續說：

「我離開三十秒之後就開始作戰。這樣時間夠嗎？」

「……嗯，夠了。」

「好。那就拜託妳了。」

接著黑髮劍士便毫不猶豫地將背部從巴士上移開——

他由正面與詩乃對望了一眼後，便在幾乎沒有發出任何腳步聲的情況下，朝體育場南方出口跑去。

詩乃看著他逐漸遠去的纖細背影，感覺自己心底深處有種奇妙的情感產生。這是緊張？還是不安？雖然很像，但似是而非。這是——沒錯，是膽怯……？

——怎麼可能！我是在害怕些什麼！

詩乃咬緊牙關，用力斥責著自己。

——為了在ＢｏＢ大賽裡獲得優勝，成為這個世界最強的玩家，這麼做是相當合理的。為了迅速將使用系統外未知能力來擾亂大賽進行的死槍排除，暫時先跟桐人互相合作也是不得已的事。成功的瞬間，那個光劍士將變回敵人。此後只要再度遇見他，便要毫不猶豫地扣下扳機，打倒他、遺忘他。因為，我再也不會遇見他了。

強行壓下心臟附近的刺痛感後，詩乃也開始跑了起來。街道區域裡的建築物當中，可以分為能夠進入與不能進入兩種，可以進入的建築物必定會設有一看就知道是出入口的地方。眼前這座與體育場隔著一條環狀道路的西南向大樓，牆壁上正好有一處崩毀的大缺口。從那裡進入後爬上三樓，應該就能看見體育場的外壁通路了。兩處距離實在太近，一般來說在這裡進行狙擊很有可能被對方發現；但即使強如死槍，在和桐人戰鬥時也勢必無暇注意周圍環境。只要找到空隙，就毫不猶豫地射擊。接著便直接離開廢墟，別與桐人會合。這樣應該就可以了……

雖然詩乃一直要自己像平時一樣冷靜地行動……

但她的內心，確實有極大部分被與平常不同的思緒給佔據了。

當少女準備穿過大樓牆壁的崩壞部分時，她的背部忽然有股強烈的寒意。在準備轉身那一刻，詩乃才發現自己已經倒在路面上。

——怎麼回事……我為什麼會倒地……？

她當下沒有反應過來。

背部起了雞皮疙瘩……視野左邊某種東西發出光芒……反射性舉起左手後，手臂外側受到強烈衝擊。當詩乃發現自己被擊中後，立刻打算逃進眼前的大樓裡，但是腳不知為何無法動彈，整個人當場倒地。

好不容易認清現狀後，詩乃馬上想起身，只是身體卻完全不聽使喚。看來目前能動的就只有雙眼而已。她拚命看著自己的左手，確認遭受槍擊的前臂。

有個東西貫穿沙漠色夾克的袖子，刺進了手臂——那與其說是子彈，倒不如說是根銀色的針狀物體。它的直徑有五公厘，長度大約有五十公厘左右。根部隨著尖銳的振動聲發出藍白色光芒並產生如絲線般的火花，這些火花正由詩乃的手臂傳遍全身。這是——

電磁震撼彈。

這就是剛才讓Pale Rider麻痺的特殊彈。突擊步槍、機關槍或是手槍都無法裝填，只有一部分大型狙擊槍能使用。然而詩乃完全沒有聽到槍聲。ＧＧＯ裡應該只有少數玩家擁有配備減音器的大型狙擊槍。

就算詩乃想到這裡，她還是沒辦法相信擊中自己的就是「那個傢伙」。因為震撼彈是由道路南邊飛過來的，但那傢伙應該在北邊的體育場外圍才對。他應該還沒察覺到詩乃的存在，正忙著瞄準別的目標才對。根據九點的衛星掃描，詩乃可以斷言這個時間點沒有其他玩家能從南邊攻擊她。不論是「Ｎｏ－Ｎｏ」、「ｈｕｕｋａ」或是「闇風」，都位於需要花上許多時間才能突破的嚴重倒塌地區啊。

這實在讓人無法理解。為什麼──究竟是誰──怎麼辦到的呢……

回答詩乃問題的並非言語，而是之後出現在她眼前的景象。

南方約二十公尺遠處，原本沒有任何東西存在的空間忽然出現幾顆光粒，接著有個人像是切開了世界般忽然出現。

詩乃無法發出聲音的喉嚨不斷喘息，無聲地大叫著。

──超穎物質光學迷彩！

它能以裝甲表面折射光線並藉此讓自己隱形，可說是究極的迷彩能力，但那應該是少數超高等魔王級怪物才會有的技能。難道說第三屆ＢｏＢ大賽還在戰場中安排了怪物？可是明明沒有聽到這種廣播啊。

啪沙！

被風吹動的暗灰色布料，打斷詩乃混亂到了極點的思考。

那是件表面破爛且起毛球的長斗篷，附有完全蓋住頭部的同色頭套。詩乃只能呆望著解除光學迷彩，完全將身影暴露在她面前的襲擊者。這人正是不應在此出現的「破斗篷」。

——「死槍」。

那個十幾分鐘前讓Pale Rider消失，可能也殺害了上屆優勝者「ＺＸＥＤ」與大型中隊領導人「薄鹽鱈魚子」的沉默刺客（Silent Assassin）。

從緩緩飄動的斗篷內側，可以清楚看見延伸到腳底附近的大型狙擊槍槍身，以及裝置在前端的減音器。如果那件長大的斗篷有光學迷彩能力，那麼就算擺出狙擊姿勢也能在隱形狀態下發動攻擊吧。而且不只是這樣而已，光學迷彩就連衛星掃描也檢查不出來。否則之前掃描時，這條道路周圍一定會有光點出現才對。

那就表示這個破爛斗篷——「死槍」，並不是「槍士Ｘ」囉……？

……桐人。

詩乃在腦中呼喚著目前應該在背後體育場裡準備攻擊槍士Ｘ的光劍士。但她當然得不到任何回應。

「啪沙」的腳步聲傳進她耳裡。破斗篷以類似滑行的動作接近。那頭套深處的一片黑暗當中，可以見到兩顆暗紅色光點不規則地閃爍著。

在詩乃前方約兩公尺處停步的他，就像幽靈一樣站在那裡。

宛如金屬摩擦般的低語，由看不見的臉孔裡傳了出來。

「……桐人、這樣、就能知道、你究竟是真貨、還是、假貨了。」

看來破斗篷早已知道桐人在體育場裡，這句話是對他而非對詩乃說的。那種無機質且斷斷續續的聲音明明沒有任何抑揚頓挫，卻讓人感到底下藏有某種巨大且強烈的感情。

「我還記得、你那時候、發狂的模樣。把這女人……把你的夥伴幹掉之後、你要是跟那時候一樣發狂、那你就是真的、桐人。來……讓我見識一下吧。讓我再次見到你、充滿憤怒、殺意、與瘋狂的劍吧。」

詩乃幾乎無法理解他的話究竟是什麼意思。

但是破斗篷恐怖的宣言，反而讓少女稍微從驚愕與茫然之中恢復過來。

——他要殺掉我嗎？這種靠光學迷彩的縮頭烏龜想要幹掉我？

詩乃心裡燃起一股憤怒的火焰，其熱度甚至蓋過了麻痺的感覺。

電磁震撼彈雖然仍殘留著許多火花，但或許是因為中彈部位在左臂吧，要是努力一點，右手應該稍微可以活動。幸運的是，詩乃腰上拿來當成副武裝的ＭＰ７短機關槍把手就在附近。可能還有機會握住它然後朝上扣下扳機。在這種近距離之下，只要射完一整個彈匣應該就能打倒他了。

動啊。快動！

也許詩乃由腦部傳達到AmuSphere的運動訊號頻率超越了麻痺狀態吧，她右手開始緩緩動了起來。指尖已經碰到相當熟悉的ＭＰ７握把了。

但這個時候，死槍也緩緩從斗篷裡抬起空著的左手，用兩根手指碰了頭套裡的額頭。詩乃現在才注意到，死槍後方上空浮著淡藍色的三層圓形，中央還有紅色「●ＲＥＣ」文字列不停閃爍著。那是實況轉播的攝影機。ＧＧＯ內外無數收看實況轉播的觀眾，現在正看著死槍劃勝利的十字聖號，以及狼狽地倒在他腳邊的詩乃。

帶著黑色皮革手套的瘦削左手通過胸口往左肩伸去。

這段時間裡，詩乃終於用手掌抓住ＭＰ７的把手。

ＧＧＯ內的槍械當然也有保險，但能迅速發動攻擊還是比極少見的走火事故來得重要，所以戰鬥中幾乎所有人都會把保險維持在開啟狀態。詩乃當然也是如此。接下來就只要瞄準並扣下扳機即可。還來得及。我一定會趕上。

終於劃完十字聖號的死槍把右手收進斗篷內側，接著又馬上準備伸出來。詩乃也已經用麻痺的右手拚命拿起ＭＰ７。她將手往上抬的期間有好幾次都差點把槍摔下來，但還是拚命撐住了。這時重量僅僅一．四公斤的超小型ＳＭＧ，彷彿有一座山那麼重。但死槍在開槍之前應該會先扳起擊錘才對。只要看準那一瞬間射擊——

但是——

這時死槍由斗篷裡伸出右手，當詩乃看見那把黑色自動手槍時，全身以及右臂馬上像結冰一樣凍住了。

為什麼。那只是把普通的手槍而已啊。過去都被威力比這把手槍還強的「沙漠之鷹」與「M5000」瞄準過好幾次了，現在還有什麼好怕的呢。快點重新握好MP7，把槍口朝向敵人並且扣下扳機啊。

詩乃這麼說服自己，再度試著移動右臂——

但就在她出手之前……

死槍將左手放在滑套旁，這剛好讓手槍左側暴露在詩乃眼前。正確來說，應該是刻有直向防滑鋸齒痕的金屬製握柄與握柄中央的小刻印露了出來。

刻印是個圓圈，中央有顆星星。

一顆黑色的星星。

五四式黑星手槍——那把槍。

為什麼……為什麼、那把槍會、出現在、這裡？

最後的希望——SMG機槍，由失去力量的右手上滑落。但詩乃已經連落地的聲音都聽不見了。

「喀嘰」一聲之後，擊錘扳了起來。破斗篷的左手就這麼包住握柄，然後側身以偉佛式持槍法瞄準詩乃。忽然間破斗篷頭套內部的黑暗產生了奇妙扭曲。黑暗空間像黏液般搖晃、滴落，最後由內側出現兩隻眼睛。

眼白滿佈血絲，眼珠很小。那放大的瞳孔，看起來簡直就像無底黑洞一樣。

是那個男人。那個五年前拿著五四式手槍——侵入北方城鎮小郵局裡，想要槍擊詩乃母親的男人。當時年幼的詩乃渾然忘我地撲向手槍、搶奪過來，並扣下扳機殺掉了那個男人——那雙眼就跟當時的他一模一樣。

——他在。他在這裡。他隱藏在這個世界裡，等待著復仇的機會。

不僅右手，詩乃更失去了所有的感官。紅色夕陽與灰色廢墟逐漸消逝，眼前只剩黑暗中的眼睛與槍口。

少女的心跳似乎也變得特別大聲。如果就這樣昏過去，AmuSphere的安全機能便會讓詩乃自動登出，然而她卻意識清晰地等待著黑星扳機扣下的那一瞬間。扳機發出「嘰嘰」的聲音。那根指頭再動幾公厘，擊錘就會敲擊撞針，發射三〇口徑金屬彈。那不是數值上的傷害，而是真正的子彈。它將射穿遊戲內外的詩乃心臟，奪去她的性命。

就像詩乃當時對那個男人所做的一樣。

這是無法逃避的命運。就算她沒有玩ＧＧＯ，也一定會於某處再度被這個男人追上。一切努力都是白費心機。即使掙扎著想要切斷與過去的關係也毫無意義。

就在這自暴自棄的意識當中——

只有一股微小如細沙般的感情存在。

我不想放棄。我不想在這裡就結束。因為，我好不容易才了解「實力」與戰鬥的意義。如果能待在那傢伙身邊一直看著他，總有一天會……

詩乃的思考，終於被震天槍聲所打斷。

雖然不知道被擊中什麼地方，少女依舊閉上了眼睛，等待自己意識消失的瞬間。

然而——

反倒是眼前破斗篷的身體晃動了起來。

頭套裡的「那雙眼睛」消失，變回紅色光點。破斗篷右肩閃爍著橘色的受傷特效。原來是有人擊中了「死槍」。在詩乃想出究竟是誰前，第二聲槍響隨即跟上。從背後飛來的子彈這次掠過破斗篷左肩。由聲音聽起來，槍械口徑應該相當大。破斗篷立刻蹲低，整個人躲進大樓牆壁上的大洞裡。

從詩乃的位置仍然能看見死槍的動作。只見他將黑星放回槍套，取下揹著的L115並迅速更換彈匣。應該是要將電磁震撼彈換成必殺的338Lapua彈吧。對方那架起大型狙擊槍的流暢動作，讓同為狙擊手的詩乃也不禁感到佩服。瞄準後，他便毫不猶豫地扣下扳機。

經由滅音之後的「咻喀」槍聲與來自背後的第三次攻擊幾乎同時發生。但這回對方並未以槍械發動攻擊。只見一個類似飲料罐的灰色物體滾到詩乃與死槍之間的路面——是手榴彈。死槍見到之後立刻閃入大樓內部。

詩乃只能緊閉起雙眼。手榴彈如果在這種距離之下爆炸，她將會受到相當嚴重的傷害。不過總比被死槍的黑星擊中要好多了。沒錯，乾脆就這樣陣亡算了。在大賽中敗退，然後直接從GGO，不，是從VRMMO裡引退，從此在現實世界裡低調地生活。永遠背負著有一天會被那個男人追上的恐懼……

不過，這回事態發展再度背叛了詩乃的預測。

半秒鐘後爆炸的金屬罐，並不是一般玩家喜歡用的大威力電漿手榴彈，也不是一般炸彈或燒夷彈——只是會吐出無害煙霧的煙霧彈而已。

「…………！」

視野立刻蓋上一層白色煙霧，詩乃不禁屏住呼吸。

這恐怕是她逃走的最後機會了。可是麻痺效果到現在還沒消失。雖然拔出刺在左臂上的子彈後應該就能活動，但詩乃根本無法讓右手做出這種動作。而且這時的她就連一絲站起身的鬥志都沒有。

詩乃已經無法保持冷靜思考，只能瞪大眼睛躺在地上——此時忽然有人抓住她的左臂。

對方就這樣粗魯地將她拉了起來。那人將右手中詩乃不常見到的大型槍械丟棄後，直接把手掌貼在詩乃背後。少女連踉蹌的時間都沒有，就被一雙手臂連同右肩上的黑卡蒂抱了起來。

一陣幾乎將身體壓扁的加速感隨即跟上。空氣在她耳邊發出「咻咻」聲，周圍的煙霧開始變薄，詩乃再度恢復的視野中，捕捉到了那個側抱自己不斷往前跑的玩家。

那人有著幾近透明的白皙肌膚、黑曜石般的眼珠以及隨風飄逸的黑色長髮。

桐、人……

詩乃雖然想叫他，卻發不出聲音。因為他宛若少女的漂亮臉龐上正露出異常認真——不對，應該說是非常拚命的表情。他的神經系統正全力對角色發出運動命令。

他會這麼辛苦也是理所當然。就算桐人是注重ＳＴＲ型的角色，武裝也只有輕巧的光劍與手槍，但抱著詩乃和黑卡蒂便差不多是他的負重上限了。這種狀態下還能高速奔跑，只能說是奇蹟。而且仔細一看就能發現桐人並非毫髮無傷，他右肩和左臂上的全新傷痕拖出一條紅色特效光帶。由光的強度來看，命中他的子彈口徑應該頗大。ＧＧＯ是來自於美國的ＶＲＭＭＯ，所以疼痛緩和功能的等級相當低，受到這種程度的傷害，就算沒有痛覺也該有強烈的麻痺感殘留在身上才對。

……夠了。快放下我逃吧。

雖然心裡這麼想，少女終究還是說不出口。她全身，不，應該說連意識都完全麻痺了。

因此，就連忽然見到後方飛來的大口徑彈擦過面前，詩乃也只是眨了眨眼睛而已。她以昏沉的腦袋茫然地思考。剛才沒有聽見槍聲，也就是說子彈是由死槍的Ｌ１１５發射出來的。在煙霧彈的影響下，這樣的狙擊實在太準確了，代表他緊追在後。雖然不清楚對方究竟是何種類型的角色，但腳程絕不可能比抱著詩乃的桐人還慢。被追上只是遲早的事。

桐人應該也很清楚這點才對。不過光劍士依然沒打算停下腳步或放下詩乃。他只是咬緊牙根、劇烈喘息，拚了命地向前跑。

兩人繞過圓形體育場東邊，準備由廢墟北側離開。這邊也像南側一樣有條筆直向前延伸的主要街道。雖然還是有幾台壞掉的汽車與巴士散落在路面上，仍然不足以讓他們在完全隱藏身形的情況下離開廢墟。桐人到底是要往哪裡跑呢……

回答詩乃疑問的，是路邊的半毀霓虹看板。

夕陽下無力閃爍的文字列顯示出「Rent－a－Buggy&Horse」的字樣。這是首都格洛肯裡也有的無人交通工具出租店。停車場裡的三台三輪越野車當中，有兩輛幾乎全毀，只剩一台看起來還能運作。

不過交通工具不只是越野車而已。正如看板所寫，越野車旁邊還繫著幾匹四隻腳的大型動物——也就是馬。但那些馬當然不是真正的生物，而是金屬框架與齒輪整個外露的機器馬。而這邊看起來也只剩一匹還能動。

桐人衝進停車場後，瞬間為了該選擇三輪越野車還是機器馬而猶豫了起來。詩乃由依然僵硬的嘴裡硬擠出細微的聲音說：

「馬太困難了……雖然突破障礙的能力相當高……但非常難操控。」

雖然幾乎也沒有人能順利操縱純手排的三輪越野車，但電動馬難以捉摸的性格比越野車要棘手多了。由於這已經與角色的技能無關，純粹看玩家本身的技術，所以要隨心所欲操縱這些交通工具需要長時間的努力練習。在開始營運還不到一年的ＧＧＯ裡，有那麼多時間練習的玩家應該沒有幾個人才對。

聽見詩乃的話之後，桐人似乎仍然有些猶豫，但他立刻點了點頭，朝著唯一一台仍可發動的三輪越野車衝去。他碰了一下啟動裝置的面板並發動引擎，接著讓詩乃坐在後踏板上，當自己一跨上座位後便毫不猶豫地催動三輪越野車。粗大的後輪登時發出尖銳摩擦聲，冒出白煙的越野車開始迴轉。

當車頭面向道路北邊時，桐人瞬間停下車子大叫：

「詩乃，妳的狙擊槍可以破壞那匹馬嗎？」

「咦……」

詩乃以麻痺感好不容易逐漸消褪的右手辛苦地拔起震撼彈，同時眨了眨眼睛。她看看背後的機器馬，終於了解桐人的用意。他擔心那個破斗篷——死槍會利用那隻馬追過來。雖然覺得那實在不太可能，但詩乃還是點了點頭。

「知……知道了，我試試看……」

她以仍不停抖動的雙臂抱住解下的黑卡蒂，將槍口對準冷冷地站在二十公尺前方的那匹金屬馬。這是不需要瞄準鏡，光靠技能輔助就能命中的距離。當詩乃將手指放到扳機上時，淡綠色著彈預測圓立刻出現。她將焦點集中在馬的側腹上，指頭準備施力——

喀嘰！

僵硬的手感讓詩乃瞪大了眼睛。

她扣不下扳機。詩乃心想「難道是不小心關掉保險了嗎？」於是確認了一下愛槍側面，但並非如此。於是狙擊手食指再度用力。但扳機就像被焊接起來般再次將她右手彈開。

「咦……為什麼……」

喀嘰、喀嘰。詩乃試了好幾次，都是一樣的結果。她呆呆地看向指尖，眼前卻出現難以置信的景象——她的手指根本沒碰到扳機。白色指尖與平滑的鋼鐵之間還有數公厘的空隙。而且不論她多麼用力，就是無法消除那段距離……

「……扣不下去……為什麼……為什麼我扣不下扳機……！」

由自己喉嚨發出來的聲音，是細微又沙啞的哀嚎。

發出哭喊的似乎已經不再是那個寒冰般的狙擊手，而是現實世界裡的朝田詩乃了。

就在此時……

還殘留在體育場東側的薄薄煙霧後面出現了一道人影。

對方身上的破斗篷激烈地搖晃著，右手還拿著一把大型狙擊槍。他當然是「死槍」——或者也可以說是借用了這種外表的「那個男人」。

詩乃眼前一暗。雙腳失去力量。全身開始發冷。

啊啊……怎麼會。這是發作的預兆。變成這個世界裡的詩乃時，自己從來沒有發作過。明明連首次潛行就馬上被迫持槍時都沒有發作了……

「詩乃，快抓好！」

忽然有道強而有力的聲音響起，同時有隻手伸過來用力抓住她的左臂。詩乃就這樣順勢抱住桐人的身體。接著，舊式石化燃料引擎馬上發出怒吼。越野車前輪整個騰空，接著便像彈出去般往道路上飛去。

每當桐人用腳換檔時，詩乃都感到有股加速度讓自己往後傾。身處恐慌邊緣的她拚命保持自己的意識，全力抓住面前那具瘦削的身體。一股黑暗勢力不斷想要吞噬詩乃，而從桐人身上傳來的微微體溫是她唯一可以與之對抗的依靠。

到達最高檔的越野車在廢墟裡發出尖銳的咆哮，開始在主要街道上奔馳。

——可以……逃過一劫嗎……？

雖然內心相當不安，但詩乃還是沒有回頭的勇氣。她到現在才發現身體仍然抖個不停。

少女狙擊手動著僵硬的手指，準備將抱在右手中的黑卡蒂移回肩膀上。這時桐人緊張的聲音再度響起：

「——可惡，還沒脫離險境！別鬆懈啊！」

她反射性往後一看——

馬上就看見沒有破壞成功的機器馬從逐漸變遠的停車場裡衝了出來。少女因為難以置信而瞪大了眼，但不用確認也能知道上面坐的是誰。

騎士身上的斗篷，就像烏鴉的黑翼般用力拍動著。他背上揹著Ｌ１１５，兩手握著金屬製韁繩。那種在馬鐙上半蹲著，隨著馬匹奔跑而上下起伏的姿勢就跟個熟練的騎士沒有兩樣。喀噠、喀噠的沉重蹄聲讓詩乃腦袋一片混亂。

「為什麼…………」

他竟然能騎馬。以前自己曾聽說過，就算現實世界裡有騎馬的經驗，也很難操控這個世界裡的機械馬。但現在深色的馬匹卻時而迂迴時而飛越過廢棄車輛，以跟越野車幾乎相同的速度追來。

那個模樣，讓他看起來已經不再像詩乃一樣是個普通玩家，而是少女內心流露出來的恐懼集合體。即使想將目光移開，卻還是忍不住會將焦點集中在兩百公尺後的騎士臉上。距離上來說當然不可能看得清楚，但詩乃就是覺得能看見浮現在頭套黑暗深處的那雙眼睛，以及露出笑容的血盆大口。

「快被追上了……！快點……快逃啊……快逃……！」

詩乃以混雜著哀嚎的細微聲音叫道。

而桐人則像是要回應她的要求般將三輪越野車催到極限。但就在此刻，越野車因為單邊後輪輾過障礙物而彈跳起來，後方因此整個往右滑。

詩乃放聲尖叫，反射性往左邊倒去，希望能藉此讓越野車取得平衡。如果越野車這時打滑，死槍將在十秒鐘以內追上他們。桐人一邊咒罵一邊控制著搖晃的車體。

發出尖銳摩擦聲的越野車左右蛇行，數秒之後才好不容易恢復平衡並重新開始加速。但死槍已經趁著這短暫的失誤將彼此間的距離拉近了不少。

貫穿廢墟的公路上，像是有人在惡作劇般不斷出現障礙物，讓越野車得在高速行駛的情況下不斷甩尾。而且路面到處都蒙著一層薄沙，輪胎只要輾過上面就會失去抓地力。每當這種時候，越野車都會微微往旁邊打滑，而詩乃的心情也會跟著緊張起來。

雖然追跡者也處於同樣的條件之下，但這種滿是障礙物的道路似乎對四隻腳奔跑的機器馬較為有利，因此破斗篷不斷輕鬆地躲過報廢車輛，逐漸靠近詩乃他們。除此之外，對方還有另一個優勢。

儘管三輪越野車與機器馬都是可以乘坐兩人的交通工具，但是目前越野車上有兩個人，而機器馬上只有一個。所以越野車的加速明顯較為遲鈍。

每當馬匹從障礙物陰影後面再度出現時，逐漸逼近的剪影就會變得更大一些。雖然相隔還有一段距離，但詩乃就是覺得有道類似刺耳金屬音般的鼻息不斷刺激著她的後頸。

當兩者之間終於距離不到一百公尺時……

死槍的右手離開疆繩，筆直對準兩人。他手上是──那把黑色的「五四式．黑星」手槍。彷彿全身墜入冰窖的詩乃，這時再也無法趴在踏板上，只得凝視著那把手槍。她的牙齒打顫，不斷發出「喀嚓喀嚓」的不規則聲音。紅色的彈道預測線無聲無息地攀上少女右臉頰。她毫不考慮地將頭往左邊倒去。

緊接著槍口發出橘色的光芒，就像張開血盆大口的惡魔一樣──

「磅！」致命的子彈拖著尖銳衝擊聲飛來，最後由詩乃右頰旁十公分左右的地方通過。即使子彈已經通過越野車命中了前方的廢棄車輛，但飄散在空間之中的微粒子特效仍舊輕輕擦過詩乃的臉。這一瞬間，她感覺臉頰彷彿被人用乾冰貼在上面一樣刺痛。

「不要啊啊啊！」

這次詩乃終於高聲哀嚎。她將眼神從背後的死神身上移開，整張臉貼到桐人背上。隨之而來的第二發子彈似乎命中了越野車的後擋泥板，兩人腳上傳來一陣劇烈震動。

「不要啊……救我……救救我……」

詩乃像個嬰兒般縮起身體，不斷有氣無力地重複相同的話。由聽不見槍聲、馬蹄聲卻越來越接近這點來看，死槍應該打算改為追上越野車之後再確實開槍吧。

「詩乃……聽得見嗎，詩乃！」

桐人呼喚詩乃的名字，卻沒有得到任何回應。她只是蹲在踏板上，不斷發出細微的聲音。

「詩乃！」

再度被尖銳的叫聲衝擊全身後，詩乃才好不容易停止哀嚎。她稍微動了一下脖子，朝桐人黑髮飄逸的背影看去。只見桐人目視前方，在將三輪越野車催到極限的同時，也以僵硬卻十分冷靜的聲音說：

「詩乃，這樣下去我們會被追上——快用槍狙擊他！」

「我……我辦不到啊……」

詩乃非常用力地搖頭拒絕。右肩雖然感覺得到黑卡蒂II沉重的觸感，但這平時會讓她充滿鬥志的質量，目前卻無法帶給她任何感覺。

「沒中也沒關係！只要牽制他就可以了！」

桐人持續叫著，但詩乃只能不斷搖著頭。

「……我辦不到……那傢伙……那傢伙他……」

那個男人是從過去記憶裡甦醒的亡靈，就連用十二．七毫米彈擊中他的心臟也無法阻止他——詩乃心裡如此確信。直接命中要害都無效了，何況單純的牽制呢。

但桐人就在這個時候轉過頭來，那對黑色瞳孔閃著燦爛的光芒。他開口就說：

「那妳來駕駛！讓我用那把槍狙擊他！」

聽見這句話後，詩乃心中僅存的一點點自尊心產生動搖——

——黑卡蒂是……我的分身。除了我之外……沒有人能用……

斷斷續續的思考，就像流經回路的微弱電流般讓詩乃右手動了起來。

她以緩慢的動作將巨大狙擊槍由肩膀上取下，然後將槍身放在橫跨越野車後部的保護桿上，畏畏縮縮地撐起身體，開始將眼睛湊到瞄準鏡前面。

雖然放大倍率已經調到最低限，但在這種不到一百公尺的近距離下，載著死槍奔跑的機器馬身影已經佔了瞄準鏡視野的三成以上。詩乃原本為了把焦點放在死槍身體中心線上而準備提升倍率，但伸出去的手最後還是停了下來。

要是再繼續放大，將會看清楚他頭套下的臉。一想到這裡，她的手指便無法動彈。於是詩乃直接將右手往槍柄移去，擺出狙擊姿勢。

死槍應該也有注意到少女狙擊手的行動才對，但別說停止了，他甚至連迴避的意思都沒有。只見他雙手握住韁繩，一直線追過來。詩乃雖然知道自己被輕視了，但只要想到死槍有可能再度拿出那把五四手槍——那把自己過去也曾握住的詛咒之槍，她內心就感覺不到憤怒，只有無盡的恐懼。

一槍、只要開一槍就夠了。在這種距離下，就算對方看得見彈道預測線也有可能迴避失敗。詩乃將這種消極且為數不多的戰意凝聚起來，準備讓護弓裡的食指觸碰扳機。

但是……

一股奇妙的緊張感襲來，再度阻止了她的動作。

不管她再怎麼用力，指尖就是沒辦法碰觸扳機。簡直就像獨一無二的夥伴黑卡蒂自己在拒絕詩乃一樣——

不，不對。拒絕的是自己。是朝田詩乃自己再拒絕開槍。

「沒辦法射擊……」

「我沒辦法射擊。手指根本不動。我已經……沒辦法戰鬥了。」

詩乃以沙啞的聲音呢喃。

「不，妳可以！」

堅強又嚴厲的聲音立刻從背後響起。

「沒有無法戰鬥的人！只有自己選擇放棄戰鬥的人！」

就算被當成最大敵手的桐人這麼斥責，詩乃內心快要消失的火焰也只是微微晃動而已。

選擇？那我就自己選擇放棄戰鬥吧。我不想再有痛苦的回憶了。我已經受夠找到的希望不斷被奪走、破壞了。「有實力就能夠在這個世界生存」只不過是自己的幻想。我一輩子都得帶著那個男人的怨恨與對槍的恐懼活下去。只能低著頭、屏著呼吸，不去看、也不去感覺任何東西…………

突然，一道灼熱的火焰包住詩乃凍結的右手。

少女睜開原本閉上的眼。

桐人原本跨坐在越野車的坐墊上，但他這時反轉身體，整個人貼著站在踏板上的詩乃背部。他伸出右手，包起詩乃已經快要脫離黑卡蒂握柄的右手，並用力握住。

看來他已經想辦法將三輪越野車的油門固定在全開狀態了，目前越野車還是全速奔馳著，不過這樣下去遲早會撞上障礙物。但桐人彷彿毫不介意似的在詩乃耳邊大叫：

「我也一起開槍！所以，一次就好，拜託妳動一下這根手指吧！」

詩乃不清楚系統是否允許一把槍由兩個人來擊發。但桐人手掌所碰之處傳來宛若熾焰般的熱度，讓她感覺冰凍的手指稍微開始融化了。

狙擊手的食指微微顫抖了一下——指尖碰到了構成扳機的金屬。

視野裡立刻出現綠色著彈預測圓。但整個圓形遠遠超出死槍的身體，更以不規則的節奏跳動著。因為詩乃的心跳紊亂，而且奔馳中的越野車晃動得實在太厲害了。這樣下去，也不用考慮什麼敵人的迴避能力了，因為子彈根本不會筆直飛行。

「不、不行……這樣搖下去根本無法瞄準……」

詩乃軟弱地呻吟著，但她耳邊馬上又響起冷靜的回答：

「不要緊，五秒鐘之後會停止搖晃。聽好囉……三、二、一，就是現在！」

強力衝擊隨著突如其來的「磅！」一聲巨響出現，接著越野車便奇蹟般地不再搖晃……似乎是衝到某種物體上而騰空了。詩乃以眼角瞄了一下地面後，發現有台楔形跑車有如跳台一樣躺在地面上。桐人在轉過頭來之前，便已經讓越野車朝著這台跑車前進了。

……在這種狀態之下，他為什麼還能那麼冷靜呢？

霎時，詩乃在胸中這麼問道。但她馬上又否定了自己的問題。

……不對，這跟冷靜什麼的無關。這個人只是盡自己的全力而已。他不替自己找藉口，選擇盡全力戰鬥。這就是——這才是這個人的真正實力。

詩乃在昨天預賽決勝戰時裡曾這麼問過桐人——有這樣的實力，你還在怕些什麼呢？

但是這問題本身就是個很大的錯誤。就算膽怯、煩惱、痛苦也依然能夠向前看，才是真正的「實力」。眼前只有振作、不振作與開槍、不開槍這樣的選擇而已。

自己當然不可能像桐人那麼堅強。但是，至少現在——至少現在要全力一博。

詩乃賭上全部心力，想讓放在愛槍扳機上的手指扣下。

但僅僅經過輕微調整的扳機彈簧卻重若千斤。不過，有了那隻火熱手掌支持，詩乃的指頭終於慢慢扣下。出現在視線裡的預測圓暫時向內收縮。但敵人身影還有一半在圓形之外。

應該，不，是絕對無法擊中目標。

以狙擊手的身分戰鬥了這麼久，詩乃還是第一次帶著這種念頭扣下扳機。

像是要一吐等待以久的不滿般，愛槍黑卡蒂II由防火帽放射出炫目火焰，爆發未曾聽過的劇烈聲響。

身處於不穩定狀態下的詩乃無法有效抑制後座力，整個人往後彈去，但桐人穩穩地撐住了她。越野車的跳躍過了頂點，開始往下降，而詩乃只能在車上瞪大雙眼追蹤子彈的去向。夕陽之下，螺旋軌道以些微之差掠過騎馬的死神，從他右方飛過。

——失手了……

彈匣裡雖然還有子彈，但詩乃已經連拉下槍機的力氣都沒了，只能在嘴裡如此低語。

不過，或者是「冥界女神」自身的尊嚴不容許這發子彈完全失手吧——巨大的反資材彈沒在柏油路面上留下無用的彈孔，反而侵入橫躺在路上的巴士車體。

在GGO裡，配置在戰鬥區域裡的人工物體，幾乎都是為了讓玩家當成掩蔽物而存在。但它不愧是兼具MMORPG與FPS特質的遊戲，每個人工物體上都有點小陷阱。像汽油桶或大型機械類只要受到一定程度以上的損害，就有可能會起火甚至是爆炸。在極低的機率下，放置在路上的老朽廢棄車輛，油箱裡可能還殘留有汽油，只要被子彈擊中——

大型巴士的車身開始冒出小火花。

剛好準備經過巴士旁邊的死槍注意到這點後，立刻打算讓機器馬跳往道路的另一邊去。

但在他行動之前，巨大火球爆開，橘色光芒當場吞沒了巴士與馬匹。

結束跳躍的三輪越野車在這時候著地，而落地時的劇烈彈跳與震撼整條主要道路的強烈衝擊波幾乎在同一時間發生。雖然爆炸景象被當成跳台的跑車擋住而看不見，但桐人他們還是目擊到了機械馬在矗立的火柱當中四處飛散的剪影。

——打倒他了嗎……？

詩乃雖然一瞬間有這種想法，但馬上打消了這個念頭。只不過是障礙物的爆炸，怎麼可能殺得了那個死神呢？頂多只能爭取到一點時間而已吧。但是對他們來說，這也已經是天大的奇蹟了。

再度轉往前方的桐人先努力將快要橫向翻倒的越野車穩住，然後才繼續加速。

詩乃整個人癱軟在踏板上，呆呆看著聳立在紫色夕陽下的黑煙。她已經無法再做任何思考，只能任由身體隨著疾馳的越野車跳動。

左右兩邊往後奔流的大樓與廢棄車輛愈來愈少，自然岩石與奇妙的植物逐漸取而代之。回過神來，才發現三輪越野車已經穿越孤島中央的都市廢墟來到北部沙漠地帶了。

道路從破損的柏油路面變成僅由車輪壓過而變硬的砂石小徑。三輪越野車的震動也因此更

加激烈，桐人只好減速，謹慎地操控越野車穿梭於沙丘之間。

詩乃原本只是毫無意義地數著左右兩邊經過的大仙人掌數量，卻忽然想起什麼般往左手上的手錶看去。細長的指針們顯示出目前是下午九點十二分。令她吃驚的是，由街道南方河岸進入廢墟到現在，竟然只過了十分鐘左右。

但在這短短的時間裡，ＢｏＢ決賽——不，應該說ＧＧＯ這款遊戲，對詩乃的意義已經有了劇烈改變。

當她用略微冷靜的頭腦思考後，就知道名叫「死槍」的玩家，不可能是那個很久之前在郵局強盜事件裡被自己擊中的男人。讓詩乃陷入那種想法的根源「五四式黑星手槍」在ＧＧＯ裡雖然不是很受歡迎，但絕對不是什麼稀有的槍械，市價相當便宜。說不定死槍只是偶然選擇它當作自己的輔助武器而已。

問題在於，自己看見那把槍的瞬間便會感到恐懼、膽怯，甚至會引發恐慌症。

詩乃將在這個世界裡與拿著黑星的敵人作戰當成自己的目標之一。她相信，就算被那把槍指著，自己還是能夠毫不膽怯地沉著應戰，最後讓它埋沒在過去被詩乃擊倒的眾多目標當中。

但真正遇上它時，自己卻是如此狼狽。電磁震撼彈的效果明明已經完全消失了，她全身的感覺卻依然相當遲鈍，兩手也不停地抖動著。就連平常擁抱黑卡蒂時那種熟悉的沉重感，現在也只覺得是種負擔。

——全部都是謊言、都是欺瞞。我所累積起來的龐大殺人數，以及認為它可以證明自己實力的想法，根本一點意義都沒有……

當詩乃深感沮喪時，輪胎忽然打滑，接著越野車便停了下來。桐人沉穩的聲音從她背後傳了過來：

「哎呀……在這種一望無際的沙漠裡，要去哪裡找藏身之處呢……」

聽見這句話後，詩乃也思索了起來。桐人在前來解救陷入麻痺狀態的詩乃時就已經身負重傷了。現在他應該是打算先躲藏在沙漠地帶裡，利用比賽一開始就發給所有參賽者的急救包來恢復ＨＰ吧。但是那個道具補血速度相當慢，若打算安全地重整態勢，光躲在沙丘或仙人掌的陰影裡是不夠的。

詩乃抬起依然昏沉的頭看了一下周圍。當她發現稍遠處有座紅褐色岩山時，便緩緩用手指著該處說：

「……那裡應該會有洞窟。」

「啊，對哦。妳之前曾說過，沙漠裡有能躲過衛星掃描的洞窟。」

桐人迅速回答，並將越野車轉回來，接著離開道路朝著岩山而去。他們在幾十秒之後到達岩山，然後開始在周圍繞圈。果然不出詩乃所料，他們在北邊側面發現了一個巨大洞口。桐人降低速度之後，緩緩把整台越野車開了進去。

洞內倒還算寬敞，將車駕駛到從入口看不見的位置之後，洞裡大約還剩餘一坪大小的空間。深處雖然陰暗，但靠著牆壁反射夕陽的光線，倒也不至於伸手不見五指。

桐人關上引擎並站到沙地上大大伸了個懶腰，回頭看向詩乃。

「先在這裡避過下次掃描吧——啊，我們的裝置是不是會收不到衛星情報？」

聽見他那種多此一舉的發問之後，詩乃也不禁露出苦笑。她以無力的腳走下越野車，來到岩壁邊後坐下，開口回答：

「……那還用說。如果附近有其他玩家在，順手丟個手榴彈進來碰碰運氣，我們就只好一起死在洞裡了。」

「原來如此。不過總比解除全部武裝潛在河底要好多了……說到這個潛水嘛……」

桐人離開越野車，稍微往入口瞄了一眼後才正色繼續說：

「『那傢伙』剛才忽然出現在妳附近對吧。難道那件破斗篷有讓自己變透明的能力嗎？他在橋附近忽然消失、衛星也看不見他的影像，或許不是潛水而是靠那種力量……」

「……我想應該沒錯。那是名為『超穎物質光學迷彩』的特殊能力。通常是魔王專用……不過有那種效果的裝備存在，倒是一點也不奇怪。」

說明到這裡，詩乃才明白桐人是在擔心什麼。她朝著洞窟入口看了一眼，接著才小聲地繼續說道：

「……我想這裡應該沒問題。地面到處是沙，就算變透明也無法消除腳步聲，還會留下足跡。他沒辦法像剛才那樣忽然出現了。」

「原來如此。但我們還是得豎起耳朵注意聽才行。」

桐人總算安心地點了點頭，接著在詩乃右邊稍遠處坐了下來。他從腰包裡找出筒型急救包，以僵硬的動作將前端抵在脖子上，按下另一頭的按鈕。細微的「噗咻」聲響起，顯示回復特效的紅光瞬間包住了桐人全身。一個急救包雖然可以恢復百分之三十的ＨＰ，但得花上一百八十秒，在戰鬥中使用根本沒有意義。

將目光從右側移回來後，詩乃再度看了一下手錶。這時剛好是九點十五分，也就是開始第五次衛星掃描的時間。但正如桐人剛才所說，由於衛星傳送過來的電波無法到達這個洞窟裡面，所以接收器上的地圖不會有任何資料顯現。

上屆大賽也是同樣於八點開始的大混戰，最後是由僅存的「ＺＸＥＤ」單挑「闇風」來為活動畫下句點，總時間比兩個小時多一點。假設進行速度相同，目前存活下來的大概只有十名玩家左右吧。在上屆大賽裡，詩乃只過了二十分鐘便成為第八名犧牲者，這次已經可以說大幅更新自己的紀錄了。但是她卻一點也不高興。

詩乃放下左手，將背靠在洞窟岩壁上低語：

「…………你覺得那傢伙…………『死槍』有沒有可能死在剛才那場爆炸裡？」

雖然她內心也知道這種可能性微乎其微。但還是忍不住想要詢問桐人的看法。隔了一段時間之後，桐人也低聲回答道：

「不……我看見他在巴士爆炸前就已經從機器馬上跳下來了。雖然不可能毫髮無傷……但我不認為他會就此死亡……」

一般玩家在那麼近的距離下被捲進爆炸裡，應該會受到很大的傷害才對。

如果是「一般玩家」。

但那傢伙絕對不是一般人。破斗蓬以「黑星」殺害了現實世界裡的ZXED、薄鹽鱈魚子，而Pale Rider多半也已死亡；或許他真是徘徊在網路裡的亡靈也說不定。但詩乃當然沒有把這種想法說出口。她只是回了句「這樣啊」，便將黑卡蒂放在旁邊沙地上，以兩手環抱膝蓋。

詩乃低著頭，直接提出另一個問題：

「剛才在體育場時，為什麼你能那麼快就趕來救我呢？你不是到外圍去了嗎？」

桐人似乎露出苦笑。詩乃側眼往旁邊看去，發現光劍士依然靠在牆壁上，兩手枕在腦後。

「……一看見那個被我們當成死槍的『槍士X』，我就知道搞錯了……」

「……為什麼？」

「因為那人怎麼看都是個真正的女生。而不是像我這種女性化的男性角色。」

聽見這有點出乎意料之外的答案後，詩乃嘟囔了一句「原來如此」。桐人輕輕搖頭，露出有些苦澀的表情。

「那個時候，我就知道我們一定遺漏了什麼很大的線索……一想到死槍可能會攻擊妳，我就強行將準備光明正大地報上姓名的『槍士X』給砍了。之後得向她道歉才行……順帶一提她的名字要唸成『Musketeer・X』才對（註：指歐洲十七、八世紀的火槍手）。」

「哦……」

詩乃再度做出回應，接著便猜想桐人之所以要道歉，究竟是因為戰鬥方式過於強硬還是因為對方是女性。但就在詩乃提問前，桐人便接著說下去：

「我雖然也挨了一槍，但還是擊倒了她。從體育場上方往南邊看去時，就發現妳倒在地上……一發現事情不妙，我馬上把Musketeer小姐掉落的大型狙擊槍與煙霧彈借過來，然後從外圍跳下去，邊開槍邊丟手榴彈，接著整個人衝過去……」

桐人說到這裡便聳了聳肩，似乎是表示「接下來妳都知道了」。

也就是說，桐人身體上的兩處彈痕，一處是來自槍士X的狙擊槍，而另一處則出於死槍的Ｌ１１５。雖然他說得一派輕鬆，但在面對夏侯惇時防禦得無懈可擊的光劍士竟然會身中兩槍，可見他為了解救詩乃連自身的安危都不顧。

反過來看——當時那種情況下，詩乃很明顯拖累了桐人。就算死槍擁有「光學迷彩」這種出乎意料之外的特殊裝備，只要詩乃能更加注意背後的動靜，也有可能躲過一開始的震撼彈。

如果她在一切正常的情況下與桐人會合，他們甚至有可能趁機打倒死槍呢。

當然，那是在死槍並非亡靈而是一般玩家的前提下。

在困惑與無力感的煎熬中，詩乃喪氣地將額頭抵在膝蓋上。她感覺到桐人靠近了點，同時以細微的聲音說：

「妳不用這麼自責。」

「…………」

詩乃輕吸了口氣，等待桐人繼續說下去。

「我也沒注意到那傢伙躲在附近啊。如果角色對調，吃上麻痺彈的就是我了——到那個時候，詩乃妳也會來救我，對吧？」

那聲音一直那麼地沉穩——

卻讓詩乃心裡異常疼痛。她用力閉上眼睛，在心底呢喃。

這個原本當作是競爭對象……以為能跟他對等交手的敵人竟然出言安慰。自己失敗、軟弱的模樣全被他看光了……現在他的態度，根本就像在哄小孩一樣。

而最讓詩乃難以忍受——或者該說無法饒恕的，是自己在感到異常屈辱的同時，身心也有股強烈的衝動想要接受他的安撫。

只要說出折磨自己的恐怖與痛苦，然後對一公尺外的少年伸手……那麼這個充滿迷團而內心真摯誠懇的光劍士，一定會以全部的心意與言語來撫慰遊戲裡的……不，應該說是真正的詩乃吧。說不定，連五年前郵局強盜事件後一直求之不得的「救贖」，也能從他身上獲得。

要是這麼做，另一個像寒冰一般的狙擊手詩乃可能就會完全消失了。不過話又說回來，自己怎麼可能對一個昨天才遇見——甚至不知道現實世界長相與名字的人說出心事呢？就連現實世界裡已經成為朋友半年以上的新川恭二，詩乃也沒對他說過真心話。

在焦躁、無力感以及迷惑與混亂影響下，少女只能持續用力抱住自己的膝蓋。

就這樣過了幾十秒之後……

桐人的聲音終於再度響起。

「……那我走了。詩乃，妳就稍微在這裡休息一下吧。其實我是希望妳能登出……不過大會期間辦不到吧……」

「咦……」

詩乃反射性抬起臉。桐人已經從岩壁上撐起身子，正在確認光劍的殘餘能量。

「……你打算孤身……和那個死槍……戰鬥嗎……？」

詩乃以沙啞的聲音問完後，對方輕微但相當堅定地點了點頭。

然而，他接著說出口的不是什麼勝利宣言，甚至可以說是喪氣話。

「嗯。那傢伙真的很強。就算沒有那把黑色手槍的力量，光靠其他裝備與屬性就夠讓人頭痛了。最重要的是，玩家本身能力也非常優異。老實說，要在黑色手槍開火前就打倒他應該很困難吧。剛才能夠逃脫有一半算是奇蹟。若是下次再被那把槍瞄準……我也沒有能勇敢面對它的自信。或許這次真的會丟下妳逃走也說不定……所以我不能讓妳繼續陪我冒險了。」

「…………」

詩乃原本以為這個光劍士對自己的實力有絕對自信，所以在聽見這令人意外的發言後，不由得凝視著他的臉。這時黑色瞳孔裡浮現的光芒，讓人感覺到他前所未有的不安。

「……就算是你，也會害怕那個傢伙嗎？」

聽見詩乃的問題後，桐人將光劍放回腰上的扣環，微微苦笑起來。

「——嗯，當然啦。如果是從前的我……就算知道可能會死，也會拚命和他戰鬥吧。但是……我現在已經有許多想守護的東西了。所以我不能死、更不想死……」

「想守護的、東西……？」

「嗯。無論是假想世界也好……還是現實世界也好……」

這一定是在說和某些人之間的羈絆吧。桐人和詩乃不同，有許多和他心意相通的夥伴。少女心裡感到一陣刺痛，話語衝口而出：

「……那你乾脆一直躲在這裡不就得了？ＢｏＢ裡雖然無法主動登出，但大會進行到只剩我們和另一個人時就能脫離。只要我們自殺讓第三者優勝，比賽就結束了。」

桐人聽完之後稍微瞪大了眼。但馬上就微笑著說「原來如此」並輕輕搖了搖頭。詩乃早就料到他會有這種反應了。

「確實這也是種方法。但是……我不能這麼做。現在死槍應該也躲在某個地方恢復ＨＰ才對，但要是就這樣放任他直到大賽結束，不知道那把槍還會殺害多少人……」

「…………這樣啊。」

——你果然很堅強。

嘴裡雖然說有想守護的東西，但還是沒有喪失冒著生命危險對抗死神的勇氣。而這兩種東西，我現在都已經沒了。

詩乃臉上露出無力的微笑，腦中想著離開這個戰場之後自己會有什麼下場。

死槍在廢墟道路上舉起那把黑色手槍時，詩乃已經完全喪失勇氣。她只覺得自己連骨髓都已經凍僵。不但在逃走當中發出好幾次哀嚎，甚至連像自己分身的黑卡蒂都沒辦法操縱。冰之狙擊手詩乃正處於消失邊緣。

如果就這樣一直躲在洞窟裡，將永遠無法信任自己的實力。心臟會萎縮、指頭會僵硬，恐怕會變得再也無法擊中任何目標吧。

別說克服那段記憶了，現實世界裡的自己，將永遠擔心那個男人是否會從夜路陰影或門間縫隙出現。這就是等待著詩乃的虛擬與現實。

「……我……」

詩乃將目光從桐人身上移開，輕聲說道：

「我……不逃了。」

「……咦？」

「我不逃了。我決定不再躲躲藏藏，要到外面和那個男人戰鬥。」

桐人皺起眉頭，上半身稍微靠近詩乃後低聲說：

「不行，詩乃。要是被那個傢伙擊中……說不定真的會死啊。我不只是完全接近戰型的角色，還有許多防禦技能；但妳不一樣。要是那個隱形的男人近身突襲，妳的處境遠比我來得危險。」

詩乃暫時緊閉嘴唇，但不久之後又開口說出最後的結論。

「就算死了也無所謂。」

「…………咦……」

面對再度瞪大眼睛的桐人，詩乃緩緩說道：

「…………我剛才……真的很害怕。很害怕就這樣死掉。我變得比五年前的自己還軟弱……甚至還丟臉地慘叫……我不能再這樣下去。如果要這樣苟延殘喘，我寧願去死！」

「……害怕是很正常的。哪有人不怕死呢？」

「我討厭害怕。我已經厭倦帶著恐懼的生活了……我不會要你陪我——我自己一個人也能戰鬥。」

說完後，詩乃軟弱的手臂便開始施力，準備起身。但是那隻手馬上就被旁邊的桐人給抓住了。他用緊張的聲音輕輕問道：

「妳想說接下來要獨自戰鬥、獨自死亡嗎……？」

「……沒錯。這大概就是我的命運吧……」

自己明明犯了重罪，卻沒有受到任何制裁。所以那個男人才會回來帶給她應受的懲罰。死槍不是亡靈——而是因果。這是早已註定的結局。

「放開我……我得走了……」

詩乃試著想甩開桐人的手，但他卻抓得更加用力。

黑色眼睛閃爍著光芒。那袖珍又美麗的嘴唇，爆發出不符合其完美外表的激烈言詞：

「妳錯了……沒有人會獨自死去。當一個人死亡時，他在某個人心中所佔有的位置也將同時消失。在我心中，已經有詩乃妳的存在了啊！」

「又不是我拜託你記住我的……我、我從來沒期盼和別人有任何關係過！」

「但我們兩個不是已經有交集了嗎！」

桐人舉起詩乃的手，移到她面前。

這個瞬間，一直被壓抑在詩乃冰冷心底的激情忽然一口氣爆發了。她咬緊牙關，用另一隻手抓住桐人的領口。

「那麼…………」

尋求撫慰的軟弱與追求破滅的衝動，衍生出從沒對任何人抱持過的感情，讓她將從沒對別人說過的話由內心深處擠了出來。詩乃那烈焰般的視線注視著桐人的眼睛，張口大喊：

「——那麼，你就一輩子保護我啊！」

她的視野忽然扭曲，臉頰上有熱呼呼的東西流過。詩乃這才注意到，淚水已經由眼眶裡流出、滴落。

她使勁甩開被握住的右手，用力握緊拳頭捶著桐人胸口。兩次、三次、任由自己將力量發洩在桐人身上。

「明明什麼都不知道……什麼都做不到，就別在那裡說風涼話！這……這是我的、只屬於我的戰鬥！就算輸了、死了，也沒人有權利責備我！還是說，你打算和我一起背負這個責任？你能……」

詩乃將剛才被握住的右手伸到桐人眼前。這隻手過去曾經扣下染血兇槍的扳機，奪走了一個人的性命。仔細看上面的皮膚，就能發現這隻殺過人的污穢的手，上面還殘留著火藥微粒子侵入之後造成的小黑點。

「你……你能握住這隻殺過人的手嗎！」

好幾道咒罵聲從詩乃記憶深處甦醒。在教室裡，要是不小心碰到其他學生的私人物品，馬上就會傳來「別亂碰啊，殺人兇手！會沾到血耶！」這樣的罵聲。然後這些人不是踢她的腳、就是用力推她的背。自從那個事件之後，詩乃就不曾主動讓別人碰她了。一次都沒有。

詩乃最後又使盡全力揮出一拳。由於整座島都屬於沒有保護指令的戰鬥區域，所以每當桐人挨拳時，他的ＨＰ應該就會微微減少。但他沒有做出任何閃躲的動作。

「嗚……嗚…………」

詩乃淚如雨下、無法克制。不想讓人看見哭泣臉孔的她立刻低下頭，結果額頭整個撞上桐人的胸口。

她的左手依然用力抓著桐人衣領，然後拚命將額頭靠在桐人胸前，從咬緊的牙關裡不斷流露出嗚咽聲。詩乃雖然像個孩童般嚎啕大哭，卻因為發現自己內心竟然還有這種能量而感到有些不可思議。她已經想不起來最後一次在人前哭泣是什麼時候的事了。

不久之後，桐人將手放在她右肩上。但詩乃直接以握著的拳頭用力掃開他的手。

「我討厭你……我最討厭你了！」

在她大叫時，假想的眼淚依然不停滴落，最後被桐人單薄的胸口給吸了進去。

這種姿勢不知道維持了多久——

眼淚終於流乾，詩乃也因為靈魂擴散般的虛脫感而全身無力，只好將整個身體靠在光劍士纖細的身軀上。

將過去自己絕對不允許的爆發性情感完全解放出來之後，隨即出現的些微痛楚反而讓人感到舒暢，她也因此繼續將額頭抵著對方肩口，不停地呼吸著。

又過了一陣子，詩乃打破沉默說：

「……雖然你很討厭……但還是讓我靠一下吧。」

她輕聲說完，桐人只回答了「嗯」一聲。於是詩乃移動身體，橫躺在桐人向前伸出的腿上。由於還是不好意思讓他看見自己的臉，所以詩乃背對著桐人，看見了右後方擋泥板殘留著彈痕的三輪越野車，以及洞窟外悄悄射進來的最後一抹夕陽。

腦袋裡雖然還是一片渾沌，但已經與遭到死槍襲擊時的思考停止狀態不同，有種如釋重負的浮遊感。不知不覺間，她嘴裡冒出一句話：

「我呢……曾經殺過人。」

詩乃不等待桐人的反應便繼續說：

「不是在遊戲裡面唷……是在現實世界裡，真的殺了人……起因是五年前東北小鎮裡發生的強盜事件……新聞報導說，犯人以手槍射擊了一名郵局員工後，因為槍枝膛炸而死亡，但實際上不是那樣。那時候在現場的我，奪過強盜的手槍後射殺了他。」

「……五年前……？」

聽見桐人低語般的問題後，詩乃點了點頭。

「嗯。那時我十一歲……或許正因為還是小孩，才能做出那種事吧。整個人除了弄斷兩顆牙齒、兩手腕扭傷、背部撞傷與右肩脫臼之外，就沒有其他外傷了。身體所受的傷雖然馬上就能治好……但還是有治不好的地方。」

「…………」

「在那之後，我只要看見槍便會嘔吐或昏倒。就連看見電視、漫畫裡……或是以手模仿的手槍都不行。一看見槍……我眼前就會浮現那個男人被我殺害時的臉……好恐怖。真的好恐怖。」

「但是……」

「嗯。但是在這個世界裡就不要緊。不只不會發作……甚至還喜歡上……」

詩乃移動目光，看著身旁橫躺在沙上的黑卡蒂II那優美的線條。

「……好幾款槍械。所以我才覺得，只要成為這個世界最強的玩家，現實世界的我一定也能變強，也可以忘記那段回憶……但是……剛才被死槍襲擊時，我幾乎要發作了……那真的好恐怖……不知不覺間，我已經不再是遊戲裡的『詩乃』而變回現實世界的我了……所以，我一定得和那傢伙戰鬥。如果不能戰勝他……『詩乃』會消失不見的！」

她雙手抱緊自己的身體。

「我當然也怕死。但是……但是帶著恐懼苟活下去，就跟死一樣嚇人。若不對抗死槍以及那段回憶就直接逃走，我一定會變得比以前還要軟弱。將會再也無法過一般的生活。所以……所以……」

忽然有一股寒氣襲來，讓詩乃劇烈地發抖。就在這時……

「我也……」

曾幾何時，桐人也像個軟弱且不知所措的孩子般嚅囁著：

「我也……曾經殺過人。」

「咦……」

背部緊貼著桐人的詩乃，感覺到他的身體瞬間抖了一下。

「……之前提過吧？我和那個破斗篷……也就是死槍，曾經在別的遊戲裡碰頭。」

「嗯、嗯……」

「那款遊戲的名稱是……『Sword Art Online刀劍神域』。妳有聽過……嗎？」

「…………」

詩乃雖然早就隱約猜測到遊戲的名字，卻還是忍不住抬頭看著桐人的臉。光劍士將背靠在

洞窟的岩壁上，失去光彩的眼睛就這麼凝視著上方。

詩乃當然知道桐人所說的遊戲名稱。應該說，全日本的VRMMO玩家幾乎沒有人不知道。那款恐怖的遊戲，將一萬人的意識關在遊戲世界裡長達兩年之久，最後甚至奪走了六千人的性命。

「……那你不就是……」

「嗯嗯。以網路用語來說就是所謂的……『SAO生還者』。那個死槍也是。我曾經和他互相廝殺，拚盡全力想結束對方的生命。」

桐人的眼神就像正窺視遙遠過去一般，在空中四處游移。

「那個男人隸屬於名為『微笑棺木』的紅色公會。SAO裡，通常是以游標的顏色將罪犯稱為『橘色玩家』，而盜賊公會則是『橘色公會』……在這之中，積極以殺人為樂的就被稱作『紅色公會』了。那裡面有許多……真的有許多那種喜歡殺人的傢伙。」

「但、但是……那個遊戲裡，一旦HP歸零，不是就真的死亡了嗎……？」

「沒錯。但他們正是為此而殺人……對某些玩家而言，殺人是他們最大的樂趣。微笑棺木就是這種傢伙的集團。他們在沒有保護的區域或是迷宮裡襲擊其他玩家，奪走對方全部金錢與道具之後，便毫不留情地下手殺人。當然一般玩家也因此對他們嚴加戒備，不過這些人還是不斷想出新的殺人手法，使得犧牲者數量完全沒有減少……」

「…………」

「所以，一般玩家們終於組成大規模的討伐部隊……我也是成員之一。雖然說是討伐，但也不是真的要殺掉微笑棺木的成員，只是要讓他們失去反抗能力後再送入監牢。我們費盡心思找出他們的基地，聚集了許多戰力上絕對沒問題的高等級玩家，在深夜時分發動突襲。但是……情報不知道從哪裡洩漏了出去。對方已經在基地裡設下陷阱等著我們闖進去……雖然我們好不容易重整態勢，但在異常混亂的戰鬥中……我……」

桐人的身體再度劇烈抖動起來。他瞪大眼睛，呼吸也變得急促。

「我親手殺了兩名微笑棺木的成員。一個是用劍砍下他的頭……另一個則是刺進他的心臟。原本只是計畫將他們關進牢裡，但我根本忘了這回事，整個人渾然忘我地……不，這只是藉口而已。其實只要我願意，一定能停下劍來……但我只是任由恐懼與憤怒驅使自己不停地揮劍，說起來和那些傢伙根本沒有兩樣。不，就某種意義而言，我的罪孽比他們更加深重。因為……」

桐人用力吸了口氣再緩緩吐出，靜靜地接下去說：

「因為我強迫自己遺忘做過的事情。當時殺掉的兩人與許久之後殺害的另一個人……自從回到現實世界之後，我連一次也沒有想起他們過。直到昨天在總統府待機巨蛋裡遇見死槍為止……」

「……那麼，死槍就是你對抗的那個……『微笑棺木』的……」

「嗯。他應該是在討伐戰中存活下來，被我們關進監獄裡的其中一名成員。我還記得他的氣息與說話方式。還差一點……再一點點，我就可以想起他當時的名字了……」

這時他用力閉起雙眼，以右拳突起處壓著自己額頭，而躺在他膝蓋上的詩乃則凝視著他好一陣子。

這名叫做桐人的少年，曾經是「Sword Art Online」的玩家。

他在那個世界裡賭上真正的生命，持續戰鬥了兩年。

這些事情詩乃大概已經推測出來了。但真正從他嘴裡聽見果然還是異常沉重。耳朵深處又響起昨天預賽時桐人的質問。

——如果妳的子彈真的能夠殺害現實世界裡的玩家……而且要是不殺了他自己或是相當重視的人就會被殺。在這種狀況下妳也能毫不猶豫地扣下扳機嗎？

桐人正是歷經過這種極限狀態的人。某種意義上來說，這與五年前襲擊詩乃的郵局強盜事件非常相似——

「……桐人。」

詩乃撐起身體，用力抓住桐人的雙肩。少年的目光微微失焦，似乎仍看著過去的某個地點。但詩乃還是將臉靠近、強迫對方看著自己，並以沙啞的聲音說道：

「……我無法對你做過的事做任何評論……也沒有資格評論。所以，其實我根本沒有權利提出這個問題……不過，拜託你告訴我一件事……你是如何克服那段回憶的？要怎麼樣才能戰勝過去？為什麼現在能變得這麼強呢……？」

對剛剛吐露自己罪行的人來說，這實在是個相當殘酷且自私的問題。但詩乃實在沒辦法阻止自己發問。桐人雖然以「強迫自己遺忘」這點自責，但她卻連這一點都辦不到。

但是——

桐人眨了兩、三下眼後，凝視著詩乃的眼睛。隨即又緩緩搖著頭說：

「……我並沒有克服唷。」

「咦……」

「昨晚，我不斷夢見微笑棺木討伐戰以及死在我劍下的那三個人，幾乎徹夜未眠。當那幾個角色即將消失的瞬間……他們的表情、聲音、遺言，我應該永遠都忘不掉吧……」

「怎……怎麼會……」

聽到這裡，詩乃只能茫然地呢喃：

「那……我要……我要怎麼辦才好呢……我……我……」

——難道，我這輩子就都得如此嗎？

這個宣言對她來說實在太殘酷了。

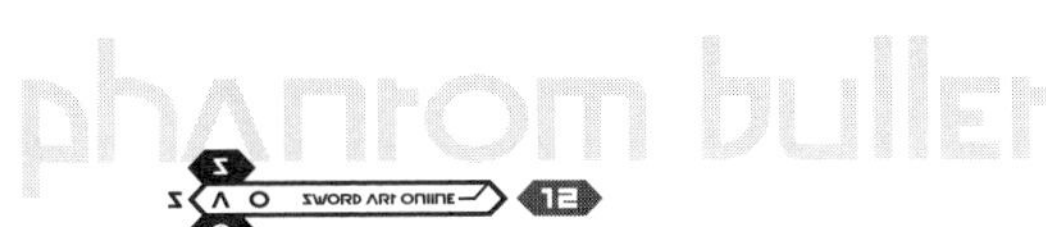

一切努力都是白費嗎？那就表示，即使現在離開這座洞窟和死槍決戰得勝，現實世界裡的詩乃還是得永遠活在痛苦當中——是這種意思嗎……？

「不過呢，詩乃——」

桐人移動右手，悄悄蓋住詩乃用力抓住他肩膀的手。

「我認為，這大概才是正常的唷。我在喪失理智的情況下親手殺了人。但別說責罰了，我甚至還受到讚揚。沒有任何人要制裁我，也沒人教我贖罪的方法。先不提這些，一直以來，我都沒正視自己曾做過的事，只是強迫自己忘記。但是我錯了。曾做過的事、曾用這雙手砍了他們的事……其實我應該正面去接受、去思考殺人這件事的意義與嚴重性。我現在覺得，這才是自己能力範圍之內最低限度的補償……」

「……接受……並且不斷思考……這……這我辦不到啊……」

「就算妳再怎麼想遠離它，過去依然不會消失，而記憶也不會真的不見。既然如此……也只有堂堂正正面對它，努力讓自己有一天能夠接受它了。」

「…………」

詩乃的雙手失去力量，整個人像滑倒般再度橫躺在桐人腿上。她將背與頭靠著桐人，仰望洞窟的頂端。

堂堂正正面對那段回憶，並與其戰鬥。詩乃不覺得自己能做到這一點。桐人所發現的道路，果然是只屬於他的東西，自己的問題還是得自己找出解決方法才行。詩乃雖然這麼想，但桐人這番話也算是解開了她的一個困惑吧。少女狙擊手將目光移回那張在微暗空間中也顯得蒼白的臉上，接著開口說：

「……『死槍』……」

「嗯？」

「這麼說來，躲在那件破斗篷裡面的，是真正的人囉。」

「那是當然了。他毫無疑問是前『微笑棺木』的幹部玩家。只要我能想起他在ＳＡＯ裡的名字，就可以找出他在現實世界裡的本名與地址了。老實說，這就是我來到這個世界的目的。」

「……這樣啊……」

至少可以知道，那個破斗篷不是由詩乃過去經驗裡甦醒過來的亡靈。她皺著眉頭思考，繼續問道：

「那麼，那傢伙是忘不了ＳＡＯ時代的事情，又想要ＰＫ才會來到ＧＧＯ的嗎……？」

「我覺得不只是這樣而已……那傢伙無論是在射擊『ＺＸＥＤ』與『薄鹽鱈魚子』時，或者是在這次大會裡消滅『Pale Rider』時，都選擇有許多人注意的時候才展開行動。那誇張的十字聖號，也是向著不特定的多數觀眾表演。他應該是想表示……自己真的有在遊戲裡殺人的能力……」

「……但是，他到底是怎麼辦到的……AmuSphere和初代的……叫做NERvGear吧？它和初代機器不同，應該是設計成無法發出危險電磁波的樣式才對啊？」

「應該是那樣沒錯……但是，根據拜託我來這個世界的人所說，ＺＸＥＤ與鱈魚子的死因不是腦部受傷而是心臟衰竭……」

「咦……心臟……？」

提出這個問題的瞬間，詩乃感覺背部有股寒意流過，讓她微微顫抖了一下。雖然心裡覺得不太可能，但她還是把想到的事情說出口。

「……你是說……他是用某種詛咒或超能力……殺害他們的……？」

詩乃才剛說完就覺得一定會被嘲笑，但桐人只是用緊張的眼神回望她。

「老實說……在沒找出現實世界操縱那個破斗篷的玩家並進行調查之前，我也不知道他是用什麼手段殺人的。我也不覺得光在假想世界裡隨便用槍射擊，就能讓現實世界的玩家心跳停止……不對，等等……這麼說起來……」

這可能是桐人在想事情時的習慣吧，只見他用手指摸著纖細的下巴，同時閉上了嘴。當他看見膝上的詩乃露出疑問的表情後，才以曖昧的表情繼續說：

「……還真有點奇怪耶……」

「哪裡奇怪……？」

「剛才在廢墟裡，死槍為什麼不用那把黑色手槍射我，而特別改用那把狙擊槍呢？一來我們之間的距離相當近，攻擊力應該也是手槍比較高才對啊？畢竟只要擊中一發就能殺掉對方了。實際上，我就連狙擊槍的子彈都沒躲過。如果那傢伙用的是那把黑色手槍，我應該早就被他殺掉了……」

雖然他這種冷靜分析自己身亡可能性的膽量實在是令人有些錯愕，但詩乃還是說出了自己的想法：

「會不會是因為沒時間劃十字聖號……？在擊發黑星……啊，那把手槍叫做『五四式・黑星』……」

將說出這名字時瞬間產生的窒息感壓抑住後，詩乃才繼續下去：

「……擊發黑星時一定要劃完十字聖號，或者是不劃完聖號就沒辦法殺人……？」

「嗯……但是乘越野車逃走時，那傢伙是用黑星手槍射擊妳的吧。他在馬匹上怎麼可能劃什麼聖號呢？」

桐人說完後，詩乃便瞄了一下旁邊的三輪越野車。穿破右後擋泥板的彈痕明顯來自於比３３８Lapua Magnum彈還要小的七・六二毫米彈。說起來，詩乃也親眼見到死槍從馬上拿出黑星，在沒劃聖號的情況下便發射子彈。

「也對……確實是那樣。」

「也換言之，死槍明明有機會殺掉我卻沒這麼做。不過，他應該沒理由放我一馬才對。在預賽裡獲得優勝的是我……老實說外表比較引人注目的也是我……」

「抱歉我就是這麼不起眼。」

詩乃以左肘戳了一下桐人的側腹，讓他乾咳了一聲。

「那麼，就當作我們一樣顯眼吧。不過，總之那個傢伙不是不射我，而是有某種理由讓他沒這麼做……」

「嗯……」

詩乃翻轉身體之後直接趴在桐人腿上，接著將交握的雙手放在頭上。雖然對這名少年的反感與戒心仍未消失，但現在可能必須靠角色間的體溫，才能讓黑色恐懼離自己遠去。在些微的安全感包圍之下，她慢慢取回平靜的腦袋拚命思考著。

「……話說回來，之前也有件事頗為奇怪……」

「之前？」

「就是在那座鐵橋的時候。那傢伙明明用黑星射擊了Pale Rider，卻無視於倒在旁邊毫無抵抗能力的戴因對吧？我還以為戴因一定也會中槍呢……」

「嗯……不過，他那個時候已經死亡了吧？」

「說是說死亡，其實也只是ＨＰ歸零無法動彈而已，他的角色還留在那裡，本人的意識也還殘留在上面唷。如果有超越遊戲的力量，那對方有沒有ＨＰ都沒什麼關係吧？」

聽見詩乃指出這點之後，桐人沉吟了一下才說：

「……這倒是真的。聽妳這麼一說確實有點奇怪。跟在廢墟時一樣，死槍在鐵橋那兒也因為某種理由只攻擊Pale Rider而不攻擊戴因……」

「也就是說……你和戴因，還有我和Pale Rider之間分別有某種共通點，這把玩家分成了能攻擊與不能攻擊的對象……」

詩乃邊思考邊嘟囔著，桐人點頭的震動則傳到她身體上。

「嗯，應該可以這麼說吧。進一步來看，以前被殺害的ＺＸＥＤ與鱈魚子兩個人，應該也有和妳以及Pale Rider共通的條件才對……會不會只是實力，或者是排名等等的……」

「雖然Pale Rider是很強沒錯，但他沒參加上一屆的大賽唷。說到ＢｏＢ裡的排名，也是戴因在前面呢。」

「那……會不會是與什麼特定的活動有關呢？」

「應該也不對。因為我和戴因先前都還待在同一個中隊裡，也一起到過練功場好幾次；但別說遇見Pale Rider了，我甚至連他的名字都沒聽過。」

「ＺＸＥＤ與鱈魚子呢？」

面對桐人的問題，詩乃只能苦笑著再度將身體轉過來。她看著對方那張美麗小臉上浮現認真的表情，然後才聳了聳肩回答道：

「那兩個人和我以及戴因又是不同層次的知名人士了……ＺＸＥＤ是上一屆優勝者，而薄鹽鱈魚子雖然只是第五還第六名，卻是伺服器裡最大中隊的領導人。我只和他們說過一、兩次話而已。」

「唔……那應該就是裝備……或者是屬性類型了……」

「我們的裝備都不一樣喔。你也知道我是狙擊槍，而Pale Rider是散彈槍，ＺＸＥＤ應該是極稀有的ＸＭ29突擊步槍。薄鹽鱈魚子則是Enfield的輕機關槍。至於屬性……啊。」

「嗯？」

詩乃像是要對感到疑惑的桐人解釋般，動了一下眉毛後才又繼續說下去：

「這也很難說是共通點啦……硬要說的話就是『全都不是專精於ＡＧＩ的類型』吧。不過，這實在有點牽強……因為有人偏重ＳＴＲ、有人偏重ＶＩＴ……」

「嗯……」

桐人噘起漂亮的嘴唇，不停搔著自己的頭。

「結果還是毫無理由地隨機選定目標嗎……總覺得……一定有某種原因才對……妳剛才說曾經和薄鹽鱈魚子說過話對吧？跟他講了什麼？」

「這個嘛……」

詩乃一邊喚起稀薄的記憶，一邊將雙手重疊在自己的頭與桐人的腿之間當作枕頭。這應該也可以算是膝枕的一種吧？想到這裡，她才開始有種不好意思的感覺。但最後還是以「目前是緊急狀況」當藉口，而將羞恥心拋到一旁。

仔細一想，才發現自己已經好幾年沒有像這樣長時間接觸別人了。簡直就像將心頭沉重的負擔連同體重一起托付給別人般，內心沉浸在一種不可思議的安穩感當中。當詩乃內心隱約有「希望能這樣下去」的念頭時，新川恭二那略嫌軟弱的笑容忽然浮現腦海，這也讓她覺得有點抱歉。如果能平安回到現實世界，就稍微打開心房和他談談吧……

「——喂，詩乃。妳和鱈魚子到底……」

「啊，嗯……嗯。」

詩乃眨了眨眼，將那轉瞬間的念頭甩掉趕走，接著又開始搜尋起久遠的記憶。

「……真的只是稍微講幾句話而已。我記得……上屆大賽結束後，回到總統府一樓時，我剛好在出口附近遇見他。然後我們就聊了兩、三分鐘要拿什麼獎品……在戰鬥區域裡也沒直接和他碰上過，所以那只不過是一般的閒聊罷了。」

「這樣啊。上一屆大賽裡死槍沒有出場對吧……難道是因為沒拿到獎品而含恨嗎……繼續講這些沒有根據的推測好像也沒什麼用。」

桐人輕輕嘆了口氣。他為了改變心情而眨了好幾下眼，接著低頭看著詩乃。

「話說回來，我倒是沒聽過關於獎品的事……那妳最後拿到什麼東西？」

聽見桐人忽然改變話題，詩乃很佩服地想「這個節骨眼虧你還會想知道獎品是什麼」，同時開口回答：

「啊～那是可以選的。依照排名有許多獎品可供挑選……這次我們的排名還挺不錯的，所以應該可以拿到好東西。當然，得要平安回去才行。」

「比如說有哪些東西？」

「那當然是槍或防具……不然就是街上買不到的特殊顏色染髮劑或衣服。不過，幾乎都不是高性能的東西，只是外表引人注目而已。他們甚至會送遊戲裡槍械的模型槍呢。」

「模型槍？也就是說，那不是遊戲裡的道具，而是現實中可以拿到的物品囉？」

「對。我在上一屆大會裡排名很後面，所以也不能選什麼好的道具，於是選了模型槍。這麼說來，鱈魚子也說他選了模型槍……雖然是玩具，不過是金屬製的，聽說完成度相當高唷。新……鏡子是這麼跟我說的。不過，我……」

想起幾天前用手拿著模型槍時的慘狀，詩乃臉上不禁出現苦笑。

「———一直把它收在抽屜裡，根本沒仔細看過。」

但桐人似乎因為注意到了別的事情，而沒發現詩乃臉上的表情。

「在現實世界裡……拿到獎品……？」

他先以細微的聲音自言自語，隨即用相當認真的聲音說：

「那把模型槍，是營運公司特別從美國寄來的嗎？」

「嗯。用ＥＭＳ寄來的。應該要花不少郵資吧。ＺＡＳＫＡＲ這樣真的能賺錢嗎……」

詩乃開玩笑般說完後，再度仰望桐人的臉——卻不由得眨了眨眼。因為她發現光劍士正緊咬著嘴唇，盯著空中的某一點看。看起來不像是在考慮自己能拿到什麼獎品的樣子。

「怎……怎麼了，你在想什麼？」

「……ＥＭＳ……但是——我前陣子登錄ＧＧＯ帳號時，系統要求的玩家情報就只有電子信箱與性別年齡而已啊。營運公司是怎麼知道參賽者的地址……」

「難道你忘了嗎？」

橫躺著的詩乃有些不耐煩地輕舉雙手。

「昨天在總統府一樓大廳操作機器報名ＢｏＢ預賽時，不是有要填寫真實地址與姓名的欄位嗎？那裡應該還寫有注意事項吧。就是住址等地方不填也能參加報名，但之後就可能拿不到獎品。看來你沒有填對吧？事後不能補填，所以你已經拿不到模型槍——咦、咦？」

桐人突然將手放在詩乃右肩上，然後一口氣把臉靠過去，害她發出了奇怪的聲音。原本少女以為這人要做什麼不知羞恥的行為而嚇得全身僵硬，然而當然不是那麼回事——

光劍士在極近距離下，以之前從未見過的認真表情提出了新問題。但是詩乃無法理解這問題究竟有什麼重要性。

「戴因在之前的大會裡拿到什麼獎品？」

「這、這個嘛……我記得是遊戲裡的裝備。他曾經讓我看過一次，那是一件顏色很誇張的外套。」

「那ＺＸＥＤ呢？」

「誰、誰知道……他沒跟我說過，我怎麼可能曉得。不過……我聽說那個人最講求效率了，所以應該對只有外表的時髦道具沒興趣才對。這麼一來，他可能也是選模型槍吧。聽說冠軍與季軍可以拿到很大把的狙擊槍呢。不過……那又怎樣？」

但是桐人沒有回答她的問題，只是看著詩乃的眼睛陷入沉思。

「不是假想世界的道具……現實世界的模型槍……如果這是詩乃、Pale Rider、ＺＸＥＤ與鱈魚子的共同點……ＥＭＳ的地址……總統府的機器……那個地方確實……」

桐人彷彿夢囈般不斷低聲唸著。

「……光學迷彩……如果……那不只是在練功場……」

桐人放在詩乃右肩上的手忽然變得像石頭般僵硬。只見他瞪大眼睛，黑色的瞳孔不停地晃動。他眼裡流露出來的感情是——震撼？又或者是恐懼？

詩乃不由得挺起背部大叫：

「怎……怎麼了，到底是怎麼樣啦？」

「啊……天啊……我的天啊！」

由鮮紅且嬌豔的嘴唇裡，流洩出低沉沙啞的聲音。

「我……犯了個天大的錯誤…………」

「錯、錯誤？」

「……在玩ＶＲＭＭＯ時……玩家的意識，是由現實世界移動到假想世界，然後在裡面講話、奔跑與戰鬥……所以死槍應該也是在這個世界裡殺害他的目標……」

「不……不是嗎……？」

「不是。其實玩家的身體與心臟根本就沒有移動。現實世界與假想世界的差異，就只有腦部接受的情報量多寡而已。戴上AmuSphere的玩家只是看見、聽見被電子脈衝波轉換過的數位影音訊號而已。」

「…………」

「所以……ＺＸＥＤ他們當然是死在屍體原來的地方，也就是自己的房間裡。而真正的殺人者也就是在那個地方……」

「你……你到底在說些什麼啊……」

桐人瞬間閉上嘴唇，又再度張開。接下來他所發出的聲音與氣息，彷彿反映出他內心的恐懼般，變成一股寒氣吹撫過詩乃的臉龐。

「『死槍有兩個人』。第一個人……也就是那個破斗篷在遊戲裡攻擊目標。現實世界裡已經入侵目標房間的第二個人，便會在同一時間殺害毫無抵抗能力的玩家。」

詩乃無法立刻理解桐人所說的話究竟是什麼意思。她搖搖晃晃地撐起上半身，陷入呆滯狀態一陣子之後才不斷搖著頭說：

「但是……那……那怎麼可能嘛。他們怎麼能知道玩家的地址……」

「妳剛才不是說過了嗎？有模型槍送到妳家裡啊。」

「那……那犯人是營運公司……？還是說，死槍入侵了資料庫……？」

「不……那種可能性相當低。就算他只是一般玩家，照樣能知道那些目標的地址。只要那個目標是ＢｏＢ大賽的參賽者，獎品又選擇模型槍的話……」

「…………」

「總統府啊。希望營運公司寄模型槍來的參賽者，會用那兒的裝置輸入自己的本名與地址。我在報名預賽時也稍微有點在意……那裡不是什麼單人房，後頭是寬廣的開放式空間，對吧……？」

這時終於了解桐人在說些什麼的詩乃，只是屏住呼吸不停地搖頭。

「你是說……他從後方偷看機器的畫面嗎？不可能，因為有遠近效果，所以只要稍微有點距離就看不見文字。而且那麼靠近一定會被人發現的。」

「如果他使用瞄準鏡或是望遠鏡呢？之前我認識的人曾說自己利用過鏡子讀取遊戲內的密碼。只要利用道具，就能無視遠近效果了吧？」

「你講的根本不可能。如果在那麼多人的地方使用望遠鏡，一定會被ＧＭ踢出遊戲並砍帳號的。這是美國的遊戲，所以跟性騷擾相關的規則可以說相當嚴格。」

但是桐人似乎也已經想到該怎麼反駁這一點了。光劍士將臉靠得更近，然後以極其細微的聲音說出自己的假設：

「如果……只是如果喔。死槍那件破斗篷的力量……『超穎物質光學迷彩』也能在城鎮裡使用呢？總統府大廳裡相當陰暗。變成透明又躲在陰影裡，應該就不會被任何人發現了吧？在那種狀態下，從遠方使用大型望遠鏡或是瞄準鏡來偷窺機器畫面……就有可能看見報名檔案裡的地址與本名了吧……？」

「…………！」

隱形——望遠道具。只要利用這兩樣物品，確實有可能辦到。基本上其他人是看不見選單

視窗的，但遊戲內裝置的觸控式面板由於可能由複數人共同操縱，所以在預設模式下無論誰都能看見內容。詩乃自己在報名參加上屆及本屆大會時，都是在可視模式下輸入地址與姓名。難道某個人……不，應該說那個穿破斗篷的死神，當時躲在後面偷窺？就為了將別人的名字寫在死亡名單上？

詩乃實在無法接受這個假設，於是她拚命地舉出反證。

「……就算知道現實世界裡的地址……沒有鑰匙要怎麼潛入房間裡呢？還有，對方的家人呢……？」

「如果只以ＺＸＥＤ和鱈魚子的例子來看，他們兩個人都是獨居……而且住家都是舊公寓。我想門上面裝設的，應該也是安全性相當低的初期型電子鎖吧。而且目標在潛入ＧＧＯ時，實際的肉體保證處於無意識狀態之下。因此就算侵入時必須多費點手腳，也不用擔心被發現……」

桐人的話再度讓詩乃倒抽了一口氣。

一般住家是在最近七、八年才開始更換成與汽車同樣的電波式免鑰匙感應門鎖。雖然物理上不可能撬開，但初期型門鎖的主要電波已經遭到破解並設在開鎖裝置裡，讓這種裝置可以像萬能鑰匙般打開各種門鎖。詩乃記得以前曾在新聞裡看到這種裝置在黑市中可以賣個好價錢。

在那之後，詩乃除了電子鎖以外還會利用金屬鎖與設定進門密碼，但依舊無法消除背後那股不安的感覺。

「死槍」不是由過去記憶裡甦醒的亡靈，也不是擁有謎之能力的遊戲角色，而是真正的殺人犯。

隨著這種推論愈來愈有真實感，詩乃內心也產生與剛才不同的另一種恐懼感。她被自己也無法理解的抵抗感所驅使，說出能想到的最後一個反論：

「那、那麼……死因呢？你說是心臟衰竭對吧？難道有什麼讓心臟停止的手段能瞞過警察和法醫嗎？」

「應該是注射了某種藥物吧……」

「那……只要調查一下就能知道了吧？像是注射藥物留下的痕跡……」

「……由於屍體過了一陣子才被人發現，所以腐敗得相當嚴重。而且……很遺憾的，重度ＶＲＭＭＯ玩家有不少心臟病發作而亡的例子。因為他們時常不吃不喝，單單只躺在床上……若是房間沒被破壞、又沒有金錢上的損失，那麼有很高的機率會被認定是自然死亡。警方似乎詳細檢查了死者的腦部，但應該沒想到會被注射藥物吧……如果打從一開始就沒有往這方面去查，應該就找不出這些證據了。」

「…………怎麼可能……」

詩乃用雙手抓住桐人的夾克，像個不肯聽話的小孩般不停搖著頭。

竟然為了毫無意義的殺人而準備得如此周密——做出這種事情的人，心理狀態實在讓人無法理解。詩乃只能感覺到，在那片無限的黑暗當中隱藏著一股巨大惡意。

「瘋了……」

聽見詩乃的呢喃後，桐人也點了點頭。

「嗯嗯……確實是瘋了。不過……我雖然無法理解，卻能想像得出他為什麼要這麼做。那傢伙之所以願意如此大費周章，全都是為了保持『紅色玩家』的身分吧。我……我內心中也還覺得自己是在艾恩葛朗特最前線戰鬥的『劍士』呢……」

詩乃立刻想像得到——那個不曾聽過的名詞，應該就是作為「Sword Art Online」舞台的空中浮遊城堡。霎時間她也忘記了恐懼而點點頭。

「……這我也能了解……我也常覺得自己是個狙擊手……但如果不只有那個破斗篷，那麼第二個人也是……？」

「嗯，我想那傢伙有很高的機率也是SAO生還者。而且，說不定也是『微笑棺木』的殘黨……兩個人一定要配合得天衣無縫，才能完成這樣的殺人計畫……啊，難道說……」

詩乃以眼神詢問似乎有所發現的桐人。

「沒有，不是什麼大不了的事……只不過，那個破斗篷劃十字聖號的動作……除了向觀眾炫燿之外，可能也是為了確認手錶時間的障眼法。因為他必須和現實世界裡的共犯商量好精確的『犯罪時刻』才行。但在射擊前還要看手錶實在太不自然了。」

「原來如此……只要手腕內側裝備小型手錶，在碰額頭時手錶就會剛好在眼前……」

終於認同這種假設而點頭的詩乃——

雙肩忽然被眼前的桐人緊緊抓住。他以更加嚴肅的表情慢慢地開口：

「詩乃——妳是自己一個人住嗎？」

「嗯……嗯。」

「門有上鎖並且掛上門鏈嗎？」

「我除了電子鎖外也上了一般的門鎖……但我家也是初期的電子鎖……至於門鏈……」

詩乃皺起眉頭，不斷搜索著潛行前的記憶。

「……可能沒有掛上。」

「這樣啊……那妳冷靜聽我說——」

由於詩乃過去從未在桐人臉上見過如此擔心的表情，她的胸口頓時像被塞進冰塊一樣，有股凍徹心肺的寒意。

不要，我不想聽下去了——雖然她這麼想，但眼前的嘴唇毫無停歇之意，語出驚人：

「在廢墟的體育場附近，死槍已經準備用那把槍攻擊麻痺的妳。而且……他用機器馬追我們時也實際射擊了。那也就是說……他們已經準備好了。」

「準備……什麼……」

詩乃以幾乎聽不見的聲音詢問。而桐人則是稍微頓了一下，才同樣輕聲回答：

「……現在這個時候，可能——現實世界裡的死槍共犯已經入侵妳房間，等待大會轉播妳被那把槍擊中的畫面。」

花了好一段時間，詩乃的意識才完全理解桐人所言究竟是什麼意思。

周圍的影像立刻變淡，自己房間的熟悉景象浮現在腦海當中。她就像看見幻覺般由高處俯瞰著自己三坪大的房間。

經常以吸塵器打掃的木質系防滑瓷磚地板。淡黃色的腳踏墊。小小的木桌。

黑色書桌與摺疊床並排在一起，面對西側的牆壁。床單是毫不花俏的白色。而穿著內衣與短褲的詩乃正躺在床上。這時她閉著眼睛，額頭上還戴著一款由雙重金屬環所構成的機械。除此之外——

還有一道黑色人影悄悄站在床邊，窺視著正在潛行的詩乃。那人全身像剪影般一片黑，只有握在右手上的物體特別清晰。那是個由霧面玻璃所構成的筒狀物體，前端還延伸出銀色的針

——一根充滿致死性液體的針筒。

「不……不要啊……」

詩乃轉動僵硬的脖子並發出呻吟。即使幻覺已經消失，她人也回歸到洞窟裡，但侵入者手

裡針筒的光芒卻還殘留在眼底。

「不要……怎麼會……」

這已經不只是「恐懼」——這種簡單的情緒了。劇烈的抗拒反應在身體裡到處流竄，讓她整個人不停地發抖。無法動彈且不能感覺周圍環境的自己，是那麼地無力，卻有個不認識的人在旁邊看著這樣的自己。不對——不只是這樣而已。那人可能正觸摸著毫無反應的肌膚……找尋下針之處…………

喉嚨深處忽然有股阻塞的感覺湧起，令詩乃無法呼吸。她挺直背部，不斷地索求空氣。

「啊……啊啊……」

光線離自己越來越遠。耳內出現震天的耳鳴。「靈魂」似乎就要遠離假想的肉體——

「不行啊，詩乃！」

兩腕忽然被用力握住，同時耳邊響起音量驚人的叫聲。

「現在自動斷線會有危險！加油……冷靜下來！現在還不要緊，還沒有危險！」

「啊……啊……」

詩乃瞪著找不到焦點的雙眼，雙手不斷亂揮，最後終於攀上發出聲音的對象。她的雙臂繞過那有體溫的身體，一股腦地抱緊對方。

馬上就有隻強而有力的手臂回抱住她的背部，為了讓她穩住身子而灌注力道。而另一隻手則緩緩、緩緩地撫摸著詩乃的頭髮。

呢喃聲再度響起：

「在被死槍的那把手槍……『黑星』擊中之前，入侵者沒辦法傷害妳。這是那些傢伙對自己的制約。但妳要是因為心跳或體溫異常而自動登出，屆時看見入侵者的臉反而會有危險。所以，妳現在得先冷靜下來。」

「但是……但是……好可怕……好可怕喔……」

詩乃像個小孩般一邊訴苦，一邊將臉埋進桐人的肩口。

當少女用力抱緊桐人時，對方身上傳來微弱但卻相當規律的心跳。

為了驅趕在腦裡擴散的恐怖影像，詩乃拚命豎起耳朵聽著這道聲音。幾乎一秒響起一次的「怦通、怦通」聲逐漸傳進了她的體內。詩乃那狂亂跳動的心臟，終於慢慢回歸得像節拍器一般平穩。

回過神來，她才發現自己彷彿就像跟桐人的精神同步了一樣，恐慌也因此逐漸遠離。雖然心裡的恐懼並未消失，但足以抑制這種情緒的理性正慢慢恢復。

「……冷靜下來了嗎？」

背後桐人的手準備隨著低沉的聲音離開詩乃背部。但詩乃輕輕搖了搖頭並低聲說：

「暫時這樣……好嗎……」

雖然沒有聽見回話，但少女的身體再度感受到了對方的擁抱。每當纖纖細手撫摸她的頭時，便有股暖意將那顆結凍的心一點一滴地融化。詩乃深深呼出一口氣，閉上眼睛並放鬆全身的力道。

維持這樣的姿勢數十秒之後，她吐出了一句話：

「……你的手，跟我媽媽好像……」

「媽、媽媽？不是像爸爸？」

「我對我爸爸沒有任何印象。他在我嬰兒時就因為車禍而去世了。」

「這樣啊……」

桐人的回答相當簡短。詩乃用力把臉頰靠在桐人胸前。

「——告訴我，該怎麼辦才好？」

她的聲音比想像中來得鎮定。桐人停下撫摸詩乃頭髮的手，立刻回答她：

「打倒死槍。這樣一來，現實世界裡準備謀害妳的共犯便什麼都不能做，只能離開。不過呢——妳只要待在這裡就可以了。我來戰鬥。因為那傢伙的手槍殺不了我。」

「真的……不要緊嗎？」

「嗯。我報名時沒有寫名字和地址，更不是在自己家裡潛行的，身邊甚至還有人呢。所以我不要緊。只要將那個違反遊戲規則的傢伙打倒就行了。」

「但是……就算沒有『黑星』，那個破斗篷依然是名狠角色啊。你也看見他在距離只有一百公尺的情況下還躲開黑卡蒂的狙擊了吧？若只看迴避能力，說不定他和你不分軒輊呢。」

「確實，我也沒有絕對能獲勝的自信……但剩下的選擇，就是像妳之前所說——一直躲在這裡，直到參賽者剩下三個人時，我們兩個再自殺了……」

這時桐人瞄了一下手錶。而詩乃也看著數字面板。下午九點四十分。不知不覺間九點半的衛星掃描也已經過去了。逃到這座洞窟之後已經過了大約二十五分鐘。

詩乃看向桐人的臉，然後靜靜搖了搖頭。

「我大概也沒辦法繼續躲在這裡。其他玩家差不多該注意到我們躲在沙漠洞窟中了。洞窟的數量並不多，接下來隨時都可能遭到手榴彈攻擊。或者應該說，過了將近三十分鐘還能平安無事已經很幸運了。」

「——這樣啊……」

桐人緊咬下唇，朝著洞窟的入口方向看去。詩乃靜靜對著他的側臉說道：

「反正我們已經合作到現在了。就兩人一起奮戰到最後吧。」

「……但是……如果妳被那把手槍擊中……」

「那種玩意兒，只不過是舊型的單動（註：手槍發射方式之一。單動式代表開槍前必須先扳動擊錘待發，方可扣動扳機）手槍罷了。」

聽見這種話由自己嘴裡說出來，詩乃內心多少有些吃驚。因為那把手槍——「五四式・黑星」一直都是折磨著她的恐怖象徵。

不，恐懼依然沒有消失。如果死槍選擇黑星當自己的分身只是巧合，那麼那把槍便是就是詩乃人生當中揮之不去的詛咒。然而，至少在這款遊戲裡，五四式手槍不是什麼強力武器。都是恐懼心的增幅讓自己過度害怕，才會喪失原本的戰力。

「——就算他射擊我，你也會用那把劍輕鬆地幫我把子彈全擋回去吧？畢竟它的連射速度只是突擊步槍的幾十分之一而已。」

看見詩乃強行壓下顫抖硬把話說完的模樣，桐人回她一個夾雜著擔心與安心的微笑。

「嗯……我絕不會讓他打中妳。但為了保險起見，妳還是別出現在死槍面前比較好。」

用手制止準備反駁的詩乃後，桐人繼續說道：

「等等，我當然很樂意跟妳並肩作戰。不過詩乃，妳是個狙擊手。從遠方進行狙擊才是妳的拿手好戲不是嗎？」

「當然是那樣沒錯啦……」

「那這樣吧。下一次衛星掃描時，我一個人到外頭暴露行蹤，藉此將死槍吸引過來。那傢伙想必會躲在遠處狙擊我。到時候就靠那發子彈來找出他的藏身地點、由妳射擊，如何？」

「…………你打算身兼誘餌跟觀測手嗎？」

詩乃因為這過於大膽的作戰而擔心地嘟囔，但就兩人的能力來看，這或許是最佳的選擇了。超近距離型與超遠距離型若組合在一起，必然會有一邊的戰力被削弱。

詩乃用力吸了口氣之後，點點頭說：

「我知道了。那就這麼辦吧。不過話先說在前面，你可別被死槍一擊斃命啊。」

「我、我會努力……不過那傢伙的狙擊槍近乎無聲，還看不見最初的預測線呢。」

「不知道是哪個人曾說過要『預測彈道預測線』的呢。」

兩人依然緊貼在一起。在這樣的對話中，詩乃感覺纏在自己背後的恐懼也稍微遠離了。

說不定有個殺人犯已侵入了自己現實世界的房間——老實說，自己只是不去正視、不去思考這種恐怖的推測而已。現在只能相信桐人所說的「只要打倒死槍，那個傢伙就什麼都不能做了」。當然，除了桐人的言語之外，他的假想體溫也給了詩乃不少安慰。離開洞窟與桐人分開、自己一個人進入狙擊狀態時，不知道還能不能保持目前的精神狀態。所以，至少要趁現在多留點對方角色的溫度……詩乃最後一次將身體靠了過去。

這時後桐人剛好發出疑惑的低語聲……

「呃……先別管那個。詩乃，從剛才開始，視野右下方就有個奇怪的紅點不斷在閃耶……」

「咦……」

一看過去，立刻就能發現確實正如桐人所言。詩乃想了一下這到底是什麼東西，但馬上就像彈簧般將仰頭往上看，預料中的物體果然在洞窟頂端。她馬上準備從桐人的腿上跳起，但想到現在才這麼做也於事無補，便只能深深嘆口氣。

「唉唉……糟糕……我太大意了……」

浮在上空的——是個奇異的水藍色同心圓。但那並非實體，而是遊戲裡面的單色發光物件。發現同一個東西的桐人，歪著頭問道：

「呃……那是什麼東西……？」

詩乃聳了聳肩之後才這麼回答：

「實況轉播攝影機唷。平常是只轉播戰鬥當中的影像，但現在剩餘人數已經不多，所以才會跑到這邊來。」

「咦……糟了，我們剛才的對話不就……」

「不要緊，只要不是大聲喊叫聲音就不會傳出去。要不要乾脆揮揮手打個招呼啊——」

緊接著她又繼續以冷酷的聲音說：

「還是說，給某些人看到這種影像你會很困擾？」

一聽這話，桐人臉上閃過了害怕的表情，但馬上又用僵硬的笑容將話題帶過。

「啊……沒有啦……那個……我看困擾的應該是妳才對吧。說起來看見這種影像的人，多半會覺得這兩個人都是女孩子吧？」

「嗚……」

這麼說的確沒錯。事後自己可能真的得要對人解釋這究竟是怎麼回事了。不過——那也是平安渡過危機之後的事情了。

詩乃用鼻子哼了一聲後才說：

「——發現攝影機之後便亂了手腳的人才難看。我倒是不在乎，那個……如果引起我有那種特殊癖好的謠言，反而可以替我減少一些麻煩。」

「那我不就得一直裝成女孩子嗎？」

「可別說你忘記囉。你這人一開始就裝成女生要我幫你帶路……啊，消失了！」

光看這種樣子，外面的觀眾應該不會知道我們正在互相挖苦對方吧？當詩乃這麼想時，代表實況轉播攝影機視點的物體就為了尋找新目標而消失了。

詩乃嘆了口氣，接著真的撐起上半身來。

「嗯……時間差不多了。距離下一次衛星掃描還剩下兩分鐘。那我就繼續待在洞窟裡，由你到外面去檢視接收器對吧？」

詩乃邊說邊緩緩站起身，接著拉起到剛才為止一直當她椅子的桐人。

才往後退了一步，沙漠裡的寒氣立刻包住全身，讓她不禁縮起了脖子。她撿起腳邊的愛槍，然後抱著在寒冷空氣中依然殘留一絲溫度的鋼鐵。

「啊……話說回來……」

她聽見桐人的聲音而抬起頭，發現光劍士微微皺著眉頭，像在思考什麼事情的樣子。

「還有什麼事？已經沒時間更改作戰計畫囉。」

「不是啦……計畫照舊。我要說的是……結果死槍的本名，或者說正式角色名稱應該是那個『Ｓｔｅｒｂｅｎ』才對。」

「嗯……對哦，確實如此。不知道他是根據什麼來取這個名字的……」

「如果有機會跟他近距離戰鬥，我會問問看的。先走一步了。」

黑髮光劍士看著詩乃的眼睛點點頭，然後轉過纖細的身子往洞窟出口走去。

這即使抱著黑卡蒂也無法去除的寒意，究竟是來自於面對最終決戰的緊張，還是因為現實世界裡降臨在自己身上的危機——又或者是因為害怕桐人離開自己身邊所造成的呢？詩乃無法判斷。

她縮起肩膀，吸進乾燥的沙漠空氣，然後對逐漸遠去的背影說道：

「……小心啊。」

那個背對詩乃的身影，豎起了右手拇指來回答她的叮嚀。

13

亞絲娜一邊與內心不斷膨脹的不安感對抗，一邊持續等待著時刻來臨。

她在三分鐘前從世界樹城市的房間裡登出，回到現實世界當中的Dicey Cafe二樓，接著以手機撥打了那個電話號碼。逼問接電話的對象並強硬地要那人立刻登入ＡＬＯ後，便馬上又回到大家聚集的地方來。她重新登入還不到一分鐘，但一分一秒都讓人感覺十分漫長。

「亞絲娜，稍微冷靜一下啦……不過妳應該聽不進去吧。」

直到沙發上坐在她旁邊的莉茲貝特這麼說，亞絲娜才輕輕吐出一口氣，然後以僵硬的聲音回答：

「嗯……抱歉。但是……我總有種不祥的預感。一定是有什麼大事發生，桐人才會瞞著我們『微笑棺木』的事情轉移到另一個世界去。這絕對不只是因為宿怨……可能在現實世界也有什麼危機……」

「看到剛才的那個之後……我也沒辦法說是妳想太多……」

莉茲貝特所講的「那個」，其實就是沙發正面牆壁上那個巨大螢幕所播放出來，發生在異世界「Gun Gale Online」大會活動裡的奇怪事件。

穿著破爛斗篷的玩家，以寒酸的手槍發射一發子彈並擊中了對手。結果被擊中的玩家便忽然因為斷線而消失了。而那個破斗篷隨即看著轉播畫面，對著無數玩家宣告「一切都還沒結束。什麼都沒結束。It' s showtime.」——

一聽見這句話，坐在吧檯前的克萊因雖然感到驚訝，但依然肯定地表示，那個穿著破斗篷的玩家是前ＳＡＯ紅色公會「微笑棺木」的成員。

在那座浮遊城渡過的兩年裡，亞絲娜也曾經歷過好幾場大規模戰鬥，而攻略組聯合部隊的微笑棺木討伐戰絕對可以說是最為險惡的一場戰役。在玩家對玩家的集團戰裡面，從沒有出現過像這樣死者多達三十人以上的例子。

老實說，關於該場戰役的細節亞絲娜已經忘得差不多了。但印象最深刻的，就是站在遭受奇襲而差點崩潰的討伐部隊前面、如鬼神般不斷揮劍的「黑衣劍士」背影。如果沒有他——桐人的奮戰，討伐隊或許會全軍覆沒。

這場戰役跟攻略樓層魔王比起來，所耗的時間相當短。在死鬥之後，討伐隊大約有十名犧牲者，微笑棺木則出現了大約二十名以上的死者。他們將殺人公會的倖存者全部送進黑鐵宮監牢裡，然後替戰鬥犧牲者舉行了小小的憑弔會——之後，再也沒有人提起過那場戰役。無論是亞絲娜、克萊因還是桐人都一樣，每個人都以自己的方式遺忘這一切。原本應該是這樣才對……

……但是，想不到ＳＡＯ被完全攻略、所有玩家獲得解放之後，都已經過了一年，那段染血的過去竟然還會以這種形式再度出現在他們眼前。

房裡的亞絲娜、克萊因、莉茲貝特、西莉卡，甚至連沒有直接關係的莉法都不發一語，只是靜靜等待著。等待那個應該知道發生什麼事的人物登場。

亞絲娜再度登入之後過了大約一分鐘，終於有人敲了敲房門。那個人在接到聯絡之後，應該已經盡快連線到ＡＬＯ裡來了，但他開門瞬間莉茲那聲「太慢了！」依舊說出了其他四個人的心聲。

「……我、我已經從存檔地點直接飛過來了耶，如果ＡＬＯ有時速限制，我一定會被吊銷駕照的。」

一開口便講出這種搞笑台詞的，正是那個與亞絲娜同為水精靈族的魔法師。又瘦又高的他穿著簡單的長袍，深藍色長髮隨意地分到一邊，溫和瘦削的臉上則掛著銀框圓眼鏡。

男人的角色名稱是「克里斯海特（Chrysheight）」。也算是亞絲娜等人夥伴的他，開始玩ＡＬＯ已將近四個月了。但知道他名字是由英文裡表示菊花的「Chrysanthemum」與表示山崗的「Height」合成而來的，就只有亞絲娜和桐人而已。

他在現實世界裡的名字是菊岡誠二郎。除了是總務省「假想課」職員之外，同時也是舊

「ＳＡＯ事件對策小組」的探員。在各方面協助回到現實世界後的桐人，最後還幫忙救出亞絲娜的他，可以算是兩人的恩人。至於這種立場的人為什麼會跑到ＡＬＯ來創造了一個角色呢？本人是講出「希望藉由玩ＶＲＭＭＯ來和桐人你們變得更熟一點」這種冠冕堂皇的話，但桐人卻冷冷地表示「這應該是為了蒐集情報」吧。亞絲娜雖然也覺得菊岡這個人有點可疑，但並沒有特別要拒絕他的理由，於是不常登入的他，便得以用夥伴的身分與眾人一起作戰到今天。

克里斯海特，不對，應該說菊岡誠二郎隨手關上門之後，便以跟四個月前相比已經頗為熟悉的完全潛行步伐移動到房間中央。

亞絲娜用力踩著靴子來到菊岡面前，凝視著他與現實世界同樣溫柔的眼睛，簡潔問道：

「發生什麼事了？」

她從Dicey Cafe打過來的電話裡面，只說想立刻詢問桐人轉移到ＧＧＯ世界裡的事，所以請到她在世界樹城市的家裡去。不過現在是星期天晚上，菊岡又是單身的公務員，所以這實在是個有點強人所難的要求。幸運的是他剛好在家，所以亞絲娜不用講出更為強硬的言詞就解決了問題。他雖然說是在自己家，不過在電話裡的聲音聽起來卻很小聲，而且講話聲後面還傳來奇怪的重低音，但這時亞絲娜已經沒有多餘的心思去問這些事情了。說起來，他既然不到兩分鐘便衝到這邊，反而是亞絲娜應該為忽然將他找來這件事道歉才對，但內心的焦躁感讓少女把這些話也給省略了。

聽見亞絲娜單刀直入的問題後，克里斯海特充滿喜感的圓眼鏡後方那對眼睛便眨了兩、三下。熟悉菊岡的亞絲娜，一看便知道他不只是被嚇了一跳而已，在出現這種表情的同時，他腦袋裡也不斷以超高速度運轉著。

這個外表很像老師的魔法師乾咳了幾聲之後才開口說：

「若要從頭開始詳細說明，可能得花不少時間。老實說，我也不知道該從何講起……」

當亞絲娜正準備要他「別打馬虎眼」時，從排在桌子上的玻璃杯與茶杯陰影裡閃出一道小小的人影，只見人影以毅然的態度抬頭看著菊岡說：

「那就由我來幫你說明吧。」

聲音的主人當然就是結衣。那平常總是掛著可愛表情的臉上，出現了與桐人相似的嚴肅表情，接著她便以銀鈴般的聲音開始說道：

「自稱『死槍』，或說『Death gun』的玩家，是從二〇二五年十一月九日深夜起開始出現在『Gun Gale Online』世界裡。他在ＧＧＯ首都『ＳＢＣ格洛肯』的酒館區域裡對著電視螢幕開槍……」

結衣先以這樣的序言做開頭，然後立刻進行了兩分鐘內容十分嚇人的狀況說明。

在對人攻擊無效化的「防止犯罪指令圈內」發生了兩次看似毫無意義的槍擊事件。但隨後便出現似乎是由槍擊所引起的斷線事故。被擊中的兩名玩家從此再也沒有登入遊戲。而且——

真實世界裡還出現了兩具死亡時間與發生槍擊的日期、時間完全相同的奇異屍體。

「……由於各家新聞的報導裡，只有提到死者潛行時是在玩ＶＲＭＭＯ遊戲而已，所以我無法判斷該款遊戲是不是ＧＧＯ。但因為死亡症狀實在太過於相似，因此我不用侵入負責驗屍的監察醫務院網路系統，就可以推測出兩名死者應該是『ＺＸＥＤ』與『薄鹽鱈魚子』。而我判斷六分四十秒前被『死槍』切斷連線的『Pale Rider』，在現實世界裡應該也已經死亡。」

講到這裡，結衣便閉起嘴巴，靠在身邊的玻璃杯上。亞絲娜迅速伸出手掌包住導航妖精小小的身體，將她抱到胸前來。

從公開在網路上的媒體報導與個人發布的消息裡，立刻就能整理出這種結論的情報處理能力，以及使用正確無比的日文將資料講解出來的語言能力來看，結衣這個ＡＩ的完成度可說讓人瞠目結舌。不過話說又回來，結衣的能力固然優秀，但她的情緒迴路卻絕對稱不上強韌。當她還是ＳＡＯ的「精神狀況管理‧支持用程式」時，便因為無法處理無數玩家流進系統的恐懼、慾望、惡意等負面感情而陷入幾乎快要崩潰的狀況中。

對這樣的她來說，要鉅細靡遺地找出關於「死槍」的情報並加以過濾，應該是相當大的負擔才對。結衣所講的嚴重事件雖然帶來很大的衝擊，但亞絲娜還是靜靜地將嘴唇靠近她，然後低聲說了句「謝謝妳」。

看來同在房間裡的莉法、莉茲貝特、西莉卡、克萊因也都受到相當大的打擊，所以全都暫時安靜了下來。

這時最先打破沉默的是克里斯海特那沉穩的低語。

「……還真是驚人。我只聽說過這小傢伙是ＡＬＯ輔助系統的『導航妖精』……想不到能在這麼短的時間內收集如此大量的情報還做出結論。小傢伙……有沒有興趣來ＲＡ……不對，是來『假想課』打工啊？」

這個戴眼鏡的魔法師由於亂開玩笑，馬上就被亞絲娜狠狠瞪了一眼。他立刻舉起雙手，以全面投降的語氣說：

「抱歉。事到如今我也不想打馬虎眼了。小不點所說的……全都是事實。『ＺＸＥＤ』與『薄鹽鱈魚子』在被『死槍』射擊之後不久，就因為急性心臟衰竭而死亡了。」

「……喂，克里斯大哥啊。你就是桐人打工的委託人吧？也就是說你明明知道那個殺人事件，卻還是要桐人轉移到那個遊戲裡去？」

克里斯海特以右手輕輕抵住從吧檯跳下來後便往前逼近的克萊因。這時他的眼鏡剛好反射了燈光，藏住了鏡片底下的眼神。

「等一下嘛，克萊因氏。我和桐人詳細討論那兩件案例之後，得到了『那不是殺人案』的結論。」

「你說什麼……？」

「想想看嘛，在遊戲裡要怎麼殺人？AmuSphere可不是NERvGear。這一點你們應該最清楚才對吧？AmuSphere已經被設計成能防止任何危險了，所以不論使用任何手段都無法傷害到使用者的腦部。若要停止沒有直接與機器連線的心臟，就更加不可能了。我和桐人上禮拜在現實世界裡討論了很久之後，得出『遊戲內部的槍擊不可能殺害現實世界肉體』的結論。」

聽見菊岡那像在規勸發怒學生般冷靜又符合邏輯的台詞，克萊因只得發出「嗚姆……」的低吼回到圓凳上去了。

接下來，則換成莉法沙啞的聲音打破了再度降臨的沉默。

「克里斯先生。那你又為什麼要拜託哥哥到GGO裡頭去呢？」

莉法那由鮮綠色褲裙裡伸出來的細長雙腿用力往地板一蹬後便站了起來，接著這個風精靈族數一數二的劍士，就像在進行劍道比賽般慢慢逼近菊岡。

「……你之前應該也有感覺到……不，應該說跟我們一樣，現在也有感覺到事情不對勁吧？那個叫做死槍的玩家，隱藏著某種非常恐怖的秘密。」

「…………」

這時菊岡終於沉默了下來，而亞絲娜就在這個時候說出他應該不知道的事實。

「……克里斯先生，『死槍』和我們一樣也是SAO生還者。而且當時還是人稱最惡劣的殺人公會『微笑棺木』的成員。」

魔法師高瘦的身體抖了一下，薄薄的嘴唇用力吸了口氣。

就連這個高級官員也不得不感到震驚了，他平常總是相當柔和的瞇瞇眼瞬間瞪得老大。兩秒之後，克里斯海特才以低沉的聲音說：

「……這是真的嗎？」

「嗯。雖然還想不起他的名字，但參加過『微笑棺木討伐戰』的我和克萊因可以確定這件事。也就是說……死槍他已經不是第一次在遊戲裡頭殺人了。這樣你還能說這一切都是偶然嗎？」

「但……但是……那麼，亞絲娜妳覺得真有超能力或是詛咒存在囉？而死槍是從ＳＡＯ裡得到某種異常能力，靠著它殺人囉？」

「這個嘛……」

亞絲娜沒辦法立刻點頭，只能咬緊自己的嘴唇。

莉茲貝特便趁著這個空檔開口：

「亞絲娜……克里斯海特知道ＳＡＯ的事情嗎？我聽說他在現實世界裡是從事網路相關工作的公務員，而且是為了研究ＶＲＭＭＯ才會玩ＡＬＯ的……」

此時菊岡本人竟然出乎意料地率先點頭承認。可能他原本就不打算把身分當成秘密吧？他開始說明起自己的立場來：

「莉茲貝特，妳說的沒錯，但我以前從事的是另一種工作。我曾經是總務省『ＳＡＯ事件對策小組』的一分子。話雖如此……當時我們根本想不出什麼對策，只是個空有其名的組織而已……」

聽見他這麼說，莉茲貝特稍微瞪大了眼睛，臉上出現了複雜的表情。

克里斯海特雖然挖苦了一下自己，但他的話並非事實。「對策小組」在二〇二二年十一月的ＳＡＯ事件發生之後便積極展開行動，迅速將一萬名受害者移動到全國的醫院去。聽說剛開始時病房與經費的取得相當困難，但在小組軟硬兼施的持續交涉下，政府相關部門才開始有所行動。亞絲娜由桐人那裡得知，該小組的中心人物正是眼前這位菊岡。目前所有ＳＡＯ生還者都知道「對策小組」所做的奮鬥，而每個人也都很感謝他們所做的一切。

在委託桐人進行危險工作的怒氣，與他幫助過自己的事實兩相煎熬下，莉茲與克萊因等人都安靜了下來，而亞絲娜則代表眾人靜靜地對菊岡說：

「克里斯海特……我也不知道死槍他是怎麼殺人的。但我更不能就這樣看著桐人獨自與過去的宿敵戰鬥。你應該能找到那個自稱死槍的玩家在現實世界裡的地址與姓名吧？雖然不算簡單，但只要列出所有『微笑棺木』的生還者，然後調查他們是否從家裡連線到ＧＧＯ伺服器，或者是請簽約的網路業者提供資料……」

「等、等等。要做這些事情必須要有法院的執行命令才行，但要向搜查單位解釋整起事件就得花上不少時間……」

為了安撫亞絲娜而舉起雙手的菊岡，像是注意到什麼事情般眨了眨眼睛，然後又用力搖了搖頭說：

「不對，這根本辦不到。假想課裡關於ＳＡＯ玩家的資料就只有本名、角色名以及最終等級而已。所以只有他是原『微笑棺木』成員這樣的情報，根本無法找出他在現實世界裡的姓名與地址。」

「…………」

亞絲娜用力咬緊嘴唇。她對「死槍」的講話方式與動作確實有印象。在討伐戰以及戰後處理時自己一定有見過他。但無論如何就是想不起他的名字。不對，應該說為了盡快將關於那個集團的記憶消除，自己打從一開始就沒想過要知道他的名字……

「——哥哥他一定是為了想起那個名字，才會到現在還待在那個戰場裡面。」

莉法忽然這麼說道。

某種意義上來講，這個少女比在場任何人都要接近現實世界裡的桐人——也就是和人。她在胸前用力緊握雙手，繼續說下去：

「昨晚哥哥回來的時候，臉上帶著很恐怖的表情。我想，他應該在昨天的預賽時就注意到ＧＧＯ裡有『微笑棺木』成員在了。而且他也發現那個人真的能用某種方法殺人。所以為了想起那個人從前的名字，讓對方停止『ＰＫ』……哥哥一定會做個了斷……」

一聽到這裡，亞絲娜也稍微倒抽了一口氣。

雖然有些不甘心，但莉法的推測應該沒錯。不，桐人甚至會覺得「那是自己的責任」才對。身為微笑棺木討伐隊的一分子，讓他們永遠無法繼續作惡也是自己的義務。

——桐人，你……你總是這樣……

「這……這個笨蛋……！」

克萊因邊叫邊用力往吧檯敲了下去。長滿鬍渣的嘴角往旁一歪後又繼續大喊：

「太見外了吧！只要說一聲……只要你說一聲，就算要上刀山下油鍋，我也會一起轉移過去的啊……」

「就是啊……不過桐人哥他不會說的。只要覺得有點危險，他就不會把我們牽連進去。他就是這種人……」

淚中帶笑的西莉卡這麼說道，而一旁邊的莉茲貝特也微笑點頭附和：

「沒錯……他從以前就是這種人……誇張的是，他連在這次大會裡都保護了某個應該是敵人的玩家。」

聽見這段話後，所有人都像被吸引過去般看著牆上的大螢幕。

分割畫面上到處都是槍口迸發出來的炫目特效。但上面依然沒有出現桐人的名字，而且在那之後自稱「死槍」的破斗篷也不曾出現了。

仔細想想，在場所有人都不知道ＧＧＯ裡的桐人長什麼樣子，若他並非以標示著名字的主視點角色，而是以對戰者的身分出現在螢幕上，亞絲娜等人根本認不出來。不過至少畫面右端的玩家名單上還有Ｋｉｒｉｔｏ的名字，而其他玩家們雖然以很快的速度變成「ＤＥＡＤ」狀態，但他卻一直維持在「ＡＬＩＶＥ」。這也就是說，他一定是在成為戰場的廣大孤島裡，默默地和「死槍」進行一場場惡鬥。

亞絲娜就算現在轉移到ＧＧＯ裡也沒辦法參加大賽，所以無法出手幫助桐人。但她還是想做些什麼，她希望自己能夠支持、守護並且鼓勵自己的戀人。

亞絲娜按捺住內心滿溢的情感，先對莉法問道：

「莉法。桐人他應該不是在自己房間裡潛行吧？」

「嗯，對。我也只知道他是在都心的某個地方連進ＧＧＯ。」

這點亞絲娜也從桐人那裡聽說了。她之所以不在自己家，而選在御徒町的Dicey Cafe裡登入ＡＬＯ，為的就是能在大會結束之後立刻和桐人會合。亞絲娜點了點頭，接著面向菊岡。

「克里斯海特……你應該知道桐人連線的地點吧？」

「啊……這個嘛……」

身穿長袍的魔法師搖著頭含糊其詞，而他那頭大海顏色的頭髮也以奇妙的角度不停地晃

動。但在亞絲娜往前踏出一步之後，他馬上點了點頭表示：

「——嗯，我知道。其實連線地點是我安排的。安全絕對沒有問題，而且有螢幕監視；此外他身邊也一直都有人陪伴。我可以拍胸脯保證，桐人他現實世界的身體絕對不會有任何危險……」

「地點在哪裡？」

「…………嗯……那是在……千代田區御茶水那邊的醫院……但別因為是醫院而有任何不安唷，我是為了便於準備心跳監控裝置才會選擇那裡的，當然也不是說從一開始就知道身體可能會發生異常……」

菊岡不斷說著聽起來就像藉口的台詞，但亞絲娜揮手打斷了他，接著再度逼問：

「千代田的醫院？難道是桐人復健時住的那家嗎？」

「嗯嗯，就是那家……」

——距離很近。御徒町的Dicey Cafe與御茶水中間只隔了末廣町而已。搭計程車根本用不到五分鐘。

一想到這裡，亞絲娜便堅定地說：

「我要過去。到現實世界的桐人身邊去。」

14

我與詩乃分手之後走出洞窟，天空中夕陽的紅霞幾乎都已消失，只剩最後一抹紫色殘照還留在天幕上。

原本以為GGO世界一直都是黃昏的我，因為這世界竟然也有夜晚而稍感驚訝，因此抬頭仰望著天空。不過轉念一想，現實世界裡已經將近晚上十點，所以天色會變暗也是理所當然的事。

天空中幾乎沒有星星。據說這個世界在很久之前曾發生過大規模的宇宙戰爭，文明因此而衰退，目前人類只能靠著過去的技術遺產生存。這片空曠的夜空，甚至會讓人懷疑銀河的行星是否也被破壞殆盡了。

忽然有一道小小的亮光，由西南方高速劃過這片無盡的黑暗。

那當然——不是流星，而是人工衛星。自從被前一個文明發射上去之後，即使目前已經沒有使用者了，它還是魯直地持續傳送著情報。

晚上九點四十五分。已經到了第三屆Bullet of Bullets決賽開始之後第七次「衛星掃描」的時間。

我將目光自夜空抽回，從腰包裡拿出薄型接收器並觸碰它的表面。面板馬上亮了起來，周圍的地圖也出現在上面。這座成為大會戰場的孤島，其北部幾乎全都是沙漠地形，裡面除了出現在各處的岩山與綠洲之外，就只有毫無變化的平坦沙地了。說起來，這種地方應該不適合狙擊才對。

將背部靠在洞口附近的岩壁上後，我努力隱藏身形，同時持續盯著接收器看。數秒後，地圖中央部分無聲地浮現一顆光點。不用碰也知道，這顆光點代表的就是我——桐人。旁邊洞窟裡待機的詩乃當然沒有出現在地圖上。

出乎意料的是，周圍的沙漠地帶半徑五公里以內都沒有其他活著的玩家光點出現。就算能用「光學迷彩」躲過掃描的「死槍」——也就是「Ｓｔｅｒｂｅｎ」他不會出現在地圖上好了，其他識破我和詩乃躲在沙漠岩洞裡的玩家應該也會聚集過來，準備朝著洞窟裡頭丟手榴彈才對啊。

雖然這麼說好像有點不厚道——但沙漠地帶裡卻反而到處散落著深灰色光點。這些應該都是已經退場的參賽者，但明明出現了這麼多「屍體」，剛才在山洞裡卻完全沒聽見戰鬥的聲音，說起來也真是不可思議。

我趕緊調降接收器的倍率，結果發現西南方六公里處有一顆明亮的光點。用指尖碰了一下之後，顯示的名字是「闇風」。這名字似乎有點耳熟。

再往南看去，可以發現都市廢墟區域裡也有幾顆暗點與兩顆十分接近的光點。生存者是「Ｎｏ－Ｎｏ」與「費爾涅」。於是我繼續調降倍率，讓整座島出現在面板上。但是——卻再也沒有其他光點了。連從大賽開始就佔據南邊岩山頂端，被詩乃取了「宅王里奇」綽號的那名玩家，曾幾何時也已經變成了灰色。而他附近還有兩個同樣是灰色的點，看起來他應該是遭到圍攻了吧。

也就是說，加上沒出現在畫面上的詩乃與死槍後，現在還殘留在這片廣大戰場上的總共只有六個人而已。

當然可能也有其他玩家躲在洞窟或者是水底，但如果沒有死槍那種特殊能力，這麼做就無法接收到衛星情報，而在這種大會即將結束的緊要關頭，應該不太有人能耐住性子不去看目前的狀況才對……

「啊…………」

當我盯著接收器想到這裡時，畫面上忽然又有了重大變化，於是我忍不住低喊了一聲。

這當然不是因為光點增加。事實上剛好相反，鄰近廢墟的兩顆光點忽然暗了下來。

這兩個人可能在衛星掃描之前都沒發現對方的存在吧。而看見畫面之後，知道敵人可能近在一牆之隔的地方，於是急忙投出手榴彈，造成兩人同時斃命——我想應該是這麼回事。如果真是這樣，這兩位奮戰到此刻的高手一定很懊惱以這種方式退場吧。我得非常拚命才能壓抑住自己想念聲「南無」幫他們超渡的衝動。

總之——這下子，原本有三十名參賽者的大混戰剩下四個人。而且顯示在螢幕上的，就只有我和闇風兩人而已。

我最後迅速數了一下散落在島上各地的光點與暗點總數。

然後再度發出低吼聲。

「咦…………」

我急忙重數了一次又一次。但無論怎麼數，總數還是沒變。顯示在接收器螢幕上的是兩顆生存者白色光點。再來就是退場者的灰色光點共——二十四顆。

數量根本不符。再加上沒出現在螢幕上的詩乃以及死槍，總共只有二十八個人而已。就算把已經被黑色手槍擊中而斷線消失的「Pale Rider」算進去也才二十九人。這樣還是少了一個人。

難道真有人耐得住性子還躲在洞窟或河底嗎？不然就是……

死槍之後又「消除」了某個玩家。

不，這應該不太可能。因為死槍的分身——他現實世界裡的共犯應該在詩乃家裡或附近待機才對。雖然我並不是想把詩乃當成誘餌，但只要死槍還把她視為目標，那麼現實世界裡的共犯就沒辦法移動到其他目標家裡去了。

——不對，難道說……我又有什麼嚴重的疏忽嗎……

不行。現在不是猶豫的時候了。我用力閉上眼睛，將逐漸纏繞在身上的寒氣甩開。

睜開眼睛之後，表示在畫面上的光點們正好開始閃爍。看來上空的衛星已經快離開了。說不定……不，應該不需要下一次的掃描了吧。我在心裡對衛星說了聲「辛苦了」，然後馬上往周圍環境看去。籠罩在微暗之下的沙漠裡，沒有任何會動或者是發光的物體。我先將情報消失的接收器放回腰包裡面，接著轉身走回洞窟當中。

抱著巨大狙擊槍的少女並沒有留在藏住三輪越野車的最底部，反而是站在洞窟內的轉角處等待著我。

「如何？情況怎麼樣？」

詩乃搖晃著綁在臉頰兩旁的水藍色短髮，著急地問道。而我則試著簡潔且詳細地對她說明整個狀況。

「在掃描當中有兩個人同歸於盡，所以應該只剩下我、妳、『闇風』以及沒出現在畫面上的『死槍』四個人而已。闇風位於西南方六公里處。而死槍應該正從沙漠的某個地方朝這裡前進才對。還有，說不定還有一個人也跟我們一樣躲在洞窟裡。」

我實在沒辦法將或許又有人喪生在死槍槍下的推測說出口。而詩乃似乎也沒注意到我的憂慮，只是感到有些意外地嘟囔著：

「……只剩下四、五個人而已……」

但她隨即點了點頭並說：

「現在已經過了一個小時又四十五分鐘。以上屆大賽大概花費兩個小時來看，進行的速度其實差不多。然而沒人往這裡丟手榴彈實在有點不可思議……」

「嗯……準備搜索我們的傢伙可能都被死槍用那把狙擊槍給解決了吧。整片沙漠裡有好幾個灰點。」

「這麼說來……ＭＡＸ・ＫＩＬＬ獎應該就是那個傢伙了。」

以複雜的表情聳了聳肩後，詩乃便像已經重新振作心情般地說：

「先別管那個，現在的問題是『闇風』。因為你是唯一出現在他接收器上的生存者，所以他一定會衝著你來。」

「我好像聽過這個名字……他很強嗎？」

一問之下，詩乃馬上露出難以置信的表情回答：

「上屆大賽的亞軍。他是個超級ＡＧＩ強化型，人稱『打跑戰術之鬼』。」

「打……打跑？」

「『Ｒｕｎ＆Ｇｕｎ』，也就是邊跑邊射，持續不斷移動的類型。武器是超輕量短機關槍

『凱立克．M900A』。上次他敗給ZXED的稀有槍械與防具因此獲得第二，但也有人說技術上其實是闇風比較厲害呢。」

「這……這也就是說，他可能是GGO日本伺服器裡最強的玩家囉……」

仔細一想，既然他能夠一路過關斬將直到比賽終盤，實力一定相當驚人才對。正當我皺眉苦思時，詩乃那帶著某種決心的聲音傳進耳裡：

「那個……你剛才說實際殺人的是死槍現實世界裡的共犯對吧，如果你的推測正確，那麼死槍現在能殺的應該只有我而已。因為共犯一定得待在我家裡才行。」

「…………」

我有點，不，應該說非常吃驚地凝視著眼前這張讓人聯想到貓科動物的俏臉。

有個不知名的殺人犯正準備危害自己放置在現實世界裡的身體。這種狀況給人的恐懼，某種程度上說不定更勝於我體驗過的NERvGear與死亡遊戲規則給人的拘束感呢。此時詩乃的藍色瞳孔裡雖然還帶有恐懼，不過也能見到與其對抗的光芒。

她繼續以冷靜的聲音對啞口無言的我說：

「總之呢，這表示不用擔心闇風會被死槍幹掉。這麼一來，雖然對闇風不好意思，但我們現在也可以選擇讓他也去當誘餌對吧？如果死槍用L115射擊闇風，我們就能找出他的位置。這比你自己一個人去當誘餌要有效果……而且說穿了，我也在做差不多的事。」

最後一句話，應該是指現實世界的她拖住了死槍共犯的行動吧。雖然語尾有些顫抖，但能把整句話說完的精神力還是很讓人佩服。

「……詩乃，妳真堅強。」

狙擊手少女眨了眨眼睛，然後露出些微笑容：

「……我只是不去想那件事而已。我從以前就很擅長忽視自己害怕的事物。」

接著她馬上用新的發言蓋過剛才那一段挖苦自己的話。

「總之呢，剛才的作戰你覺得如何？我想現在已經是該無所不用其極的狀況了。」

「嗯……說的也是。基本上我也贊成妳的作戰……但是……」

我輕咬了一下嘴唇，然後向她說明幾分鐘前停留在心中的一絲疑慮。

「……有件事讓我很在意。剛才衛星掃描時，我數過全部生存者與退場者的人數，結果只有二十八個人。就算加上Pale Rider，也還少了一個人。」

「…………該不會，死槍在那之後又殺了某個玩家？」

詩乃瞪大眼睛，但隨即又搖了搖頭說：

「那……那不可能啊！因為共犯的目標應該是我才對啊？外面可不是假想世界，哪能這麼快就移動到別的地方呢？難道說有參賽者這麼剛好跟我住在同一棟公寓裡面嗎？」

「妳……妳說的是沒錯啦……但仔細一想，還是有點不自然……」

我瞄了一眼手錶，掃描結束到現在已經過了兩分鐘，於是我盡可能快速地將盤據在腦袋裡的疑惑說明清楚。

「死槍在鐵橋那邊槍擊Pale Rider到接下來在體育館附近準備射擊妳為止，大概只隔了三十分鐘。也就是說，現實世界裡Pale Rider的住處到妳家的路程應該在三十分鐘內。當然這不是不可能，但妳不覺得這實在太湊巧了嗎。」

「……但是，也只有這個可能性而已啊。」

我對著皺眉的詩乃說出衛星掃描時悄悄襲上心頭的疑慮：

「不對。妳聽好囉……共犯不見得只有一個人而已。如果有複數的『實行部隊』，那就算有人留下來待機準備攻擊妳，他同時也可以再殺害別的目標。也就是說……我們無法否定闇風成為死槍目標的可能性。」

「…………！」

詩乃倒吸了一口氣，用力抱緊巨大的狙擊槍。她輕搖了一下在微暗空間當中發出晦澀白光的臉龐。

「怎、怎麼會……你是說參與這種恐怖犯罪的人有三個以上嗎？」

「……前『微笑棺木』生還者至少有十人以上。而且那些傢伙有將近半年的時間都被關在同一座監牢裡。可能在裡面已經交換過現實世界裡的聯絡手段……講極端一點好了，他們在裡面時有充分時間討論這次行動的計畫。當然不可能十個人全部都參與……但我們也沒有證據能斷定共犯只有一個。」

「…………為什麼……為什麼寧願這樣大費周章也要繼續『ＰＫ』呢……好不容易才從死亡遊戲裡解放出來的，為什麼……」

聽見她顫抖的聲音，我使勁由乾渴的喉嚨裡擠出答案來。

「……說不定跟我想當『劍士』以及妳想當『狙擊手』的理由一樣……」

「…………」

原本以為她會生氣，但詩乃只是咬了一下嘴唇。接著她纖細的身體便停止顫抖，藍色瞳孔再度發出強韌的光彩。

「……既然如此，就更不能輸給那些傢伙了。我剛才用了『ＰＫ』這個字眼，不過現在要收回。這遊戲裡面有很多人在ＰＫ，而且我也加入了以這為主的中隊，但ＰＫ也有ＰＫ的原則與覺悟。只是用毒藥殺害完全潛行當中的無意識玩家，這根本就不是ＰＫ。只不過是卑劣的犯罪……不過是殺人犯罷了。」

「嗯……說得沒錯。不能再讓這些傢伙胡作非為下去了。我們要在這裡打倒『死槍』，讓他與在現實世界裡的共犯一起為犯下的罪付出代價。」

其實這段話有一半是對我自己所說。

沒錯——這也是我最優先的義務。我得從這裡重新來過才行。這是為了那個夜裡狂亂下殺害兩人，而且之後又奪走另一個人生命的自己贖罪。

這原本應該是由我獨自面對的戰鬥，這個狙擊手少女卻完全被拖下水了。我只能默默凝視著她。

如果以她的安全為最優先考量，其實可以選擇讓闇風與死槍戰鬥，在他們其中某人獲勝時便立刻自殺來讓大會結束。但最糟糕的是，如果沒出現在地圖上的那個人並非死槍的犧牲者，而是躲在河底或洞窟裡時，大會將繼續下去。而打倒闇風的死槍便會於此時現身，然後在我眼前射擊暫時成為屍體無法動彈的詩乃。而且，如果闇風也成為死槍的目標，那我們這麼做就只是徒增犧牲者而已。

所以，我還是得戰鬥。我要保護詩乃、解決闇風、打倒死槍。雖然這不簡單，但我一定得豁出一切完成——

當我想到這裡時，詩乃本人卻以堅定的聲音說：

「闇風就交給我吧。」

「咦……」

「那個人很強。就算是你也無法瞬間打敗他。何況你們倆戰鬥時，死槍會趁虛而入。」

「是……是沒錯啦……」

詩乃看見我含糊其詞的模樣，右手放開槍身，直接在我的胸口拍了一下。

「反正你心裡一定是想保護我對吧。」

被一語道破的我無言以對。狙擊手那嬌小的嘴唇這時浮出微笑，但馬上又嘟了起來。

「別開玩笑了。我是狙擊手而你是觀測手耶。你只要幫我找出敵人的位置就好，闇風和死槍都交給我來解決吧。」

雖然有一部分用語我不是很清楚，但我也只能苦笑一下並點了點頭說：

「這樣啊。那就交給妳了……我想他們兩個應該都很接近了吧。我先用越野車衝出去，晚點妳再離開洞窟找尋適合狙擊的位置。」

在提出先前訂下來的作戰計畫後，詩乃也點了點頭。

這時認真的神情已經回到她臉上。少女正面承接我的眼神，接著簡短地回了一句：

「拜託你了，夥伴。」

＊＊＊

詩乃將愛槍黑卡蒂II的瞄準鏡調成夜視模式後，直接把右眼貼了上去。

廣大的沙漠裡，目前沒有任何會動的物體。但是位於西南邊的闇風與不知在何處的破斗篷應該正往這裡接近。

詩乃選擇了低矮岩山頂端作為狙擊位置，而這座岩山下方，正是他們剛才一直躲藏的洞窟。這裡除了由地面上很難看見之外，還可以清楚眺望四周的環境。不過待在這裡當然也有危險性。雖說是低矮的山頂，但從頂端到地面仍然有十公尺以上，像詩乃這種ＶＩＴ值不高的角色，沒辦法隨便往下跳。而且，只有一條通道能爬到這裡，如果敵人接近，無路可退的她就只能被打成蜂窩了。

然而，現在應該是拋開所有消極想法的時刻。狙擊手盡量保持心情平靜，悄悄地將愛槍轉往右邊。

於是，她視野中央的大沙丘頂端出現一道人影。

間斷吹拂的夜風，不時撫動他長到腰際的黑髮。包裹著纖細身體的黑色軍隊戰鬥服，讓他看起來就像要融進夜色裡一般。那個身影與其說是帶槍士兵，倒不如說是佇立於幻想世界沙漠中的精靈劍士。

桐人眼前，是從廢墟都市將兩人帶到這座沙漠來的交通工具——三輪越野車。它由洞窟衝出來時，就已經沒什麼油了，所以現在應該已經無法行動了吧。但越野車還是忠實地盡著自己最後的任務。它龐大的車體被桐人拿來當成掩蔽物，雖然很容易被發現，但這樣就很難從北側狙擊他了。

桐人南邊便是詩乃潛伏的岩山，而這也是個僅能從幾個方位攻擊的地點。也就是說，死槍的L115就只能從西邊或東邊進行攻擊。再加上考慮到闇風正從西邊接近這一點，死槍應該會選擇由東邊出手。桐人應該也是這麼想的吧？他那遠遠看起來與少女沒有兩樣的臉龐，正對著由濃厚雲層缺口逐漸上升的藍白色月亮。

死槍狙擊桐人時，應該會捨電磁衝擊彈而改用帶有必殺威力的338Lapua Magnum彈才對。只要被那種子彈擊中頭部或心臟，幾乎都是立刻斃命。就算只射中手腳也會因為衝擊損害而喪失一半HP。而且桐人很難迴避他的攻擊。死槍的第一發子彈除了沒有彈道預測線之外，還能靠著「超穎物質光學迷彩」能力在隱形狀態下進入狙擊態勢。當然，由於在沙地上行走會留下足跡，所以他沒辦法接近到必中的距離，但即使如此死槍還是佔有壓倒性的優勢。

——不過，如果是你……

初次見面時便突破「Untouchable遊戲」，之後還能將眼前黑卡蒂子彈砍斷的你，一定能躲開吧，桐人。

詩乃在心中這麼對他說道，然後又把目光轉回槍口的方向。

自己的工作是讓桐人能夠發揮他最大的注意力。因此，必須迅速地解決從他背後接近的最強AGI型打手·闇風。

如果時間充分且狀況安全，只要向闇風說明事情原委，說不定就能讓他主動避難或出手相助了。但是要讓他相信ＢｏＢ決賽舞台裡發生真正的殺人事件，可以說是難如登天。如果詩乃不是親身遇見死槍，並且感受到被黑星瞄準時那種冰冷的寒氣，她對桐人之後所說的事情必定只會一笑置之。

所以，現在只有擊倒闇風一途了。ＺＸＥＤ沒有參加這次大會，所以幾乎每個人都認定他是最有機會奪冠的玩家。而自己現在必須一擊讓他斃命。

……現在的我，真的能辦到嗎？

詩乃以肉眼與瞄準鏡看著整座廣大沙漠，同時拚命抵抗著悄悄掩上來的迷惑與恐懼。

從廢墟逃走時，在三輪越野車上所做的狙擊只能說是慘不忍睹。當時根本就不可能擊中破斗篷，就連打到巴士油箱也只是單純的偶然罷了。詩乃至今為止累積起來的自尊，就在那一瞬間毀滅殆盡。

以狙擊手詩乃的身分盡量累積殺人數並且精進狙擊技巧，當有一天能在ＢｏＢ裡獲得優勝時，現實世界裡的朝田詩乃也能得到真正的堅強。那時候便能捨棄對槍械的恐懼感，也不會再想起過去的事件，可以過普通的生活。自從接受新川恭二的邀請來到ＧＧＯ，她便一直深信著這一點。

但是，這個願望可能已經有些偏離準心了。

不知不覺間，自己已經在心底將「遊戲裡」與「現實世界裡」的詩乃分開，區別成堅強的詩乃與軟弱的詩乃。但這根本是錯的。遊戲裡的詩乃，心裡依然殘留著現實世界裡的弱點，所以才會害怕黑星手槍，導致那次狙擊失手。

遊戲內外的詩乃其實都是「自己」。看見桐人這個不可思議的少年之後，自己才好不容易發現這一點。他在現實世界裡，一定也是這樣的人吧？對抗自己的弱點，無時無刻都在奮戰。就算腰間沒有光劍也一樣。

這麼說來，現實世界裡的詩乃心中，一定原本就有遊戲裡的堅強性格。

——我將以普通人詩乃的身分射出這發子彈。就跟五年前那個事件時一樣。

我一直逃避著那個瞬間。只是想將其遺忘、抹消，只是閉起眼睛，不斷想以畫筆將那段記憶塗掉。

可是，我不會再這麼做了。我要再次正視自己的記憶與罪過，回到那個時候，由那裡重新出發才行。也許，自己一直等待著面對這一切的時刻到來吧。

既然如此——

現在就是那一刻了。

詩乃的右眼捕捉到在瞄準鏡彼方以高速移動的黑影。「闇風」來了。

她立刻將手指放在扳機上。但目前還不能施力。狙擊只有一次機會。沒有再次移動讓位置情報重置的時間了。

如果失手，闇風勢必會強行突襲桐人吧。屆時就算桐人再怎麼厲害，也無法同時應付死槍與闇風兩個人。他一定會被其中一個人的攻擊打倒。接著死槍只要解決闇風，就可以輕鬆寫意地再次以黑星攻擊詩乃。假想的七．六二毫米彈將擊中詩乃，而這個畫面轉播到外界的螢幕上時，現實世界的共犯就會把致命毒液注射到詩乃體內，停止她的心跳。

也就是說，這一發子彈足以影響詩乃真正的生命。就跟那個時候一樣。

然而，此時她心裡卻不可思議地相當平靜。或許只是無法理解整個狀況而已吧，但絕對不僅如此。自己不是一個人。有某個人、某種力量在支持自己。有一股微小的熱度，正溫暖著那即將凍僵、麻痺的指尖，這究竟是——

黑卡蒂II。這把與自己共同闖過無數戰場的另一半，獨一無二的分身。

……啊，原來如此。妳一直陪伴著我呢。不只在狙擊手的懷中……也一直待在平凡少女的身旁。就算看不見妳的模樣，妳還是不斷鼓勵著我。

……拜託。請把力量借給軟弱的我。給我從這裡再度起身邁步的力量。

＊＊＊

在目前已經消失的浮遊城艾恩葛朗特裡奮鬥時，攻略組劍士們於每天的戰鬥當中，發現了許多「系統外技能」並且勤加修練。

比如說，決鬥時光從劍的位置與角色重心便能預測對方招式的「預知」；由遠距離型怪物或者是人類視線中預測攻擊軌道的「識破」；由各種環境音中判別敵人效果音並找出其位置的「辨音」；先誘導怪物的ＡＩ學習功能，再給予沉重負荷令其產生空隙的「誤導」；由複數玩家互換位置，同時回復ＨＰ的「切換」等等。

而這些沒有列在狀態視窗裡的技能中，最難以習得的絕技、甚至被某些人當成超自然現象的技巧便是「氣息感覺」——「超感覺」。

那能在眼見耳聞以前，便搶先發現準備攻擊自己的敵人存在。也就是一種「感覺殺氣」的技術。

否定有這種技能存在的一派人主張，理論上假想世界裡不可能存在所謂的殺氣。因為處於完全潛行狀態下的人類，只能靠著NERvGear傳送過來的數位檔案來認識整個世界。因此遊戲內所有情報都一定能轉換為程式，當然也就不可能有殺氣或第六感這種曖昧的東西存在了。

他們的主張其實相當合情合理。就算是我，也不會積極肯定「超感覺」技能存在。

但是，在為期兩年的浮遊城戰鬥中，我確實有過幾次只能說是「感覺到殺氣」的經驗。明明沒看見或聽見什麼，但就是有種被人盯上了的感覺，於是便不再往迷宮深處前進。結果也確實因此而好幾次撿回一條命。

今年我曾經跟「女兒」結衣提起這件事。結衣曾經是運作ＳＡＯ的「Cardinal系統」裡的附屬應用程式。她很肯定地表示，在ＳＡＯ以及其複製系統「The Seed」裡，除了五感情報以外就沒有得知怪物存在的手段了。

——所以，只要敵人無聲無息地躲在眼睛看不見的地方，應該就無法注意到他才對。於是我便對感到疑惑的結衣說出多年來藏在自己心裡的想像。

潛入ＶＲＭＭＯ的玩家，將藉由持續與位於遠方的遊戲伺服器通訊以確認「自己」的狀態資料。獨自一個人待在荒野或是迷宮裡時，能夠查閱資料的就只有自己而已。但如果有某個外人嘗試伏擊自己，狀態資料的傳輸量就會變成兩倍或更多。這時系統處理速度會變慢，最後因此發生極輕微的傳輸遲緩，而這就是我所感覺到的「殺氣」了——

聽完我的假設之後，結衣臉上出現非常懷疑的表情，然後說出「要是伺服器因為這種程度的負荷處理速度就變慢，那早就應該淘汰了」這樣的話，但她最後還是補上一句「如果硬要說的話，我也不敢百分之百否定這種可能性就是了」。

結果，可能還是以超自然力量來解釋比較有說服力吧。

但現在遇到這種情況，也就管不了什麼理論了。

玩過那麼多ＶＲＭＭＯ遊戲之後，我首次被迫處於只能依靠「超感覺」技能的狀況下。

還留有最後一抹殘照的天空遠方，可以見到朦朧的藍白色玉盤高掛在上面。今天雖然是滿月，但可能是被厚重的雲層給遮住了吧，感覺上比阿爾普海姆的月夜要暗多了。沙丘的稜線一半融入夜色當中，甚至連要分辨隨處可見的突起是仙人掌還是岩塊都有困難。

如果，這時有人潛身於這些突起物底部，將隱含必殺力量的槍口對準我，我可能也無法用肉眼注意到他的動作。而且現在準備狙擊我的敵人，還擁有能讓身體完全透明化的優勢。視覺上唯一可以期待的情報，就只有刻劃在沙地上的足跡而已。但若是距離我一公里以上，就算我想看也看不見。同樣地，對方移動時所發出的腳步聲，也將被風吹散而傳不到我耳裡。

——那麼，乾脆閉起眼睛、蒙上耳朵好了。

我甩開恐懼，靜靜閉上眼。接著將風聲、乾燥的冷空氣以及腳邊沙石的滾動聲排除在意識之外。

結果，遙遠彼方突然傳來細微的振動。有人正用極快的速度奔跑著。方向是西南邊——所以這一定不是死槍，而是「闇風」。

我拚命壓抑轉過頭去確認他身影的衝動。闇風是詩乃的獵物。她一定會阻止闇風的。於是我將背後的腳步聲由意識裡消除，把全部感覺集中在前方，為了感受任何可能的「變化」而死命提升自己的注意力。

啊……對了。我現在才想起來。在微笑棺木討伐戰的那個夜裡，我也不是因為任何影像或是聲音才注意到那些傢伙的突襲。我只是有股「不祥的預感」而已。於是我便遵從直覺轉頭，赫然發現洞窟的岔路裡有些影子正無聲無息地靠近。

伏擊部隊裡打頭陣攻擊我們的男人叫什麼名字呢。不是微笑棺木的首領「ＰｏＨ」，他當時應該不在現場。多半是某個幹部才對。那男人的武器是像針一樣細長的「刺劍」，一種沒有刀刃而強化了貫穿力的武器。它晃動著朝我襲來的鋒利尖端還閃著極小的光芒……

我當時殺了那個傢伙嗎？不，應該沒有。當我將他的ＨＰ削減一半之後，那傢伙便和同夥切換，慢慢退到後面去了。

臨走之前，他應該低聲說了些什麼。不是什麼虛張聲勢的台詞。而是一些斷斷續續，類似咻咻聲的刺耳單字群。

「……桐人。我之後、一定會、好好料理你。」

——那種講話的語調和氣息。以及在頭套深處發出紅色光芒的雙眼——

忽然有種刺痛感觸及我的眉間。

就是這種感覺。這種針對我、而且無情又黏稠的冰冷——殺氣。

我頓時睜開雙眼。

沙漠遠處，正東方稍微偏北處的一顆仙人掌底下忽然閃過細微的光芒。

那是刺劍的劍尖，還是狙擊槍的發射火光呢？

我將身體向右倒去。不對，應該說當我準備往右倒時，濃縮著驚人密度的攻擊力聚合體已經來到額頭前面。時間的流動產生變化。那種沉重萬分的感覺，似乎連空氣都能凍結——

高速回轉的子彈尖端擦過了太陽穴，扯斷一小撮頭髮後往稍微傾斜的我身後飛去。

「哦……哦哦哦！」

我拋下仍然殘留在空中的一撮黑髮，隨著咆哮用力往沙面一踢。

＊＊＊

——好快！

雖然瞄準鏡終於捕捉到了「闇風」的身影，但他飛奔的速度卻超乎詩乃想像。在數值點滿的ＡＧＩ以及修練到頂點的衝刺技能支援下，那驚人的移動速度，讓他看起來就像是一陣黑色旋風。

穿在闇風瘦小身軀上的，是件僅有最低限度保護的深藍色戰鬥服。他沒攜帶輔助武器，僅僅在腰間掛了一顆電漿手榴彈。這人甚至不戴頭盔，直接將他尖細的臉龐顯露在外。拿著細長Ｍ９００Ａ的雙臂以及前傾的上半身，即使在奔跑當中也完全沒有晃動。那種只有雙腳以留下殘像的速度不停奔跑的模樣，與其說是士兵，倒不如說是「忍者」還差不多。而且他不只是快而已——可以說完全沒有停頓。

就算對速度非常有自信的玩家，通常跑一陣子後還是會先躲在掩蔽物後方，稍微觀察一下環境才繼續前進。對詩乃這種狙擊手來說，停下腳步的時刻正是最好的狙擊時機。

然而闇風雖然也利用了仙人掌與岩石這些掩蔽物，但根本連一秒鐘都沒有減速。他知道對於速度便是資產的ＡＧＩ型角色來說，只有不停衝刺才是最安全的防禦。

……怎麼辦？要預測他的行動然後先行射擊嗎？但闇風可不是直線衝刺啊。他時而繞過沙丘、時而爬上丘頂，這種亂數軌道可以說根本無法預測。還是說，先故意將首發子彈瞄準他腳邊，然後趁他急忙趴下時才收拾他呢？對他這種古董級的玩家來說，這老掉牙的招式不知道有沒有效果。而且從第二槍起，敵人就能看見「彈道預測線」了。真的要如此隨便就捨棄狙擊手最大的武器——沒有彈道預測線的第一槍嗎？

詩乃猶豫了。但這時的猶豫，不是在三輪越野車上那種參雜著恐懼與迷惑的感覺。她的頭腦相當冷靜且清晰。黑卡蒂的木質槍托靠在臉頰上的平滑感觸，與因為深信詩乃才能夠背對著闇風的少年，都給了她力量。

不應該賭博式地狙擊奔跑中的闇風……

猶豫片刻之後，少女做出這樣的結論，於是稍微放鬆食指的力道。

只有確定會命中目標時，才能扣下扳機。否則就不叫狙擊了。在桐人進入Ｍ９００Ａ的射程前，闇風有可能會停步。而現在要做的就是忍耐到那一刻為止。

藍色忍者距離桐人已經不到一公里。但只要桐人還是背對著他沒有任何反應，他就會判斷桐人尚未發現自己，然後一直靠近到ＡＧＩ型角色最擅長的一百公尺射程裡吧。

——我要忍耐到那個時候。所以你也要耐住性子啊，桐人。相信我。

在無法使用通訊道具的大混戰中，詩乃只能在內心這麼祈求著。不過，她總有種想法已經傳達給對方的感覺。於是狙擊手開始停止思考，將自己整個人與黑卡蒂化為一體，然後讓視覺與瞄準鏡、觸覺與扳機融合。這時，甚至連呼吸與心跳的感覺都離她遠去。唯一感覺到的，就是急速奔跑中的目標，以及持續追蹤他心臟的十字瞄準線。

就連以這種狀態過了多久，少女都不清楚了。

最後，等待的瞬間終於來臨。

一道白色光芒由視野右下方往左上橫切過去。那是一發子彈。但當然不是來自黑卡蒂，而是死槍由沙漠東側所發射的３３８Lapua彈。桐人躲開這次攻擊後，Ｌ１１５的長射程子彈便來到由西側靠過來的闇風附近。

闇風不僅以為桐人還沒注意到自己，更沒想到忽然從目標對面飛來了一顆巨大子彈。結果他雖然沒有當場趴到地上，卻還是彎下身體緊急煞車，準備朝附近岩石的後方移動。

這是最初也是最後的狙擊機會。

手指有一半像是遵從黑卡蒂本身的意志般開始扣下扳機。淡綠色的「著彈預測圓」出現在視野裡，接著圓形瞬間收縮成極小的一點。詩乃瞄準的目標是胸口中央。扳機扣下之後，擊錘敲擊撞針，50BMG的火藥在槍膛裡炸裂，巨大彈頭瞬時加快到超音速——

闇風注意到黑卡蒂防火帽火花的雙眼，與詩乃的右眼霎時透過瞄準鏡交會。他的眼神裡似乎有著驚訝、悔恨以及確實的讚賞。緊接著……

最有可能獲得冠軍的忍者，胸口啪一聲出現了炫目的特效光。他整個人飛出數公尺外，接著在沙地上滾了好幾圈，最後才臉朝上方停了下來。這時M900A已經離開他的右手，腰間的手榴彈也掉落在地。當他腹部上方浮現「DEAD」標籤並準備開始迴轉時——詩乃的身體已經連同黑卡蒂一起轉了一百八十度。

——桐人！

她無聲地叫著這個名字。

黑衣劍士直線朝著開始在地平線後面升起的藍白色月亮衝過去。

他奔跑的模樣與闇風簡潔的姿勢完全不同。那種挺著胸膛、收緊下顎並且跨大步疾驅的動作，簡直就像在跳舞一樣。桐人右手一閃，拔出腰間的光劍。迅速伸長的藍紫色光刃在微暗中添加了一道鮮豔的色彩。

桐人前進的方向閃起微弱橘色光芒。是發射子彈的火光。

光劍劃出來的圓弧直接將飛來的子彈給彈開。再一次。接著又一次。躲開第一發子彈的桐人已經能看見預測線。拴式槍機的狙擊槍不論連射多少發子彈，都沒辦法貫穿光劍士的超群反應力。

詩乃在取消瞄準鏡夜視模式的同時，也將倍率提升到上限，找到對方發射子彈的位置。

——有了。在高大仙人掌下方。由破爛布料底下伸出來的那個特殊減音器，以及裝置在槍管下面的通槍條。這個人確實就是Ｌ１１５Ａ３「沉默刺客」的使用者兼真正的殺人兇手「死槍」。

詩乃拚命瞪大右眼，以對抗看見他身影時的恐懼感。

……你不是亡靈。就算你是在「Sword Art Online」裡殺害過許多人、回到現實世界後還想出這種恐怖計畫的瘋子，但終究只是鼻子會呼吸、心臟會跳動的人類而已。那麼，我就能和你戰鬥。能相信自己和黑卡蒂的力量足以打敗你和Ｌ１１５。

詩乃拉下槍機，將填好下一顆子彈的愛槍瞄準趴在地面上的破斗篷頭套深處。

雖然透過瞄準鏡能看見他不斷閃爍的紅色眼睛，但那絕對不是死者的鬼火，而是面罩型護目鏡的鏡片。面罩底下，只不過是一般角色的臉孔罷了。

詩乃的手指碰到扳機，稍微加強了力道。

死槍的頭瞬間動了一下。他能看見彈道預測線。經過剛才對闇風的攻擊之後，詩乃已經暴露了自己的位置。不過，這也只不過讓雙方處於對等的條件之下而已。來吧——

一決勝負！

瞄準鏡裡的死槍移動L115，將槍口對準詩乃。從他黑色下顎延伸出來的血紅色光線冷冷地拂過詩乃額頭。詩乃不等預測圓收縮，便直接扣下扳機。

愛槍發出巨響的同時，死槍的狙擊槍上也迸出微小火花。詩乃將臉離開瞄準鏡，以肉眼看著自己發射的子彈與朝自己飛來的敵彈。雙方軌道看起來就像在同一條直線上。

詩乃瞬間有了子彈會相撞的預感，但這樣的奇蹟果然還是沒有發生。最後兩顆子彈幾乎是在些微的間隔之下錯身而過，同時稍微偏離了軌道。

「咕汪！」一聲尖銳的衝擊音在耳邊響起——接著裝設在黑卡蒂上的大型瞄準鏡便消失得無影無蹤。如果右眼還貼在上面，應該立刻就喪命了吧。死槍的338Lapua彈就這麼直接擦過詩乃右肩並消失在後方。

而黑卡蒂的50BMG彈也偏離目標，直接命中了L115的槍身。

GGO內的槍械，大致上每個零件都會設定耐久度。平常使用上只有槍身會產生損耗，而且這只要經過維修之後便能恢復。無論哪個部位被槍擊中都會受到很大的傷害，不過即使如此還是很難讓耐久度歸零，同時只要耐久度還有剩餘通常就能夠修理——但要是脆弱的機關部位被被大口徑彈擊中就另當別論了。比方說，像現在這樣。

死槍懷中出現一顆小型火球，Ｌ１１５的中心部分變成了多邊形碎片，隨即消失。而槍托、瞄準鏡與槍管等零件紛紛掉落到沙地上。這些零件雖然還能再使用，消失的機關部卻已經無法再生了。也就是說，這個瞬間「沉默的刺客」已死。

…………抱歉了。

詩乃雖然在腦袋裡說了這麼一句道歉的話，但對象當然不是死槍，而是那把稀有且高性能的槍械。她立即再度拉下槍機拉柄，雖然下一發子彈依然隨著令人安心的金屬聲裝填進彈倉裡，但瞄準鏡遭到破壞的現在，已經沒辦法再進行遠距離狙擊了。

「再來就交給你了，桐人。」

她對著疾馳的光劍士背影如此低語。

這時桐人與死槍的距離已經不到兩百公尺。就算發動光學迷彩，也不可能順利從這個地形脫離。因為地面上將會留下清晰的腳印。

可能是已經放棄掙扎了吧，只見由仙人掌下方爬出來的破斗篷緩緩站起身。他右手上垂著Ｌ１１５留下來的長大槍管，整個人像滑行般緩緩前進。難道他想用那根鐵棒作戰？桐人那連黑卡蒂子彈都能砍斷的光劍，只要一擊便能將它砍成兩半了。

兩者之間的距離迅速縮短。就算沒有瞄準鏡，擁有遠視技能的詩乃，眼睛還是能清楚看見揚起大量沙塵往前衝的桐人，以及拖著腳步慢慢前行的死槍。

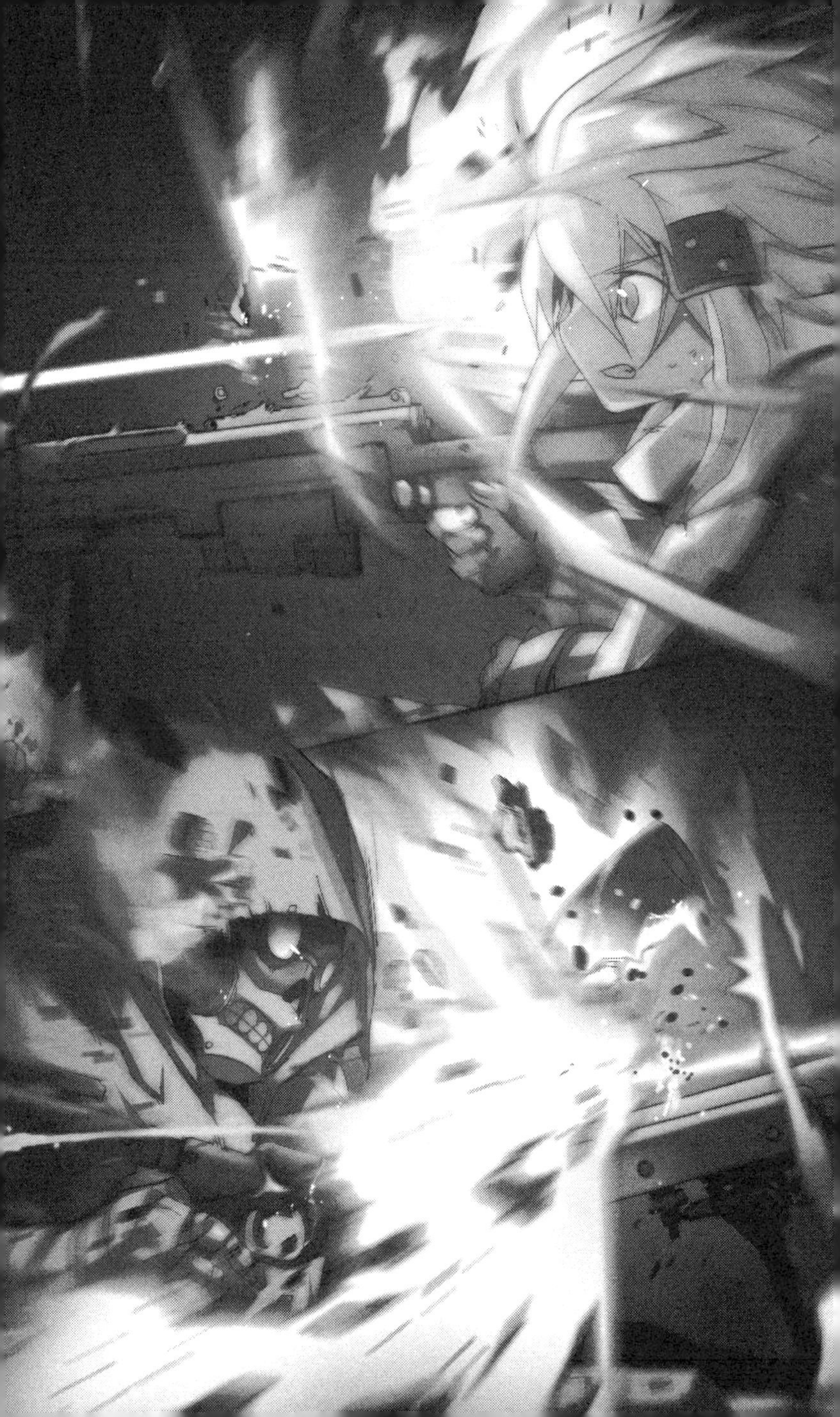

桐人邊跑邊將右手的光劍高舉過肩。並把左手往前揚起。他這即將使出強烈突刺的起手式，詩乃已經在預賽裡見過好幾次了。

相對地死槍則是把發出黑色光芒的槍管交到左手。然後以右手碰著槍口部分。距離雙方交錯還有五秒。兩人後面各浮著一道轉播攝影機的光芒。目前在ＧＧＯ內部酒館或是在外部世界的ＭＭＯ動向網站觀看實況轉播的觀眾，當然都不知道死槍的罪行與桐人的目的，但一定還是會為緊迫的戰況而屏息注視螢幕吧。而詩乃這時也忘了一切，只是瞪大眼睛看著眼前即將展開的死鬥。

桐人像是要踏破沙漠般用力往前一踩。

而死槍則是以兩手將槍管水平舉起。

當他的手邊忽然產生銳利光芒的瞬間——

「啊……！」

詩乃發出尖銳的叫聲。

死槍兩手往左右分開。槍身離開他的左手，迴轉著向後飛去。

而他右手上——出現一根由槍身下方拔出來的纖細金屬棒。是通槍條。難道說，那就是他最後的武器嗎？通槍條應該只是維護槍械的道具啊。它本身沒有任何攻擊力，就算拿它來毆打別人，應該也只會讓對方減少一丁點ＨＰ而已吧…………

——不對。

那不是清掃槍管用的鐵棒。原本應該突起且有開孔的前端，竟然像針一樣尖銳。那是劍嗎？但是它就連根部的直徑也只有一公分左右。那種東西傷得到人嗎？說起來，ＧＧＯ世界裡除了戰鬥小刀外應該不存在其他金屬刀劍才對。

瞠目結舌的詩乃，看見桐人的背部似乎一瞬間僵住了。

但光劍士終究沒有停下動作，他右手中閃耀的能源光刃筆直地往前方突刺。像噴射引擎般的金屬效果音甚至傳到詩乃所待的岩山上頭。藏有必殺威力的尖端直接被破斗篷的胸口吸了進去。原本桐人想往前將劍整個刺入他的身軀——卻失敗了。因為死槍將上半身整個向後仰。這完美的閃躲動作，看起來就像他早已知道桐人的招式與閃躲的時機了。

桐人單手突刺的威力，僅僅在空氣中揚起一陣焦味，便往死槍身後穿去。

可能是絕招被人躲開的緣故吧，光劍士的身體再度露出了短暫空隙。雖然他馬上行動並準備往右前方跳躍，但身體仍在傾斜狀態的死槍，右手就像獨立出來的生物般直接往前伸。手上那根只有八十公分左右的尖細金屬針前端——

就這麼狠狠刺入黑色戰鬥服左肩。

「…………桐人！」

詩乃發出叫聲的同時，鮮紅色特效就像血一般飄散在微暗當中。

＊＊＊

結城明日奈將手機放在感應器上，當結帳效果音響起過了一秒後，她便叫了聲「謝謝！」並衝下計程車。

圓環正面有個即使已經快到晚上十點仍舊點著一部分照明的巨大入口。雖然自動門的電源已經關上，但明日奈毫不考慮便往旁邊標示著夜間入口的玻璃門走去。

她推開門後，在飄蕩著消毒水氣味的冷空氣中率先往申請探視的櫃檯前進。由於菊岡誠二郎應該已經聯絡過醫院了，所以明日奈立刻便向抬起頭的護士講出準備好的說詞。

「我是剛才聯絡過要到七〇二五號病房的結城！」

同時，她由口袋裡拿出學生證交給櫃檯。當護士拿起證件對照相片與明日奈的容貌時，她已經先把正面牆壁上的館內平面圖記在腦子裡了。

「您好，結城明日奈小姐。這是您的通行證。當您要離開時請記得歸還。病房是從右手邊的電梯……」

「我知道了。謝謝妳！」

她一拿到通行證便急忙鞠了個躬，然後將滿臉驚訝的護士拋在腦後，直接小跑步朝著中間的電梯前進。在醫院紀錄裡，桐人——桐谷和人不是來治療或住院，只是檢查而已，所以明日奈表現出來的焦急實在有點不自然，但此時已經顧不了別人的眼光了。

電梯前有座類似月台入口的閘門。明日奈將通行證在面板上感應過後，連金屬柵都還沒完全打開就直接穿過。她按下上樓按鈕，衝進打開的電梯門，這才稍微鬆了一口氣。

——一年前和人要跑到從ALO鳥籠裡解放出來的自己身邊時，一定也是這種心情吧？他一定沒事的。不可能有事。雖然理性這麼說，但自己就是無法壓抑焦躁的心情。

每當電梯通過樓層時，便會發出「磅、磅」的平穩電子音。明明只有七層樓而已，但上升的速度竟讓人感覺如此緩慢。

「不要緊的，媽媽。」

忽然間，由她兩手握住的手機話筒裡傳出一道稚嫩的聲音。

那是和人和明日奈的「女兒」AI．結衣。她的主程式目前在和人房間的專用定點式遊戲機裡，有需要時她便會以ALO導航妖精的身分潛行到遊戲中，而在現實世界裡也可以透過手機對話。雖然電池容量有限所以沒辦法持續處於連線狀態，不過自從明日奈離開Dicey Cafe之後，她們便一直保持連線。

「爸爸不論面對什麼樣的強敵都不會輸的。因為他是爸爸啊。」

「……嗯，說的也是。」

明日奈將手機麥克風靠近嘴唇後低聲回應。凍僵的手指這時終於慢慢開始可以活動，但緊張感卻依然殘留在她的心中。

桐人因為菊岡的請託而到ＧＧＯ裡去調查那個奇怪的玩家「死槍」。結果操縱這個角色的，卻是某個以前隸屬於ＳＡＯ殺人公會「微笑棺木」的成員。而且——被死槍在遊戲裡槍擊的兩個人，現實世界裡都因為心臟衰竭而死亡了。

無庸置疑的是，一定有某些不對勁的事件發生。雖然菊岡肯定地表示桐人在潛行中絕對不會發生任何危險，但他也無法斷言那兩樁奇怪的死亡事件只是偶然。

「磅」一聲，電梯通過了六樓並開始緩緩減速，最後隨著電子音一起在七樓停住。電梯門打開的同時，結衣馬上就發出「往右邊十五公尺，轉角左彎後再走八公尺就到了」的指示。明日奈立刻照她所說，在空無一人的走廊上全力奔跑起來。

走廊兩旁是等間隔排列的電動門，而明日奈便在奔跑同時以眼角確認旁邊的金屬門牌。七〇二三……二四……二五！她將通行證按在門牌上，當紅色顯示燈變為藍色的瞬間，便立刻將門拉開。

這是一間灰白基調的單人病房。在靠近正中央的地方，有一架過去明日奈也仰賴它照顧的自動調節型凝膠病床。房間周圍的窗簾全都拉開，還可以見到相當專業的螢幕機器。連結在機器上面的線路分叉出來之後，貼在床上少年那整個外露的胸膛上。而少年的頭部還戴著明日奈相當熟悉的銀色圓冠——AmuSphere。

明日奈用力吸了一口由暖氣口吹出來的溫熱空氣，準備這麼大喊時——

——桐人！

「……桐谷小弟？」

某人的聲音搶在她之前響起，讓明日奈因為驚訝而差點往前倒去。她將脖子往右轉，發現剛才被螢幕裝置擋住看不見的床旁邊有一張摺疊椅，上頭還坐著一個人。

那人身穿白衣、頭戴護士帽，頭髮綁著辮子，臉上還掛著一副設計相當時髦的眼鏡。是一名護士。現在想起來，菊岡確實說過和人身邊有人在照顧。

不過那人竟然是個妙齡美女，還探出身子，幾乎要趴在上半身全裸的和人上頭。明日奈看見這一幕內心難免有些不愉快。但那念頭也僅僅閃過一瞬間而已。注意到明日奈進到房間裡而抬起頭的護士，臉上竟然帶著相當緊張的表情。

「啊，妳是結城小姐吧？我已經聽說妳要來了，請到這裡來吧。」

護士起身以有點沙啞的聲音迅速說道，接著又用左手指了一下床旁邊。明日奈不用她說就已經跑了過去，朝對方點了一下頭之後再度看向和人的臉。

當然，和人目前閉著眼睛。但他並非睡著也非昏倒。AmuSphere將他的五感隔離在現實世界之外，並引領進遙遠的異世界裡。由於AmuSphere同時也會回收由腦部傳往肉體的運動命令，所以他的臉部與身體不會有任何動作。理論上來說應該如此，但明日奈一看見和人的臉，馬上就感覺到他內心正處於相當不平靜的狀態。

「桐……和人他怎麼樣了嗎？」

明日奈抬起頭來這麼問道。胸前掛著「安岐」名牌的護士聽見之後，只是皺起眉毛並微微搖了搖頭。

「不要緊，肉體上沒有任何危險。但是剛才心跳忽然上升到每分鐘一百三十下……」

「心跳……」

明日奈低聲說完後，便盯著旁邊的螢幕看。液晶畫面上顯示著常在電視劇裡看見的波狀圖與「１３２ｂｐｍ」字樣。眼前波狀圖正不斷出現劇烈起伏。

玩ＶＲＭＭＯ時心跳上升並不是什麼異常現象。在完全潛行環境裡和恐怖的怪物戰鬥當然會緊張，所以脈搏也會跟著加快。或許應該說，這本來就是享受這種狀況的遊戲。

但是——和人可是那個「桐人」哪。在浮遊城艾恩葛朗特裡，他身為一名攻略組獨行玩家，可能是最常與死亡擦身而過的人。這樣的他，怎麼可能在一般遊戲裡緊張到這種程度呢？

事實上，這一年來自己與桐人一起玩ＡＬＯ時，從沒看過他表現出慌張的模樣。

——到底發生什麼事了？

明日奈以手指擦拭浮在和人額頭上的汗滴，緊咬住下嘴唇。

這時，左手裡的手機再度響起結衣的聲音。

「媽媽，請看牆上的平面電腦！我會把網路連線到『ＭＭＯ動向』網站的實況轉播！」

明日奈聽見之後立刻抬起頭，發現床腳邊的牆壁上設置了一台四十吋大小的薄型螢幕。結衣可能是利用手機的無線傳輸功能連結到那台電腦了吧？只見原本呈現休止狀態的畫面自己亮了起來，瀏覽器隨即以全螢幕的狀態開啟。

出現的影像與在ＡＬＯ房間裡所看的實況轉播完全相同。

左上角是Gun Gale Online的粗獷標誌。旁邊則有「第三屆Bullet of Bullets決賽大混戰！獨家轉播中！」的細長文字列。

畫面右側是出場玩家的姓名列表。螢幕上佔最大面積的，是複數視點的分割轉播畫面。不過現在只有兩個大視窗並排在一起而已。

兩邊畫面的背景都是藍白色月光照耀下的沙漠。看來是有兩名玩家正在進行接近戰，而攝影機分別從他們背後進行攝影。左邊視窗上出現的是一名全身穿著深黑色戰鬥服，長髮隨風飄逸的嬌小角色。他右手拿著發出紫藍色光芒的光劍，左手則整個往下垂。此外還可以從他左肩看見鮮紅色特效不斷散落。角色的腳邊有小文字顯示他的名字是「Ｋｉｒｉｔｏ」。

「那就是桐人……」

角色給人的印象與ＳＡＯ時代的「黑衣劍士」以及ＡＬＯ裡使用的守衛精靈都不一樣，那纖細的背部看起來就跟少女沒什麼差別。但是那種舉劍的姿勢與重心，在在都顯示出他就是桐人沒錯。

在床另一側看著同樣畫面的安岐護士以有些困惑的語氣問道：

「那上面的就是桐谷小弟的角色？所以現在躺在這裡的桐谷小弟即時操縱著他？」

「是的。因為正在戰鬥當中……所以心跳才會加快。」

明日奈雖然立刻這麼回答，但還是有無法簡單對護士小姐說明清楚的事情。桐人的左肩受了相當嚴重的傷——而他的對手應該就是同為ＳＡＯ生還者，可能也在這款ＧＧＯ裡實際殺害了兩名玩家的殺人犯。

明日奈畏畏縮縮地將視線移往右邊視窗。

同樣背對著螢幕站在那裡的，果然不出所料是那個穿著破斗篷的玩家。他的背影看起來毫無生氣且滿是破綻。但是明日奈知道，完全習慣假想世界的人才會有這種站姿。她屏住呼吸，看著破斗篷右手上的小根突起物。

「咦…………」

一看之下，她便不由得發出了叫聲。

破斗篷握在手上的，不是之前在鐵橋上用過的大型狙擊槍或是黑色手槍。只是一根普通的細長金屬棒——

不。不只是普通的金屬棒。它從根部開始緩緩變細，到了尾端時已經跟針一樣銳利了。那是一把劍。乍看之下似乎與亞絲娜擅使的細劍大同小異，但其實它是把沒有刀刃而只能進行突刺攻擊的武器。

「刺劍……？啊……啊……」

明日奈甚至沒察覺自己發出聲音。遙遠的記憶就像被畫面上那把刺劍穿透般開始發疼。

「微笑棺木」裡確實有擅長使用這種武器的幹部。他的名字——名字是叫什麼呢——

當然破斗篷不像桐人一樣還使用ＳＡＯ時代的名字，然而明日奈還是忍不住往他虛擬角色的腳邊看去。

顯示出來的玩家名稱也是由英文字母所組成。

「Ｓｔｅｒｂｅｎ」。

明日奈無法立刻發出讀音，只好斷斷續續地囁嚅著：

「史……史蒂……芬？是『Ｓｔｅｖｅｎ』拼錯了嗎……？」

「不是的……媽媽。」

結衣這麼回答的同時，安岐護士也說了一句「不是那樣」。明日奈看向她之後，護士便皺起姣好的眉毛，以非常緊張的表情繼續說道：

「這是德文的醫療相關用語。唸法是……『史提爾芬』。」

「史提爾……芬……」

明日奈從沒聽過這個單字。安岐護士看見她迷惑的模樣後，稍微猶豫了一下才用有些沙啞的聲音說：

「意思是……『死亡』。是醫院裡面……有病人過世時使用的單字……」

明日奈雙臂及背部的汗毛立刻全部豎了起來，接著她好不容易才把眼神從畫面上移開，凝視著躺在旁邊的少年臉龐。

「桐人……」

這時明日奈的聲音已經顫抖到連她自己都認不出來了。

＊＊＊

ＧＧＯ是利用完全免費的ＶＲＭＭＯ開發支援程式套件「The Seed」來建構・營運整款遊戲的。

「The Seed」雖然是汎用性非常高的系統，但就算是營運者也無法更改它的程式，換言之內部有所謂的「黑盒子」存在。營運開始經過三個月的遊戲，就一定得把能超越各個遊戲範疇的角色移動機能「轉移」永遠維持在ＯＮ的狀態下，而且能禁止給予玩家假想痛楚或藉錯覺來消除疼痛的「疼痛緩和裝置」也只能調節強度，無法完全關上。

也就是說，GGO世界裡不管身中多少槍——就算手或是腳被轟掉了，玩家也不會感覺到超越麻痺的疼痛感。

所以，現在我左肩的疼痛，以及類似被冰錐貫穿的痛苦，只不過是錯覺而已。不對，疼痛緩和裝置已經將錯覺消除了，所以這根本不是真正的疼痛。只是我的記憶而已。是過去曾在另一個世界裡，被同一種武器貫穿同一個部位時的感覺再度復甦。

約離我五公尺遠的破斗篷——也就是「死槍」，他右手上發出黑色光芒的刺劍尖端，像是打著某種節拍般不停晃動著。這傢伙在那種姿態下，沒有任何準備動作便能不斷進行突刺。若把它當成是普通的劍，會難以避過攻擊。

沒錯，過去在「微笑棺木」基地的那個洞窟裡，我也曾有過相同的想法。接著便覺得這傢伙使用的武器還真是稀奇。但在激戰當中我實在沒機會跟他交談。

經過一年半的時間後，我終於能對他說出當時沒能說出口的話了。

「……真是稀有的武器。應該說……我不知道GGO裡還有金屬刀劍。」

結果死槍從那整個蓋住頭部的頭套裡發出咻咻的沙啞笑聲。接著又斷斷續續地說：

「想不到、你變得、這麼不用功了，『黑衣劍士』。『小刀製作』技能的高級衍生技、『槍劍製作』就能辦到了。長度、和重量、大概這樣、就是極限。」

「……可惜，看來沒辦法製造出我喜歡的劍。」

我答完之後，對方再度發出笑聲。

「你還是、喜歡需要、高ＳＴＲ的劍、是嗎？你手上、那把玩具、應該很不稱手吧。」

我右手上發出低吟的光劍「影光」可能不喜歡被人稱作玩具吧，此話一出，它隨即爆出細微的火光。我聳了聳肩替愛劍辯解：

「它才不是什麼玩具呢。我早就想用一次這種武器了。而且……」

我揮動光劍讓它發出「嗡」的一聲，然後將原本下垂的劍身提到中段位置。

「劍就是劍。只要能把你的ＨＰ值砍成零就夠了。」

「哼、哼、哼。講得倒、威風。只不過、你能辦到嗎？」

頭套深處的紅色眼睛不規則地閃爍著。做得像骷髏頭的金屬面罩好像冷笑起來一樣。

「『黑衣劍士』，你這個傢伙、吸了太多、現實世界的、腐敗空氣。剛才那招、遲鈍的『奪命擊』、要是被以前的你看見了、應該會很失望吧。」

「…………或許。不過你應該也一樣吧？還是說，你到現在還認為自己是『微笑棺木』的成員？」

「哦？已經想起、這麼多事了嗎？」

死槍發出「咻咻」的金屬摩擦般呼吸聲，同時像拍手似的緩緩動著雙手。他右手那包著腐爛繃帶的手套跟著滑動，隱約露出手腕內側的「微笑棺木」紋身。

「……那你、應該、已經清楚、我和你的、差異了吧。我是真正的、紅色玩家、但你不是。你只不過是、被恐怖所驅使、為了活命、才殺人。是個不考慮、殺人的意義、只想忘掉一切的、膽小鬼。」

「…………！」

被他說中心事的我頓時啞口無言。

——為什麼？為什麼他能這麼準確地說出我的心事？從微笑棺木討伐戰那晚交手以來，直到昨天在待機巨蛋裡重逢為止，我明明沒有和這個男人有過任何接觸。

——難道……難道這傢伙真的有什麼超能力嗎？我還以為已經看破了他的殺人方法，難道這只是我自以為是嗎……？

我提振全部精神，將開始產生扭曲的視野恢復過來。現在還能維持光劍的尖端不抖動，已經可以說是奇蹟了。如果被他看出空隙，死槍那沒有任何準備動作的突刺技這次一定會貫穿我的胸膛。

我輕輕由咬緊的牙縫裡吸了口氣，接著低聲回答他：

「……或許吧。但你也已經不是紅色玩家了。我已經知道你是怎麼殺害『ZXED』、『薄鹽鱈魚子』、『Pale Rider』，還有另一名可能也栽在你手上的玩家。那根本不是黑色手槍的力量，更不是你本身的能力。」

「哦？那你倒是、說說看哪。」

現在正是決定這場勝負的關鍵時刻。

我用灌注所有力量的雙眼緊瞪著對方——然後將我認為是真相的所有內容說出口：

「……你利用那件光學迷彩斗篷，從總統府的儀器上窺視ＢｏＢ參賽者的地址。然後讓你的共犯侵入他們房間，配合你槍擊的時機注射藥物，使他們像心臟衰竭般死去。這就是死槍的真相。」

「…………………」

這下子死槍終於沉默了下來。

頭套的黑暗中，那雙紅色眼睛忽然瞇了起來。從他的反應沒辦法判斷出我的推測是否正確。我承受著他散發出來的濃烈殺氣，繼續說下去：

「你或許不知道，但總務省裡有全ＳＡＯ玩家的角色名稱與本名的對照檔案。只要知道你以前的角色名稱，就能知道你的本名、地址還有你所有的犯罪手法。別再錯下去了。快點登出，然後到最近的警察局去自首吧。」

即使如此——他依舊沉默。

乾燥的夜風吹拂之下，破斗篷的表面像小生物聚合體般不停地蠢動著。閃爍ＲＥＣ標誌的轉播攝影機似乎已經等不下去而開始提升高度。我和死槍的對峙已經將近三分鐘。由於觀眾聽不見我們的對話，所以他們的困惑以及焦躁應該已經到達最高潮了吧。但是現在也只有繼續我們之間的脣槍舌劍了。只要死槍肯定我的推測，繼續戰鬥就沒有任何意義了。

但是──

數秒後，頭套下發出來的卻是與剛才沒什麼不同的「咻咻」冷笑聲。

「原來如此……你的想像、確實有意思。但是，太可惜了，『黑衣劍士』。你沒辦法、阻止我。因為、你絕對無法、想起我的、名字！」

「你……你說什麼。為什麼你這麼有自信？」

「哼、哼。你甚至、連自己為什麼會、忘記的理由都忘記了。聽好了……那場戰鬥結束之後、我們要被送到監獄之前、我準備向你報出我的名字。但你卻說『我不想知道你的名字，也沒有必要知道。因為我再也不會遇見你了』。」

「────！」

我頓時無話可說，只能瞪大自己的眼睛。而死槍則是對著我發出嘲笑般的呢喃聲。

「你不知道、我的名字。所以、想不起來。你什麼、都辦不到。你只能在這裡、被我擊倒、狼狽地躺在地上──然後、就這麼眼睜睜地、看著我幹掉那個女人……」

某種物體劃過空氣發出「嗶嘰」一聲。接著一道閃亮的銀色弧線劃過黑暗。

「什麼都、辦不到！」

死槍右手突然以彈簧玩偶般的動作朝我刺來。

我下意識以光劍迎擊精準瞄準我心臟的尖刺。

能源光刃發出「嗡」一聲，終於在最後一刻衝進了刺劍的軌道裡。藍白色電漿劍刃整個砍進金屬劍側腹當中。

理論上金屬劍應該會被砍斷才對。「影光」連詩乃狙擊槍的子彈都能砍斷，這種細小的金屬棒怎麼可能抵擋住它呢。我直接將劍往上抬，準備由死槍的左肩往斜下砍去——

結果，角色內部響起一道令人非常難受的聲音。

我只能茫然張大眼睛，看著發出光輝的金屬棒貫穿我胸口凹陷處。

死槍的刺劍只有一部分燒焦，其他沒有任何損傷。它竟然能抵擋擁有絕對威力的能源光刃。為什麼——會有這種事？

死槍繼續往前踏步，準備將刺劍埋進底部。我的ＨＰ也隨著金屬的動作快速大量減少。這時我只能咬緊牙根，右腳使盡所有力氣往後跳去。對方的劍刃因此脫離我的身體，傷害特效再次於空中劃出一道紅線。

我往後跳了兩、三步，再度拉開與死槍之間的距離。結果他就像要舔刺劍劍身般緩緩動了一下嘴角。

「……哼、哼。這傢伙的、材質，是這款遊戲裡、所能入手的、最高級金屬。聽說是、宇宙戰艦的、裝甲板唷。哼哼、哼……」

接著，死槍似乎不打算再開口一般，用力翻轉斗篷並直線朝我攻過來。他右手以幾乎看不見的速度將劍尖在空中劃出無數殘像。他到剛才為止從未使出過這種連續突刺。這是突刺系高等劍技，名為「星屑飛濺」的八連擊——

手中光劍無法格擋攻勢，加上腳下是沙地而無法隨心所欲地踮步閃避，銳利的針就這麼不斷刺進我的身體。

＊＊＊

詩乃拚命壓抑住準備從喉嚨裡迸發出來的吼叫聲與把手指放到扳機上的衝動。

——桐人！

大約七百公尺遠的戰場上，表示受到傷害的特效正從黑衣光劍士身上飛濺出來。雖然詩乃沒有碰過槍械以外的武器，但連她都看得出來讓桐人受傷的死槍劍法究竟有多高超。她屏住呼吸，心想「ＨＰ不會被剛才的攻擊消耗光了吧」，幸好桐人身上仍未出現ＤＥＡＤ標籤。只見他用力往沙漠一踢來了個後空翻，藉此與死槍拉開了一段相當大的距離。

但死槍看來不打算讓桐人有重整旗鼓的機會。他翻起了斗篷，像幽靈般縮短兩人間的距離。自動控制的轉播攝影機像是知道快要分出勝負般，數量不斷增加。轉眼間便出現將近十台攝影機以圓形包圍著兩個人，讓沙漠一角變得像座圓形競技場一樣。

如果黑卡蒂的瞄準鏡還在，就可以利用狙擊來掩護桐人了，但現在這種距離下，就連詩乃也很難光靠肉眼便讓預測圓收縮。若隨便攻擊，甚至有可能會誤擊桐人。

——加油。加油啊，桐人！

詩乃忘記現實世界的自己也處於危險狀態，直接在岩山上呈高跪姿，然後緊握雙手在心底這麼祈求著。

桐人過去在傳說的死亡遊戲「Sword Art Online刀劍神域」裡，曾經為了保護自己與其他人而殺害了幾名玩家。這種經驗與詩乃所背負的過去可以說十分相似。所以他的苦惱在某種程度上應該也和詩乃相近吧。

桐人說自己沒辦法克服這段痛苦回憶並將它們藏在腦袋某個角落裡，還說今後也只能面對並且接受它們。

他正在實行自己所說過的話，準備親手阻止帶有ＳＡＯ世界黑暗面的罪犯——死槍。

但桐人能這麼做不是因為他很堅強。只是他告訴自己要堅強而已。要接受自己的弱點，就算因此而感到煩惱、痛苦也無所謂，因為他就是在這種環境下依然堅持向前看的人。所謂的堅強——所要求的並不是結果，而是朝著某個目標前進的過程。

——我想跟你說話。想把我發現、感覺到的事情告訴你。

——有沒有什麼我能幫忙的事情呢？接近他們反而會造成反效果。當我被黑星瞄準的瞬間，桐人將無法做出任何反抗。話雖如此，在沒有瞄準鏡的情況下狙擊根本只是在賭運氣。輔助武器ＭＰ７的射程又完全不夠。還有沒有……什麼其他支援的手段呢…………

「…………！」

詩乃忽然間靈機一動。

有的。現在這種狀況下，確實有一個自己能主動進行的「攻擊」。雖然不知道能發揮多少效果——但還是有一試的價值。

詩乃大大吸了口氣，接著用力咬緊牙根，朝遙遠的戰場看去。

＊＊＊

——桐人！

明日奈在差點發出慘叫時用手遮住了嘴巴。

雖然沒有光線特效，但死槍所使出來的招式，無疑是「星屑飛濺」八連擊。這也是過去

「閃光」亞絲娜所擅長的高等劍技。基本上這是屬於「細劍」系的劍技，但因為不包含砍劈的動作，所以由細劍衍生的「刺劍」也可以使用。

牆壁上的平面螢幕裡，被連續技刺穿全身的桐人不斷向後跳以拉開距離。但是右邊畫面裡的破斗篷卻以滑行般的詭異動作緊緊跟隨他。在刺劍的劍圍邊緣，桐人拚命地掙扎。

明日奈身邊的螢幕裝置開始發出急促的電子音，讓她不由得往那邊瞄了一眼。和人的心跳已經上升到１６０ｂｐｍ了。明日奈勉強自己將目光從螢幕上移開，看向躺在床上的和人臉龐。

他額頭上滲出汗珠，臉上表情看起來相當痛苦。稍微張開的嘴巴不停地吸著氣。安岐護士注意到他這種模樣，鏡片後的眼睛也流露出擔心的神色。

「……在完全潛行前我有要他多攝取一些水分……不過現在已經過了四個小時，再繼續出這麼多汗的話，會有脫水的危險。沒辦法讓他先登出嗎……？」

聽見護士所言，明日奈只能咬緊嘴唇點頭說：

「我們在這裡說什麼桐人都聽不見……而且他正在參加ＰｖＰ大賽，不知道登出機能有沒有效……」

ＡＬＯ的大賽中，也可能會為了防止形勢不利的玩家直接「斷線棄賽」——ＶＲＭＭＯ大賽裡如果發生這種情況，場面馬上就會冷掉——而暫時禁止自發性的登出。

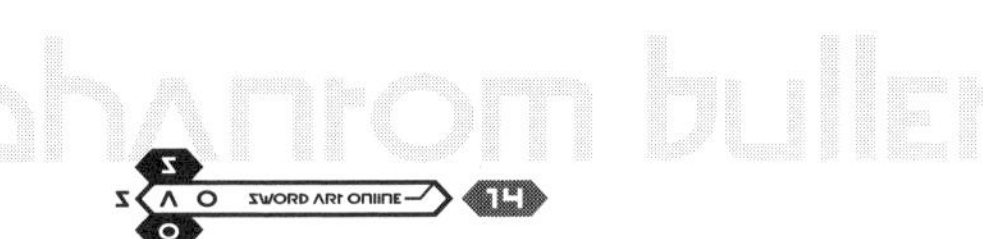

「……不過AmuSphere會監視腦部的血液流量，如果脫水到危害身體的情況時，應該就會自動登出了才對……」

明日奈這麼補充完後，護士也輕輕點頭並且說：

「我知道了。那就再觀察一陣子好了。他又不是病人，應該不至於要靠注射來幫他補充水分吧。」

「說得也是……」

明日奈的聲音變得相當僵硬。在這種狀態下注射點滴，不就跟SAO時期一樣了嗎？

不對──有一件事跟那個時候完全不同。那就是桐人現在所使用的並非帶有死亡陷阱的NERvGear，而是有安全保障的AmuSphere。所以就算明日奈強行將覆蓋在桐人頭上的銀環拿下來，他也不會有任何危險才對。桐人只會從轉播畫面上的沙漠消失，接著立刻回到床上──也就是明日奈身邊來。

屆時那名叫「死亡（Sterben）」的恐怖敵人，將永遠危害不了和人。

明日奈死命壓抑住這股衝動。

桐人／和人現在正賭上身為劍士的一切努力奮戰。明日奈當然不能阻礙他。

但是，難道──難道就沒有什麼能做的嗎。明明在他身邊，卻沒辦法傳達任何訊息給在異世界裡戰鬥的他嗎？

「媽媽，手……」

忽然從手機裡傳來微小的聲音。是結衣。

「請握住爸爸的手。AmuSphere沒有辦法像NERvGear那樣完全阻斷外界的感覺。爸爸一定能感受到媽媽手上的溫暖才對。雖然我的手沒辦法觸碰真實世界……但請連我的份……連我的份也一起……」

講到最後，結衣的聲音已經劇烈地顫抖了起來。明日奈內心受到很大的衝擊，用力地搖著頭回答：

「不會的……爸爸一定也會感覺到結衣的手。我們一起幫爸爸……幫桐人加油吧！」

說完，她便讓床上和人無力的左手握住手機，再用自己的雙手將其緊緊包住。

病房裡的暖氣已經可以說有點熱了，但和人的手卻還是像冰塊一樣寒冷。要是握得太緊可能會讓自動斷線系統啟動，所以明日奈只能以灌注全部體溫與心意的手輕握和人，希望能讓他的手變得溫暖。

明日奈不再看實況轉播畫面，只是閉上眼睛專心祈求著。

——加油啊，桐人。為了你所相信的一切。我會一直陪在你身邊。永遠在背後守護你、支持你。

桐人冰冷的左手輕微、但確實地震動了一下。

＊＊＊

對手的確很強。

無論是速度、平衡感或出手時機都無懈可擊。連攻略組也很少有劍技如此了得的劍士。

但為什麼會這樣呢？操縱「死槍」這個角色的前「微笑棺木」幹部，在討伐戰時明明看不透我的劍。我沒花多少工夫便削掉他一半的ＨＰ，讓他不得不退到戰線後方。

照這麼看來，大概是關在黑鐵宮監獄那半年裡讓這個男人有了很大的轉變。徹底擊潰微笑棺木的，正是攻略組以及身為其中一員的我——而他便以對我們的復仇心作為動力，努力精進自己的劍技。就算沒有辦法增加金錢和經驗值，光是靠著反覆練習劍技也能確實精進他的實力。這傢伙在微暗且寒冷的監獄裡，不知重複了幾千幾萬遍同樣的動作。刺劍這種武器所能使出的劍技，已經完全融入這傢伙的神經系統裡面了。

雖說揮劍的次數我不見得會輸他，但我現在手中握的是比過去愛劍輕上許多的光劍，揮動的感覺與過去完全不同。像「奪命擊」這種單發技還沒問題，不過要使出連續技可就困難多了。而且死槍應該不會露出任何讓我使用大技的空隙吧。他保持接近狀態，不斷地使出變化多端的突刺技。我雖然已經盡全力迴避了，銳利的尖端卻還是不時貫穿身體各處，慢慢減少我的

ＨＰ。計量表只剩下三成左右了。

即使ＨＰ就這樣被那把尖銳的劍給耗盡、死槍用那把黑色手槍射擊倒地的我，也沒辦法真的把我殺掉。因為我沒有在總統府的機器前輸入自己的姓名與地址，所以沒有人能夠找出我的所在地。

我是不是過於依賴——自己處於「安全狀態之下」這個事實了呢？我完全被那把黑色手槍蒙蔽了雙眼，以致於沒有正視它擁有者的真正實力。如果是這樣，現在會陷入困境也是理所當然的事。對方仍然身處於那款死亡遊戲當中，而我不論身心都早已遠離那個地方了。

現在才注意到這一點，或許已經太遲。

但我還是不允許自己就這樣敗在他手下。我在現實世界裡的身體應該沒有受到任何傷害才對。但正如那傢伙剛才所說的，在後方岩山上待機的詩乃現在已經進入那把黑色手槍的射程之內。只要我被打倒，死槍立刻就會襲擊詩乃。在戰鬥當中只要一被黑色手槍的子彈擊中，死槍的共犯便會對現實世界裡的詩乃下毒手。

一瞬間。只要一瞬間就夠了。

只要能讓他暫時停下這一連串的攻勢就好。

要說到武器的威力，應該是光劍遠勝於極細的刺劍才對。只要能以沉重的單發技準確擊中他，相信就能夠讓死槍的ＨＰ完全歸零。但我就是沒辦法製造出這樣的空檔。半調子的虛招一定發揮不了作用，而且敵人的刺劍還能穿透光劍的能源劍刃，因此也無法用力揮劍格擋造成他的破綻。該怎麼辦？要怎麼樣才能夠——

「啾啾啾」的低吼過後，三連續技的最後一擊劃破我的右臉，ＨＰ值終於變成紅色了。臉上流出來的特效把視野染成一片紅色。

可能是確定自己會獲勝了吧，死槍的紅色雙眼閃爍得更加厲害了。

紅色——當初「微笑棺木」的刺劍士也選擇了紅色眼睛。記憶發生激震，厚重的封印產生了龜裂。

對了……我當時確實拒絕知道這傢伙的名字。因為我再也不想碰這件事。只希望能早點忘記那個充滿瘋狂、鮮血、哀嚎與怨嘆的夜晚。

但這種事根本不可能辦到。

我根本沒有忘記一切。只是假裝忘記、自己欺騙自己而已。我只不過是將部分連結到那塊記憶的回路阻斷，說服大腦相信自己看不見一直存在於那裡的事實而已……

死槍為了給我最後一擊，而將刺劍迅速往後拉去。停留在它尖端的冷冽光芒讓我封印的記憶片段式地閃過。

討伐隊出發之前，我們在公會「聖龍連合」的總部舉行了最後會議。

在會議中，再度說明了關於「微笑棺木」的成員情報。內容除了首領「ＰｏＨ」的戰鬥能力之外，還有他身邊各個幹部的武裝、技能、外表與——名字。

當時確實提到，幹部裡面有兩個傢伙喜歡使用屬於自己的顏色。其中一個人是黑色。那是個喜好使用沾毒小刀的男人，名字叫……對了，就叫「強尼·布萊克」。克萊因聽見之後，便一臉認真地對我說「你別和這傢伙交手啊。否則我們會不知道該掩護哪個人」。

另一個人則是紅色。但他不是全身紅色裝扮。這個刺劍士——只是將眼睛和頭髮改成紅色，並在灰色套頭斗篷上染了逆十字圖案而已。他這種揶揄公會「血盟騎士團」顏色與圖樣的外表，讓ＫｏＢ副團長「閃光」亞絲娜露出一臉厭惡的表情。我一開戰立刻就對上這個傢伙。在準備退到後方時留下一句「我之後、一定會、好好料理你」並在戰後打算對我報上名號的，就是這個人。

隔了一年半，這傢伙打破異世界的牆壁出現在我眼前，正如之前的宣言準備以刺劍刺穿我的破斗篷——「死槍」，就是當時那個傢伙。他的名字是——

「沙薩。」

從我嘴裡掉出來的短音符，讓正要刺穿我心臟的鋼鐵整個偏離了軌道。

我不理會淺淺刺入胸口並準備向後拔的劍尖觸感，繼續說下去：

「『赤眼沙薩』。這就是你的名字。」

接著——好幾件事情連續在我眼前發生。

由我後方飛來的一條紅色直線無聲地刺進死槍的頭套中央。

那不是子彈──只是彈道預測線。是詩乃。我瞬間理解了她的意圖。這是她藉由預測線所發動的攻擊。是她根據經驗、靈感，以及全身鬥志所施放出來的最後一擊。是她所發射的幽靈子彈(Phantom Bullet)。

死槍像頭感受到強大獵食者殺氣的野獸，本能性地全力向後跳。骷髏頭面罩下發出了低沉的怒吼。他應該馬上就會發現詩乃不可能冒著誤擊我的危險開槍吧。但他因為被我叫出名字而產生動搖，以致於判斷慢了半拍。結果身體便自動對幽靈子彈產生反應而採取迴避行動。

這是最後的機會了。彈道預測線這種虛招再也發揮不了作用。絕對不能浪費詩乃爭取的機會。我大步向前一踏，直接往死槍追去。

啊──糟了，他的身影竟然開始消失不見。是「光學迷彩」。由於地面還殘留著足跡，所以不至於找不到他的行蹤，但這麼一來光劍便無法準確地給予他致命一擊了。如果沒讓他一擊斃命，吃上反擊的我HP反而會率先歸零。

這時又有更讓我震驚的現象產生。

我的左手像是被某人操縱一般自己動了起來。原本因為緊張而完全冰冷的手──被某雙我相當熟悉的手包圍、溫暖、引導。左手自動往腰間移動然後緊握住某樣物體──連我自己也忘了它存在的第二件武器，「5—7手槍」。當手感覺到由槍套裡順暢地被拔出來的重量時，刻劃在我意識當中的某條回路忽然冒出熾烈的火花。

「嗚……哦哦哦哦————！」

咆哮、向前踏步。接著讓方才用力往左邊拉的身體像子彈般迴轉前進。

眼前的死槍身影已經開始消失不見。而我則對著晃動的輪廓用力揮出左手。

原本的二刀流劍技，一開始是左手的劍由接近地面處往上彈起、破解敵人防禦；然而，目前在我手裡的不是劍而是手槍。但誰說拿槍就不能使用劍技呢？我依照腦中左劍向上揮砍的印象，不斷扣動扳機。

往空中斜飛上去的子彈群持續命中看不見的物體，在空中激起劇烈的火花。接著死槍的身體終於再度出現於閃光深處。我面對這名光學迷彩遭破壞而不得不現身的角色——

以右手上加了身體順時針回轉慣性與重量的光劍由左上往下砍。

這是二刀流重突進技「雙重扇形斬」。

能源劍刃深深砍進死槍右肩，然後就這樣往斜下砍去，最後由他的左側腹離開。這時掛在左側槍套裡的那把「黑色手槍」也被光劍劈成兩半，散發出鮮豔的橘色閃光後便爆炸了。

被砍成兩半的角色、撕裂的破斗篷以及火焰弧，在藍白色月光下緩緩飄動。

經過漫長的飛翔之後——

連續響起兩聲「咚咚」的低沉聲音，死槍的上半身與下半身在稍遠處掉了下來。遲了一會兒後，細長金屬針——刺劍便插在兩段身軀中間的地面上。

這時在旁邊單膝跪地的我，耳裡忽然聽見微弱的低語。

「……還沒、結束……那個人……不會讓你……結束……這一切……」

但是被砍斷的身軀之間浮現了「ＤＥＡＤ」標籤，讓死槍這名玩家的活動完全停止，再也說不出任何話來。我緩緩撐起身體，低頭看著躺在地上的「屍體」。

失去某種意義上來說可以代表他本體的破斗篷之後，死槍除了像骷髏頭的面罩外就沒有什麼特徵了。我凝視著他喪失光芒的護目鏡，低聲回答：

「不……已經結束了，沙薩。你的共犯也會馬上被找出來。『微笑棺木』的殺人行為就此結束了。」

說完後我便轉過身子，拖著遍體鱗傷的身子朝西方走去。

不曉得走了幾百步、幾百公尺後，低垂的視野裡終於看見一雙穿著小靴子的腳，於是我抬起頭來。

狙擊手少女站在那裡，她抱著失去瞄準鏡的大型狙擊槍，臉上帶著平穩的微笑。

＊＊＊

詩乃似乎有話想說般張開了嘴，但一時之間卻又不知道該說些什麼。

連她自己都不清楚現在內心帶著什麼樣的感情。只是不斷有股火熱的波濤湧上胸口，讓她只能抱緊懷裡的黑卡蒂。

面對呆站在那裡的詩乃，桐人臉上首次露出平穩的微笑。他將手上的5—7手槍放回槍套之後，便握著拳頭朝詩乃伸了過去。

而詩乃也舉起右拳輕輕碰了他的拳頭一下。

「……結束了呢。」

光劍士放下拳頭簡短地呢喃，然後將頭筆直仰起。詩乃也受了他的影響抬頭向上看去。

雲層在不知不覺間已經散開，後面的滿天星斗競相展現自己的光芒。詩乃這時才想到，自己還是第一次在這個世界裡看見星星。

GGO世界裡的天空因為過去最終戰爭的影響而經常被厚重雲層遮蔽。這裡的白天一直都是帶著憂鬱的黃昏色，就連夜空也殘留著類似血污般的紅色。

但根據街頭NPC長老所說的預言，當大地的毒性被淨化而重新變回白沙時，雲層將會消失，星星與太空船的光芒也會回到夜空。當然沒有任何玩家會相信這種千篇一律的台詞，但或許這座沙漠不只是平常玩家們在裡面徘徊的荒野，而是遙遠未來的聖地也說不定呢。

詩乃頓時說不出話來，只是凝視著將清澈夜空染上各種顏色的光譜群，以及當中像在河川上運行的太空船殘骸亮光。

不久後，桐人終於開口說：

「……差不多該讓大會結束了吧。觀眾可能都氣瘋了。」

「……嗯，說得也是。」

佈滿夜空的藍色轉播攝影機群，非常焦急似的閃爍著ＲＥＣ標誌。桐人可能也注意到這一點了吧，只見他瞬間露出苦笑，但馬上又恢復原本的表情往前靠了一步並低聲說：

「……這場大賽裡的危險總算是解除了。死槍已被打倒的現在，準備危害妳的共犯多半也已經離開了才對。他們的目的只是製造出『在ＧＧＯ內被那把黑色手槍擊中的玩家，在現實世界裡也會死亡』這樣的傳說，應該不會隨便亂殺人。理論上妳現在登出也不會遭遇危險……但為了小心起見，妳還是立刻報警比較好。」

「……我要怎麼跟一一〇說明整件事？要是說有群人計畫在ＶＲＭＭＯ裡外同時殺人，他們絕對不會相信的吧？」

聽見詩乃的問題後，桐人也愣了一下。但他馬上就點頭說：

「說得也是……我的委託人也算是公務員，可以請他幫忙……但又不能在這裡問妳的地址和姓名……」

這時光劍士露出猶豫的表情並別過視線。他當然知道在ＶＲＭＭＯ世界裡詢問別人真實世界裡的情報有多失禮。

但詩乃考慮了一下子之後便點頭說：

「好吧。我告訴你。」

「咦……但、但是……」

「總覺得，到如今也不用在意這點小事了。畢竟我……都主動向你提起以前的事件了。我以前從來沒這麼做過……」

聽她低聲說完後，桐人雖然稍微張大了眼睛，但馬上就點了點頭。

「說的也是……回想起來我也是一樣……」

這時候要是再拖拖拉拉，怕生的自己可能又會忍不住說出「還是算了」，所以詩乃把黑卡蒂掛到肩上後，立刻迅速地往前站一步。她將嘴唇湊到了桐人耳邊，以別人完全聽不見的音量說道：

「我的名字是——朝田詩乃。地址是東京都文京區湯島四丁目的……」

當她說完公寓名稱與房間號碼時，桐人立刻驚訝地低聲回答：

「湯島？真是太巧了……我現在潛行的地方就在千代田區的御茶水而已。」

「咦……咦咦？那不是就在附近而已嗎！」

這下子連詩乃也大吃一驚，差點就要叫出聲來。御茶水與詩乃的公寓只隔了春日大道與藏前橋大道而已。此時桐人忽然瞇起瞪大的眼睛，發出「嗯……」的沉吟聲後才又繼續說：

「那乾脆我登出之後就跑去找妳還比較快……」

「咦……你……」

詩乃差點就要脫口說出「你願意來嗎」，但她在最後關頭趕緊閉上嘴巴，乾咳了幾聲之後才改口說：

「嗯……不用了。有個值得信任的朋友就住在附近……」

邀請詩乃來到這個世界的鏡子——新川恭二，這個開業醫生的次男，家就在旁邊的本鄉四丁目而已。只要打電話過去他應該就會趕來了，話說回來，這次大會的實況轉播他想必會從頭看到尾，所以還得找個藉口向他說明為什麼會好幾次都和桐人緊靠在一起呢。

「……而且那個人是醫生的小孩，真有需要的話也可以照顧我。」

為了隱藏不好意思的心情而這麼補充完後，桐人也一臉認真地回答：

「喂，真有什麼事情就不妙了吧。不過聽妳這麼說應該沒問題才對……那我登出之後就馬上拜託我的委託人，請他向警察說明狀況。再怎麼遲也應該在十五……不，十分鐘內就會讓警察到妳那裡去了。」

「嗯，我知道了。如果能抓到共犯就好了……」

「嗯嗯……」

看來還是有些不安的桐人點了點頭，詩乃輕輕瞪了他一眼。

「先別管這個，你是想聽完我的個人情報就跑掉嗎？」

「咦，啊……抱、抱歉。我的名字叫桐谷和人。雖然在御茶水潛行，不過家住在埼玉縣川越市。」

光劍士一臉慌張地快速報上自己的資料，詩乃聽完後便沉吟了一陣子，接著不管目前緊急的情況噗嗤一聲笑了出來。

「桐谷和人，所以才叫桐人嗎。確實是很隨便的命名。」

「妳……妳有什麼資格說我！」

兩人臉上同時出現微笑。桐人再度往頭上的攝影機看去，接著改變語調說：

「……要先將ＢｏＢ告一段落才能登出啊……怎麼樣，詩乃？要像昨天那樣以決鬥來分出高下嗎？」

聽見這個問題後，詩乃才發現自己之前明明強烈地想與桐人再戰，現在卻已把這件事忘得一乾二淨了。她看著眼前的秀麗臉龐考慮了一下，最後開口說：

「……堅強不是結果……是朝某個目標努力的過程……」

「咦？妳說什麼？」

「嗯，沒什麼——我說啊，你現在已經全身是傷了吧？就算贏了你也沒什麼好驕傲的。就把這場勝負保留到下一屆ＢｏＢ決賽吧。」

詩乃說完後，桐人驚訝地揚起眉毛，但馬上就苦笑著說：

「妳的意思是，在比完第四屆大會之前不准我轉移回原來的遊戲嗎？」

「你當然可以轉移過去再轉移回來，不過別以為這樣下次還能贏得了我……那麼，我們差不多該讓第三屆大賽結束了。」

「要怎麼做？這是大混戰，一定要有一個人ＨＰ歸零才能決定優勝者吧？」

「雖然這很少見，但聽說北美伺服器的第一屆ＢｏＢ大會就是兩個人同時獲得優勝。原因在於，應該獲勝的人不小心中了『手榴彈大禮』這種下流的招數。」

「手榴彈大禮？那是什麼東西？」

「快要輸的人，為了把對方拖下水而在臨死前丟出一顆手榴彈——嗯，來，這給你。」

詩乃將手伸進腰包裡，接著把從中拿出來的黑色球體放在桐人反射性伸出來的右手上。然後她又將手榴彈上端像水果果蒂般突出來的雷管計時器轉成五秒鐘。

這是她在確定桐人打倒死槍之後，馬上趕到岩山西側的闇風身邊拿來的電漿手榴彈。那個時候，詩乃就已經決定以此來結束這場比賽了。

終於注意到自己手裡被放了什麼東西的桐人睜大眼睛，反射性地準備將它甩開。

為了阻止他這麼做，詩乃將雙臂繞到桐人背後並緊緊將他的手固定住。

不久後兩名角色之間產生了異常炫目的光芒，將桐人的苦笑以及詩乃的微笑融進一片純白當中。

比賽時間，兩小時四分三十七秒。

第三屆Bullet of Bullets大混戰決賽結束。

結果——「Ｓｉｎｏｎ」以及「Ｋｉｒｉｔｏ」同時優勝。

15

詩乃從成為ＢｏＢ決賽戰場的孤島「ＩＳＬ諸神之黃昏」傳送到待機空間之後，一邊看著眼前的結果表以及到登出為止的倒數計時，一邊拚命讓自己的思緒冷靜下來。

雖然大會已經結束，但「死槍」事件卻還沒完結。死槍的共犯可能還留在現實世界的詩乃周圍。雖說桐人已經表示會盡快讓警察趕過來了，但他登出的時間和詩乃一樣，再加上還要聯絡他的委託人，所以至少也得花個十分鐘吧。這段期間裡，詩乃只能自己保護自身的安全。

首先得確認房間內是否安全，然後要聯絡新川恭二來家裡。雖然他有可能會和死槍的共犯撞個正著，但這些人所用的武器不是槍械或小刀，而是注滿毒藥的針筒——桐人的看法是如此——所以應該不會隨便在路上就對意識清醒的人注射藥物才對。當然詩乃也準備在電話裡叮嚀他路上要小心。

巨大的倒數計時數字飛快地減少，距離登出只剩下十秒鐘。

詩乃最後又看了一次比賽結果。

同時優勝的詩乃和桐人名字在最上層發出閃亮光芒。雖然讓自己的名字出現在那上面一直是玩GGO以來的最終目標，不過很遺憾，這次的結果多半不會算數。狀況實在太過於異常了。所以還是把目標放在第四屆大會上吧。

沒有亞軍，第三名位置是死槍的登錄名「Sterben」。詩乃實在不知道自己的唸法究竟對不對，但對那個破斗篷來說「死槍」才是他的本名，所以登錄名應該只是拿來掩飾真實身分的迷彩。

第四名則是「闇風」。比賽前最多人看好他會奪得冠軍而把錢都押在他身上，所以這次官方的莊家應該大賺了一筆吧。第五名開始也是許多廣為人知的玩家姓名，但在經過「戴因」與「夏侯惇」的名字後——名單在第二十八名便結束了。

最下面顯示的是兩名網路斷線者。「Pale Rider」與「Garret」。

果然，這次大會裡頭出現了兩名死槍的受害者。這也就是說，他有兩名共犯。那三個人在VRMMO裡究竟參加了什麼樣的集團、有過什麼樣的經驗，才會讓他們計畫出如此恐怖的犯罪呢……

當倒數計時歸零的瞬間，詩乃所感受到的不是勝利的興奮，而是異常冰冷的顫慄。

浮游感瞬間降臨到詩乃身上，當那種感覺消失時，她已經一個人躺在現實世界自己房間的床上了。

不對——有可能不是一個人。她告訴自己現在不能馬上睜開眼睛或隨便亂動。

詩乃完全沒有任何動作，只是緊閉著眼睛開始注意起周圍的動靜。

這時首先有幾道細微的聲音傳進她耳朵裡。一是自己的呼吸聲。再來則是節奏相當快的心跳聲。

在天花板附近發出低吼的，是吹送暖氣的空調。另外還有發出「波波」這種氣泡聲的加濕器。窗外傳來遠方汽車跑過的聲音。而同一棟公寓的某個房間還發出音響的重低音。

——但除了這些聲音之外，房間裡就沒有任何其他怪異的聲音了。

詩乃這次試著輕輕吸了一大口氣。吸進鼻腔當中的空氣粒子，也只有一股平淡的香味而已。詩乃知道，那來自她放在收納盒上代替芳香劑的香草肥皂。

房間裡除了我之外就沒有別人了。

雖然心裡這麼想，但詩乃還是沒辦法立刻張開眼睛。說不定有某個人正站在床旁窺視著自己——這種恐怖感一直殘留在她心中。

不對，就算沒有在房間裡好了，他也有可能躲在廚房或者是浴室……陽台……即使這裡只是狹小的套房，對方若有心仍然有許多可以躲藏的地方。而且說不定還有可能躲在床底下。不要，我不想起來。

現在，桐人——桐谷和人應該已經透過他的委託人連絡警察了。再過十五分鐘應該就能聽見巡邏車的警鈴了才對。既然如此，或許不要亂動才是明智之舉。

當詩乃一想到這裡，準備重新閉緊眼睛時——

舊式空調的效能忽然降低，吹出來的冰冷空氣直接拂過詩乃裸露在外的大腿。一股寒氣籠罩肌膚，讓她鼻子裡忽然有種癢癢的感覺。

詩乃大概只抵抗了兩秒鐘。接著她的眉頭與鼻樑便整個收縮，背叛了主人的呼吸器官發出輕微但相當清晰的噴嚏聲。詩乃全身僵硬，等待房間某處產生對這聲噴嚏的反應。

但是，房間裡依然沒有任何動靜。

於是詩乃悄悄地、微微地抬起右眼瞼。

熄燈的室內，只有從窗簾縫隙裡侵入的街燈帶來些許照明。詩乃首先確認眼球能看見的範圍，接著一點一點轉過頭觀察整個房間的模樣。

總而言之，視野裡似乎沒有任何人影。雖然剛才已經打了噴嚏，但詩乃還是小心翼翼地從頭上拿下AmuSphere放在枕邊。她用腹肌的力量撐起上半身，迅速環視了整個房間一遍。

——看起來所有擺設都跟完全潛行前沒有兩樣。

無論是桌上的礦泉水、桌旁的大型音響還是丟在床上的書包，都沒有動過的樣子。

詩乃把手放在床單上並移動到床沿，先吞了一口口水，接著才探出身子往床底下看去。下面當然是空空如也。

她抬起頭，由窗簾縫隙中確認鋁窗依然是鎖上的。

接著又光著腳下床，伸長了脖子探查廚房的動靜。話說回來，那個只有一坪半大小的空間怎麼看都沒有供人躲藏的地方。

這時詩乃終於站起身來，無意識地躡腳走到牆邊然後按下電燈開關。室內馬上充滿白色光芒，連廚房後面的玄關也跟著亮了起來。

凝神一看之下，房門的鎖也絲毫沒有動過的痕跡。詩乃站了一會兒之後，開始注意起一牆之隔的地方——浴室有沒有什麼奇怪的聲音發出來。結果依然沒有任何異樣。於是她再度躡手躡腳地往廚房移動。

對面的浴室門雖然緊閉但是沒上鎖，裡面也沒有任何燈光。

詩乃以滿是冷汗的右手抓住鋁門把。

她用力吸了口氣然後屏住呼吸，在左手開燈的同時一口氣拉開浴室門。

「…………」

詩乃無言地凝視浴室內部一陣子。

「幹嘛自己嚇自己……」

她這麼嘟囔道。米色的浴室裡果然也空無一人。

這回詩乃終於垂下脖子與兩邊肩膀，讓身體整個放鬆。她半轉過身子，整個人靠著牆然後慢慢坐下。

房間裡沒有其他人在。也看不到任何外人侵入的跡象。

當然也有可能是——破壞舊式電子鎖的侵入者在房間裡用手機觀看GGO的實況轉播，確認死槍敗北之後便立刻離開了。

如果是那樣，侵入者可能還在這間公寓附近。由於不敢保證對方絕對不會回頭，所以還是盡快跟新川恭二聯絡，請他來自己家裡比較好。詩乃心裡雖然這麼想，但就是提不起勁起身。

她瞄了一眼放在冰箱上的調理計時器。上面同時兼具時鐘功能的數字，顯示目前是晚上十點七分。

——真是漫長的三個小時。眼前垃圾袋裡的優格容器雖然是潛行前才剛吃完丟進去的，但似乎已經是很久以前的事了。

而且自己的內心也有種似變未變的感覺。

不過，至少長期盤據在心裡的焦躁感現在已經遠離了。在這段漫長時間裡，或許自己只是了解到「想要變強、一定得變強」的焦急心情到頭來全是一場空。一切還是要腳踏實地慢慢開始才行。

「好……！」

詩乃輕聲激勵自己後站起身來，這才發現自己非常口渴。她走近水槽，用杯子接住由濾水器裡流出來的水，一口氣喝乾。

當她準備再喝一杯水時——

「叮咚」，過時的門鈴聲響了起來。

詩乃反射性地繃緊身體，然後盯著大門看。她心裡忽然有「對方不會自己開門進來吧」的想法，整個人開始無法呼吸。

轉念一想，或許是警察來了也說不定，接著她便轉頭看了一下時鐘，不過現在距離登出還不到三分鐘。再怎麼說也太快了點。

正當詩乃呆呆站在那裡時，門鈴再度響了起來。詩乃屏住呼吸，悄悄走到門邊。

還是先把門鏈掛上要緊，這麼想的她畏畏縮縮地伸出左手，但就在碰到門鏈之前——

「朝田同學，妳在嗎？是我啊，朝田同學！」

從帶有對講機功能的電子鎖裡，傳出一道略微尖銳的少年聲音。這聲音詩乃相當熟悉。

詩乃整個人瞬間鬆了口氣。她踩在拖鞋上然後把臉靠近門前，並為了慎重起見透過監視孔瞄了一下門外，看見一名少年站在因魚眼效果而扭曲的走廊上。那個人正好是她準備打電話找來家裡的朋友——邀請詩乃一起玩ＧＧＯ的前同班同學新川恭二。

「新川同學……？」

詩乃還是先透過對講機叫了對方的名字，結果馬上傳來帶著些許猶豫的聲音。

「那個……我忍不住想跟妳說聲恭喜……這雖然是在便利商店買的，不過也算是我的一點心意……」

聽見這番話後，詩乃再度看了一下監視孔，門外的恭二稍微舉起裝著蛋糕的小紙盒。

「你、你來得可真快……」

詩乃不由得出聲質疑。即使把待機空間裡的時間也算進去，現在距離大會結束也還不到五分鐘。照這樣看來，他應該不是在自己家裡收看轉播，而是停留在附近的公園一帶，等一決定勝負就到便利商店買蛋糕，然後衝來這裡。他這種急性子的行為，還真像ＡＧＩ型的鏡子會做的事。

不過，這倒是省去了自己主動聯絡的麻煩。詩乃吐出一口氣，手往門把伸去。

「等一下，我這就開門。」

她邊說邊低頭，這才發現自己上半身還穿著運動內衣，而下半身只穿著短褲還露出一截大腿。雖然少女也覺得這有些暴露，但最後還是聳了聳肩並將門把扭開。

開門之後，臉上帶著靦腆微笑的新川恭二就站在門口。他下半身穿著牛仔褲，上半身則是帶羽絨的軍用外套；雖然穿得很厚，但看起來仍然不足以抵抗外面的寒氣。

詩乃因為纏繞到腳上來的冷空氣發著抖，開口說道：

「嗚哇，好冷哦。快點進來吧。」

「嗯、嗯。打擾了。」

恭二點點頭並縮了一下脖子，走進玄關內的水泥地。他一看見詩乃，就彷彿很刺眼般地瞇起眼睛。

「怎、怎麼了……快點進來把門關上，否則房間會變冷的。啊，要記得上鎖哦。」

恭二的目光讓詩乃有些不好意思。她為了掩飾這種感覺而假裝發了一下脾氣，接著便轉過身子朝室內走去。背後隨即響起鎖門的「喀嚓」電子音。詩乃回到三坪大的房間後，拿起桌上的遙控器將暖氣溫度調高。空調隨著誇張的低吼聲吐出更為溫熱的空氣，將入侵房間裡的寒氣趕跑。

詩乃迅速往床上一坐，抬頭一看才發現恭二還不知所措地站在房間入口。

「隨便坐。啊……要不要喝點東西？」

「不了，不用客氣。」

「我累了，你這麼說真的就沒東西喝囉。」

少女開玩笑般地這麼說後，恭二臉上終於出現了微笑。他將蛋糕放在茶几上，往旁邊的坐墊坐下。

「……抱歉，朝田同學，我來得這麼突然。但是……剛才也說過了，我真的很想趕快跟妳一起慶祝。」

他像個小孩子般抱住膝蓋，然後抬起眼看著詩乃。

「那個……恭喜妳獲得ＢｏＢ冠軍。朝田同學……詩乃真的很厲害，妳終於成為ＧＧＯ裡最強的槍手了。但是……我早就知道了。朝田同學總有一天會成功的。因為朝田同學擁有其他人所沒有的真正強悍……」

「謝謝……」

詩乃覺得有些不好意思，於是她搖著縮起來的脖子說：

「但這次冠軍有兩個人啊……而且，你如果有看轉播，應該會注意到這次大會發生了許多不尋常的事件吧……說不定，比賽會被宣判無效呢……」

「咦……？」

「那個……該怎麼說呢……」

詩乃頓時不知該怎麼對感到疑惑的恭二說明「死槍」的事。她對整起事件知道得也不夠清楚，沒辦法詳細交代來龍去脈，而且——現在她自己也開始覺得，這整件事就像幻覺一樣。

說不定……

這一切只是某種偶然所造成的結果而已……？在假想世界裡槍擊對方之後，真的能同時在現實世界裡毒殺這名玩家嗎？實際上詩乃也只看見Pale Rider斷線的畫面。如果他和另一名斷線者真的死了，那就表示死槍的罪行是千真萬確的事實，但在得知他們死亡的消息之前，詩乃可以說沒有任何確實的證據。

反正再過十分鐘警察就來了。等那時候再向恭二說明一切就可以了吧？詩乃這麼盤算，改變話題說：

「算了……沒什麼事啦。只是有個很奇怪的玩家而已。不過你來得可真快。大會才結束不到五分鐘呢。」

「啊，那個……其實我為了能立刻向妳道賀，所以跑到妳家附近用手機看轉播……」

恭二急忙這麼說道，詩乃見他這種樣子便微微一笑。

「我就覺得應該是這樣。外面很冷，你這樣會感冒的。我還是泡杯茶給你喝吧。」

但恭二卻搖頭制止詩乃。他臉上逐漸失去笑容，浮現緊張的表情，詩乃看了只能眨眨眼。

「那個……朝田同學……」

「什、什麼事？」

「我在轉播裡……看見沙漠洞窟裡的畫面……」

詩乃從這句話與恭二的表情裡，馬上就猜到他沒說出口的話是什麼了。想起在那座洞窟裡發生的事，詩乃不禁滿臉通紅。

「那……那個是……」

詩乃早已忘記——或許應該說是故意忘記這件事了；但桐人靠著岩壁坐下時，自己確實躺

在他膝蓋上又哭又叫的。那個畫面果然被恭二看見了。只能說自己太過於疏忽，才會讓事情發展成那種地步。

詩乃不好意思地低下了頭，但恭二卻繼續說下去。原本以為他一定會詢問自己與桐人的關係，結果他話中內容卻大出詩乃意料之外。

「一定是……那傢伙威脅妳的吧？妳有什麼把柄被他抓住了，所以百般無奈之下只能那麼做對吧？」

「什、什麼？」

詩乃驚訝地抬起頭來。

恭二眼裡浮現奇異的光芒，並以半蹲的姿勢探出身子。由他不規則震動的嘴唇裡，不斷發出沙啞的聲音：

「妳被他威脅，甚至還幫忙狙擊他正在對戰的玩家……但是最後妳讓那傢伙鬆懈下來，然後以手榴彈和他同歸於盡對吧。但是……我覺得這樣還不夠啊，朝田同學。我之前也提過……要給他一點顏色瞧瞧……」

「啊……那個……」

詩乃先是說不出話來，接著才拚命想著該怎麼解釋。

「不是的……我沒被威脅。我也知道在大會裡那麼做確實是太隨便了……但我在潛行時差點又陷入恐慌中……在一片混亂裡……我還把氣都出在桐人……那傢伙身上。其實反而是我說了一堆過分的話呢。」

「…………」

恭二的眼睛瞪得老大，靜靜地聽著詩乃說下去。

「不過呢……那傢伙雖然很令人生氣，但感覺上……跟我媽媽很像。就因為這樣，我才會像個孩子一樣大哭……真的很丟臉對吧。」

「……朝田同學……但……妳是因為發作才會那樣的對吧？妳對那傢伙……沒什麼特別的意思吧？」

「咦……？」

「朝田同學，妳說過要我等妳，對吧？」

變成跪姿且更加探出身子的恭二，雙眼裡滲出異常緊張的光芒。

「妳說過吧。只要我等待，妳總有一天會變成我的。所以……所以我才……」

「……新川同學……」

「妳說啊。說妳跟那傢伙沒什麼。說妳討厭他！」

「你……你是怎麼了……忽然就……」

詩乃確實記得大會前曾在公園裡對恭二說過「等我」這種話。

但那是「等有一天擺脫束縛住自己的心魔」的意思才對。等那天來臨時，自己才能夠變回一般的女孩子。

「朝……朝田同學獲得冠軍，所以已經很強了。應該不會發作了才對。所以妳不需要那種傢伙。我會一直陪在妳身邊。我會一直……一輩子保護妳。」

恭二有如夢囈般碎碎念並站了起來，就這樣搖搖晃晃朝詩乃走了兩、三步——接著突然張開雙臂，毫不控制力道地朝詩乃抱了下去。

「嗚……？」

詩乃由於太過驚訝而全身緊繃。她兩條手臂與側腹的骨頭開始感到疼痛，肺部的空氣也被擠壓出去。

「……新……川同……學……」

衝擊與壓力讓詩乃喘不過氣來。但是恭二卻更加用力，像要把詩乃壓倒在床上般，把全部體重靠在她身上。

「朝田同學……我喜歡你。我愛妳。我的朝田同學……我的詩乃。」

恭二那沙啞且分叉的聲音，聽起來根本不像愛的告白，反而像是一種詛咒。

「住……手……！」

詩乃拚命將雙手撐在床上以支撐住身體。她雙腳用力，然後以右肩推擠恭二的胸部——

「……住手！」

雖然只能發出沙啞的低語聲，但她終於成功將恭二的身體推了回去，隨即像喘息般吸進大量空氣。

恭二腳下一個踉蹌絆到了坐墊，整個人跌坐在地。結果他不小心撞到茶几，上面裝蛋糕的紙箱掉下來，發出了低沉的聲音。

但恭二像是完全沒注意到一樣，只是凝視著詩乃。他臉上的驚訝表情，似乎在說不敢相信詩乃會拒絕自己。

那雙睜大的眼睛不久後便失去光芒——接著由抖動得更加厲害的嘴裡吐出空虛的聲音：

「這樣不行唷，朝田同學。妳不能背叛我。只有我能救朝田同學而已，所以妳不能看別的男人喔。」

說完，他便再度起身朝詩乃逼近。

「……新、新川同學……」

詩乃依然處於衝擊狀態當中，只能茫然地呢喃。

確實，以前請新川來家裡嚐自己做的菜時、在公園裡被他抱住時，都曾經從他眼睛裡感受到有些危險的衝動。但詩乃當時覺得，他是個男生所以某種程度上來說難免如此，也很難想像那個溫和又軟弱的恭二會做出什麼失控的事情。

然而，對於坐在床上無法動彈的詩乃來說，面前默默低頭看著她的恭二，眼神裡有著過去從未見過的詭異光芒蠢動。

難道，新川同學要在這裡侵犯我……

斷斷續續的思緒閃過腦海後，詩乃內心的恐懼才超越衝擊滲透了整個身體。

但是——

詩乃的想像方向雖然正確，在質量上卻有相當大的不同。

恭二他微微張開嘴，發出急促的呼吸聲，同時將右手伸進軍用外套的前口袋裡。看樣子似乎是握住了某樣東西。

從他伸出來的右手上，出現了一件相當奇怪的物體。

那玩意兒全長大概有二十公分。是由帶著光亮的乳白色塑膠所製。

這前端尖細，直徑大概有三公分粗的圓筒，後端有一根狀似握把的突起物往斜上伸出，而恭二的右手就握在那兒。此外，他的食指還放在手把與圓筒連結處的綠色按鈕上。

圓筒前端裝上了銀色的金屬零件，略為尖銳的前端似乎還開了個小孔。整體來看大概就像是小孩子在玩的光線槍一樣，但毫無裝飾的簡單外觀明確顯示出它具有某種功能。

恭二握住圓筒的右手稍微動了一下，接著將圓筒前端粗魯地抵在詩乃脖子上。那冰冷的感觸讓詩乃全身汗毛都豎了起來。

「新……川……同學……？」

詩乃雖然動著僵硬的嘴唇勉強擠出這麼一句話，但她還沒說完，恭二便以低沉的聲音這麼說道：

「不能亂動喔，朝田同學。也不可以大聲喊叫唷。這個呢……叫做無針高壓注射器。裡面裝了叫做『Succinylcholine』的藥物。這東西打入體內之後肌肉便會無法動彈，心肺很快就會停止喔。」

如果腦袋裡真有精神保護殼這種東西，那詩乃的保護殼今天已經不知道被貫穿幾次了。從後頸部擴散出來的寒氣讓詩乃四肢末端一片冰冷，詩乃意識到手腳開始變得僵硬，拚命動腦筋想要理解恭二的話究竟是什麼意思。

剛才那段話就是說——恭二要殺了詩乃。如果不聽他的話，他就要用手上那像玩具一樣的注射器，把掛著一長串英文名稱的藥物注射到詩乃體內，讓她的心臟停止跳動。

想到這裡時，詩乃腦中另一個角落也有道自己的聲音不停地問著「這是開玩笑的吧？新川同學怎麼可能做這種事？」但實際上詩乃的嘴巴就像有千斤重一樣沒有任何動作。而且帶著冷酷硬度與溫度的金屬圓錐抵在脖子上——正確來說應該是左耳下方五公分——這觸感不斷否決這只是恭二在開玩笑的可能性。

詩乃由於逆光而看不見恭二的表情，但還是呆呆地凝視著對方的臉。他那看起來仍然稚嫩的圓滑下巴稍微動了起來，流洩出沒有抑揚頓挫的聲音：

「沒關係的，朝田同學。不用害怕。接下來……我們就要合而為一了。我要把遇見妳以來一～直累積的情感，全部獻給妳。我會很溫柔地幫妳注射……所以一點都不會痛唷。不用擔心，把一切全交給我就可以了。」

詩乃完全無法理解他這些話的意思。聽起來確實像日文，但又有些像某個國家的語言。只是有兩句台詞一直在她耳朵深處重複著。

這叫做無針高壓注射器。能讓妳的心臟停止唷。

注射器、心臟。感覺最近……才在什麼地方聽過這兩個詞而已。

月夜裡的沙漠，在小小洞窟當中，長得像少女的男孩確實曾這麼說過。「ＺＸＥＤ」與「薄鹽鱈魚子」可能是被注射了某種藥物，導致心臟衰竭而死……但現在這些好像都已經變成遙遠夢境裡發生的事了。

這麼說——難道——難道……

詩乃的嘴唇像是痙攣般動了起來，接著她便聽見自己沙啞的聲音。

「這麼說……你……你就是另一個『死槍』嗎？」

抵在脖子上的注射器忽然震動了一下。恭二嘴角浮出平常在跟詩乃說話時也會出現的憧憬笑容。

「……嘿，太厲害了，不愧是朝田同學……妳居然看穿了『死槍』的秘密。沒錯，我就是另一把『死槍』。話雖如此，但在這屆ＢｏＢ之前『Ｓｔｅｒｂｅｎ』都是由我負責操縱。妳看過我在格洛肯酒館裡槍擊ＺＸＥＤ的動畫，真是太讓我高興了。不過，我今天可是主動爭取要擔任現實世界裡的死槍唷。就算是兄弟，我也沒辦法接受別的男人觸碰朝田同學啊。」

這不知道已經是第幾次的衝擊，再度讓詩乃的身體緊繃起來。

恭二確實曾說過他有個哥哥。但他只簡單提過哥哥他從小體弱多病，一直往返於家裡與醫院之間，此外就沒再多說什麼，所以詩乃也就沒有多問。

「兄……兄……弟？以前在ＳＡＯ裡加入殺人公會的……是你的……哥哥嗎？」

這次換成恭二因為驚訝而瞪大了眼。

「哇，妳連這種事都知道啦。昌一哥哥在大會裡說了那麼多事嗎？說不定哥哥他也很欣賞朝田同學呢。不過，朝田同學妳放心吧，我不會讓任何人碰妳的。其實呢……我今天本來不打算把這個注射到朝田同學體內的。雖然哥哥應該會生氣……但是，因為朝田同學在公園說要成為我的人……」

恭二停了下來。嘴上沉醉其中的笑容消失，臉上表情再度回歸虛無。

「……但是……朝田同學竟然和那個男的……妳一定是被他騙了。我不知道那傢伙說了什麼，但我馬上會把他趕跑。我會讓妳忘了他。」

在注射器還抵著詩乃脖子的情況下，恭二以左手用力抓住詩乃右肩，就這樣把詩乃壓倒在床上，接著自己也上床跨坐在詩乃大腿上。在他做這些動作時，嘴裡依然像夢囈般不斷呢喃著：

「……放心吧，我不會讓朝田同學妳孤單一個人。我馬上就會去陪妳。我們兩個人會重生在像GGO……不對，更夢幻一點的世界裡，然後變成夫妻，過著幸福的日子。我們會一起冒險……然後有我們的孩子，那一定很棒的！」

詩乃雖然聽著恭二那不像正常人的發言，但她那已經麻痺的一部分思考能力還是持續想著——警察馬上就要來了，所以我得繼續跟他說話才行。

「但是……如果你這個搭檔不在了，你哥哥會很困擾吧……而……而且，我在遊戲裡面沒被死槍擊中。如果我也死了，你們好不容易建立起來的死槍傳說就會遭到懷疑了。」

詩乃拚命動著乾渴的舌頭講出這一串話來。恭二將右手的注射器按在詩乃由領口露出來的鎖骨下方，露出痙攣般的笑容。

「不要緊的。因為今天有三個目標，所以哥哥又帶了一個人來。那是他SAO時代的公會成員。今後讓那個人取代我的位置就行了。而且……怎麼能把朝田同學妳和ZXED或鱈魚子那種垃圾相提並論呢？朝田同學不是死槍的所有物，而是我一個人的東西。等朝田同學妳出發了之後……我會把妳帶到無人的深山裡，然後我立刻就會趕去。所以，妳先在半路上等我唷。」

恭二的左手小心翼翼、畏畏縮縮地由運動內衣上摸著詩乃的腹部。他先用指尖碰了兩、三下後，開始改用整隻手掌來撫摸。

雖然厭惡與恐懼感讓詩乃起了雞皮疙瘩，但她還是拚命地想繼續說話。要是她隨便亂動或大叫，眼前這個看似溫和的少年一定會毫不猶豫按下注射器的按鈕吧。很遺憾地，恭二的聲音和表情讓人確信他一定會這麼做。於是詩乃只好盡可能保持平靜地說：

「……那、那……你還沒在現實世界裡使用過這個注射器吧……？還……還來得及。你還可以改過自新。千萬不要尋死啊……你還要考高中同等學力測驗吧？而且也有在補習班上課不是嗎？你將來要當醫生吧……？」

「學力測驗……？」

恭二歪著頭，像第一次聽見這個名詞般不斷重複著。最後他嘴裡終於發出「啊啊……」的聲音，左手隨即離開詩乃身體往夾克口袋伸去。

他從口袋裡拿出一張細長的紙片。

「要看嗎？」

他臉上帶著自嘲的笑容，將那張紙拿到詩乃眼前。

這應該印著某種資料的紙片詩乃也很熟悉——那是模擬考的成績單。但是並排在上面的各科成績與級分，可以說慘到讓人不敢相信真的有這種數字。

「新……新川同學……這是……」

「很好笑吧。竟然還有這種級分……」

「但……你、你父母……」

詩乃的意思是「看到你這種成績之後，虧你父母還肯讓你一直玩AmuSphere」，而恭二也馬上就理解到她要說什麼。

「哼哼，這種成績單……用印表機兩三下就能做出來了。更何況，我都跟爸媽說我戴著AmuSphere進行遠距教學。他們確實不會幫我出GGO的月費，但那種小錢在遊戲裡很容易就能賺到了……原本很容易就能賺到的……」

恭二臉上的笑容忽然消失。他皺起鼻子，緊咬的牙齒整個露了出來。

「……我受夠這無聊的現實世界了。不管是爸媽……還是學校的那些傢伙……都是些蠢貨。只要能成為GGO的最強玩家……我就滿足了。原本……原本『鏡子』應該會成為最強玩家的啊……」

詩乃從脖子上的注射器感受到恭二的手正在發抖，她因為擔心恭二會就此按下按鈕而屏住了呼吸。

「但是……ZXED那個垃圾……竟然講出AGI型最強那種謊言……因為那個卑鄙的傢伙，鏡子甚至連M16都沒辦法裝備……可惡……可惡……」

恭二聲音裡所隱含的怨恨，已經讓人聽不出他只是在講述一款遊戲了。

「現在……已經連月費都賺不到了……GGO是我的一切啊……我已經犧牲掉現實裡所有的東西了……」

「……所以……所以你就殺了ZXED……？」

雖然心裡想著不會——不會因為這種事情就殺人吧？但詩乃還是開口這麼問道。恭二用力眨了一下眼睛之後，臉上再度出現陶醉的笑容。

「是啊。為了讓『死槍』在GGO……不，在全VRMMO裡創造出最強的傳說，那傢伙是最適合的祭品！只要殺掉ZXED、鱈魚子以及這次大會裡的Pale Rider與Garret，那麼其他玩家再怎麼笨，也會知道死槍真的有致死力量。最強……我才是最強啊……」

可能是壓抑不住內心湧起的快感吧，恭二全身開始抖動了起來。

「……這下子已經沒必要待在這個無聊的真實世界了。來……朝田同學。我們一起進化到『下一個階段』去吧。」

「新……新川同學……」

詩乃拚命搖頭，然後對恭二懇求著。

「不行啊。你……還可以回頭。你還可以重新來過。和我一起去自首吧……」

「…………」

但是恭二卻只是以看著遠方的眼神搖著頭。

「……這個現實世界已經沒什麼好留戀了。來，和我合為一體吧，朝田同學……」

那隻左手隨著他虛無的聲音開始撫摸詩乃的臉頰，手指跟著纏繞起詩乃的頭髮。

「啊啊……朝田同學……好漂亮……妳好漂亮啊……」

恭二指尖的皮膚非常乾燥，當手指的裂縫撫過詩乃耳旁柔軟肌膚時，她就會感到一陣輕微的刺痛。但是恭二像是完全沒注意到少女的表情一樣，只是像講夢話般持續說著：

「朝田同學……我的朝田同學……我一直很喜歡妳……自從我在學校裡……聽見朝田同學的事之後……就一直……」

「……咦……」

詩乃稍微遲了一些，才理解恭二所說的話是什麼意思，但想通的那個瞬間她便不由得瞪大了眼睛。

「那……那是……怎麼回事……」

「我一直喜歡著妳……一直憧憬著妳……」

「……那你……」

詩乃心裡唸著「不會吧」，並以幾乎快聽不見的聲音問：

「你是……因為知道那個事件……才會找我說話的嗎……？」

「那是當然囉。」

恭二那隻左手像安撫小孩子般摸著詩乃的頭，同時熱切地連連頷首。

「曾經用真槍射殺過壞人的女孩子，找遍全日本應該也只有朝田同學妳一個人而已吧。真的太厲害了。我不是說過了嗎，朝田同學擁有真正的力量。所以我才會選擇『五四手槍』來當成創造『死槍』傳說的武器啊。朝田同學一直是我憧憬的對象。我愛妳……我愛妳……我比任何人都愛妳啊……」

「……怎麼……會……」

——竟然會有如此乖僻的人！

詩乃曾經以為，這個少年是現實世界裡除了親人之外唯一可以交心的朋友。但是——他的精神早已到了另一個世界了。打從一開始，兩人之間便有一道深不可測的鴻溝。

詩乃的心，終於完全沉進絕望的深淵當中。她的視覺、聽覺等五感都喪失了意義，整個世界逐漸離她遠去。

詩乃喪失了全身的力量。

失去焦點而一片模糊的視野中，只有上方恭二的雙眼像黑洞般飄浮著。那雙眼睛，看起來就是像通往深沉黑暗世界的通道一樣——

是那個男人的眼睛。

那個躲在夜晚道路的陰暗處、窗戶縫隙、「死槍」頭套深處以及所有黑暗裡找尋機會的男人，終於還是回來了。

詩乃的指尖瞬間變冷。手指尾端的感覺開始與身體及意識分離，整個人的靈魂逐漸縮小。在肉體這個軀殼的最深處，處於狹小黑暗當中的詩乃心靈已經回歸到幼兒時期、縮成一團。她已經不想看見，也不想感覺任何事物了。

這個她生活了十六年的世界，是那麼地冰冷與嚴酷。它不但奪走了從未見過的父親，更剝奪了母親的心，甚至還以強大的惡意帶走了詩乃的一部分靈魂。

這個世界的大人在看見她時，總是展現出看見珍奇動物般的興趣，以及隱藏了強烈厭惡感的目光。而同年紀的小孩子們則是無情地辱罵她。

但這個世界甚至還不滿足，還想要從早已一無所有的詩乃身上奪取她的生命，她實在不想承認這個世界就是唯一的「現實」。

沒錯——這不是現實。這只是在無數重疊世界的某個相位所發生的小事而已。這些世界裡面，一定也有一個「什麼事都沒發生的世界」才對。

不認識新川恭二、沒發生過郵局事件、父親也沒有遭遇交通事故身亡。某個世界裡一定有平凡但過著幸福日子的朝田詩乃才對。詩乃雖然在黑暗當中縮起手腳、逐漸變小並凝固成無機物，但她的靈魂還是不斷追求著自己在溫暖陽光中微笑的身影。

此時，詩乃忽然又由殘存下來的些許理性當中，感受到一絲絲對自己的反駁。

沒辦法承受過於殘酷的現實，因而逃入幻想當中的自己，某種意義上就不跟新川恭二一樣了嗎？

在學校遭受霸凌、雙親的期待、考試的重壓……新川恭二就是放棄這些「現實」而向假想世界尋求救贖。恭二相信只要能在假想世界裡獲得名為「最強」的稱號，就能夠覆蓋過現實世界裡那個虛無的自己。但現在連這個希望都已消失，所以他也因此而崩壞了。

與恭二相同，詩乃也在名為Gun Gale Online的世界裡追求著所謂的最強。而且她曾覺得這樣的追求讓她獲得某種啟發，認為找到了解決自己問題的方法。

那隻從記憶沼澤裡伸出來的冰冷手掌終於抓住了詩乃，準備將她拖進黑暗深淵裡，然而她卻沒辦法做出任何抵抗，甚至連眼睛都睜不開。一切努力都是白費。

詩乃現在只有像從深沉水底浮上來的小水泡般斷斷續續的思考能力，但她忽然想到……

如果是那個少年，他會怎麼做呢。

那個被關在假想監獄裡兩年，在裡面奪走了數條生命的少年。在他漫長的戰鬥當中，應該也曾失去過重要的人吧。他一定也曾感到悔恨吧？他一定也曾憎恨過那個從他身邊奪走許多東西的假想世界吧？

不，他不會這樣的。他不論面臨什麼樣的逆境，都不會拋棄自己所背負的責任。正因為他是這樣的人，所以才能在與死槍那場絕望的戰鬥中獲得勝利。

——你真的很堅強呢，桐人。

詩乃在伸手不見五指的深淵裡呢喃。

——你好不容易救了我……我卻辜負了你的好意。對不起……

桐人說登出之後會馬上請警察趕來。雖然不曉得登出到現在究竟過了幾分鐘，但似乎是來不及了。他要是得知詩乃被殺，不知道會有什麼想法。這點實在讓人有點在意……

想到這裡時，思緒便起了連鎖反應，某種擔心像盞微弱燈火般照亮了少女內心的黑暗。

桐人——那個光劍士跟委託人連絡完後，會就這麼算了嗎？說不定他會親自趕到我的公寓來耶？不過就算是這樣，也已經來不及了。要是桐人在這房間裡和新川恭二遇上了，恭二不知道會做出什麼樣的事情來。他會逃走還是放棄掙扎呢……還是說，他也會以手裡的注射器攻擊桐人呢？從剛才恭二對桐人的憎惡感來看，他的確很有可能這麼做。

或許自己是註定喪命於此了。

但是——一想到會連累那名少年——那就——

那就又另當別論了。

……話雖如此，但是已經沒有任何辦法了。

橫躺在黑暗當中的幼年詩乃縮成一團，拒絕由眼睛或耳朵接收任何情報。這時圍著沙漠色圍巾的狙擊手詩乃跪在旁邊，將手放在她纖細的肩膀上低聲說道：

……一直以來，我們都只注意到自己、只為了自己作戰。所以沒辦法注意到新川內心的聲音。不過——雖然可能已經太遲了，最後至少也該為他人戰鬥一次吧。

詩乃在深沉的黑暗裡緩緩睜開眼睛。一隻白皙、纖細卻強而有力的手伸到她面前。詩乃畏畏縮縮地握住那隻手。

遊戲裡的詩乃微微一笑，幫助朝田詩乃站了起來。只見她動了一下粉紅色的嘴唇，說出簡短又清晰的一句話。

來，我們走吧。

兩個人往黑暗一踢，開始朝著遙遠水面晃動的光芒上升。

詩乃用力眨了一下眼，成功地再度與現實世界連線。

恭二依然用右手拿著的注射器抵著詩乃脖子，而左手則試著想要脫下詩乃上半身的運動內衣。但是他只靠單手似乎無法順利將衣服脫下，臉上出現了焦急的表情。不久後他便開始用力拉扯快要破裂的布料。

詩乃假裝被他拉動般將身體往左傾斜。注射器前端由詩乃身體上滑開，刺到了床單上。

詩乃馬上把握機會以左手用力握住圓筒部分，同時右手手掌使勁往恭二的下顎推去。

在「咕」一聲撞擊聲後，恭二往後倒去。壓在詩乃身體上的重量消失了。她隨後又用右掌向上推了好幾次，同時左手用力拉著注射器。要是沒把握住這個機會，最後的一絲希望也會隨之消失。

但目前恭二是以慣用手抓住握把，而詩乃只是以左手握住易滑的圓筒部位，所以兩人間的拔河詩乃絕對處於下風。身體恢復過來的恭二一邊用力將右手往後拉，一邊發出怪聲並揮舞著左手。

「嗚……！」

他的拳頭用力打在詩乃右肩上。當左手握住的注射器被拔走時，詩乃也由床頭滾落。她的背撞上了書桌，其中一個抽屜掉了下來，裡面的物品也散落一地。

背部受創的詩乃頓時無法呼吸，只能靠拚命喘息來尋求空氣。而恭二一開始雖然按著被推擠的下顎，但馬上就抬起頭凝視著詩乃。

他兩眼圓睜，因唾液而發光的嘴唇產生強烈痙攣。從嘴唇上的血絲看來，他似乎是咬到了舌頭。不久後從他嘴裡發出了沙啞的聲音。

「為什麼……？」

他緩緩搖了搖頭，似乎感到難以置信。

「為什麼、為什麼要這樣……？朝田同學只有我啊！能了解朝田同學的，也只有我而已啊！我一直在幫助妳……一直在守護妳……」

聽見他這番話後，詩乃想起幾天前發生的事情。從學校回家的路上，自己被遠藤她們圍住並勒索金錢時，正是剛好從旁經過的恭二出手相救——

這麼看來，那並不是偶然了。

恐怕恭二每天都尾隨放學的詩乃，直到看見她走進家門，自己才回去登入ＧＧＯ等待詩乃進入遊戲。

這只能說是妄執了。詩乃雖然有稍微察覺他的危險性，卻完全沒注意到這恐怖的本質。這就是不肯與人交心所受的報應嗎？即使在這種情況下，詩乃內心還是感到一陣苦澀。

「新川同學……」

詩乃動著僵硬的嘴唇這麼說道：

「……雖然都是些痛苦的事情……但我還是喜歡這個世界。我想今後會更喜歡才對。所以……我不能和你一起去。」

詩乃說完便準備起身，當她把右手撐在地面上時，指尖碰到一件沉重而冰冷的物體。她瞬間便知道是什麼東西。那是自己一直藏在剛才那個抽屜深處的物體。也是現實世界裡所有恐懼的象徵。那是第二屆ＢｏＢ大賽的參加獎——模型槍「前大星ＳＬ」。

詩乃摸索到把手後便握住了它，然後緩緩舉起這把沉重的手槍對準恭二。手中的槍，就像冰塊般異常寒冷。詩乃右手的感覺馬上變得遲鈍，麻痺感甚至已經爬到手臂上來了。

她也知道這不是現實世界裡的冰冷感覺。就算知道這是心理上的抗拒反應，也無法阻止這種感覺蔓延。那無法形容的恐懼，就像黑色液體般由心底深處湧出來。

一塵不染的白色壁紙有如水灘般開始搖晃，壁紙後面裂開的灰色水泥逐漸浮現眼前，木質系地板褪色成綠色亞麻地毯，突出的窗戶則變成了櫃檯。詩乃回過神來，才發現自己正在一間老舊的郵局當中。

恭二那張被準星瞄準的臉孔突然融化。他的皮膚變為泛著油光的土黃色，上面有著很深的皺紋，此外那張乾裂的嘴裡還長了一口黃色亂牙。右手上的注射器不知不覺間變成發出暗沉光芒的舊式自動手槍——而詩乃手裡的槍也成了同一型。

預測到接下來即將出現的光景之後，詩乃便陷入極度的恐慌中。她的胃像是整個被向上推般收縮，背肌也緊繃在一起。

不要，我不想看。我好想立刻丟下手裡的黑星，然後逃離這裡。

但如果在這裡逃走，一切努力都會白費。與生命同樣重要的東西也會就此消失。

自己以朝田詩乃的身分與發作時的恐懼戰鬥，以狙擊手詩乃的身分與眾多強敵戰鬥，或許這些經驗永遠不會帶來任何結果。但是——

所謂的堅強，正是朝目標前進的過程。

詩乃咬緊牙根，以大拇指扳起擊錘。剛才出現在詩乃眼前的幻覺，就像是被這聲堅硬且渾厚的聲音劈開般消失了。

跪在床上的恭二凝視著瞄準自己的前犬星ＳＬ，同時微微向後退。或許是感到害怕吧，他不斷地用力眨眼。

他張開嘴，沙啞的聲音跟著響起。

「……妳想幹什麼啊，朝田同學。那……那只是模型槍吧。妳真的以為，那種東西能阻止我嗎？」

詩乃將左手放在桌邊，在無力的腳上灌注力道讓自己起身，同時回答恭二：

「你說過，我有真正的力量。你也說過，沒有其他用手槍射過人的女孩子了。」

「…………」

恭二變得跟紙一樣白的臉整個緊繃，身體更往後退了一點。

「所以，這不再是模型槍了。只要我扣下扳機，就會射出真正的子彈殺死你。」

詩乃將槍口瞄準恭二，接著緩緩移動腳步朝廚房前進。

「要……要殺了……我……？」

恭二邊像夢囈般碎碎念著，並緩緩搖了搖頭。

「朝田同學要……殺了我……？」

「對。要到下個世界去的，只有你一個人。」

「不要……不要啊……我不要……一個人……」

恭二眼裡瞬間喪失了意識的光芒。他茫然地看著天空，整個人跪坐在床上。

看見他右手鬆弛、注射器也半滑落到床單上，詩乃瞬間猶豫是不是該趁這個時候把東西搶過來。但若繼續刺激恭二，他或許真的會完全喪失理智而攻擊過來，於是詩乃繼續緩緩移動到了廚房。

當視野裡看不見恭二的模樣時，她立刻用力往地面一踢，轉身往大門逃去。

僅僅五公尺的距離，感覺卻是如此遙遠。她盡量不發出腳步聲，以自己能跨出的最大步伐跑過廚房，當她跑到玄關前的踏腳墊並踩上去時……

墊子整個向後滑去，詩乃的身體也因此傾倒。她為了取得平衡而揮動右手，結果模型槍就這麼飛出去，落在水槽裡發出巨大聲響。

雖然總算沒有跌倒，但左膝蓋卻整個撞到地板上，讓詩乃感到一陣劇痛。但她還是拚命伸長身體，用右手握住門把。

然而門卻文風不動。這時詩乃才注意到門還鎖著，於是一個咬牙解開門鎖。

當「喀嚓」的開鎖聲傳到詩乃手指上時——

一隻冰冷的手用力握住她的右腳踝。

「…………！」

詩乃屏住呼吸往後一看，發現失魂落魄的恭二趴在地上用雙手抓住她的腳。而注射器則不知道上哪裡去了。

詩乃為了甩開他而死命動著腳的同時，手也全力往門把伸去準備將門拉開。但她的指尖雖然碰到門把了，卻還是沒將它握住。因為恭二以驚人的力量將她整個人往後拖去。

即使被恭二往廚房裡拖了數十公分，詩乃依舊用左手抓住玄關的段差來抵抗。

如果在這個地方大叫，聲音應該可以傳到外面，但詩乃正準備扯開嗓子大叫時，卻因為喉嚨深處阻塞而無法吸進空氣，以致於只能發出沙啞的聲音。

恭二的力量已經可以說是超乎常軌了。他那身高只與詩乃差不多的瘦小身體裡，不知道哪裡來的這種臂力，最後詩乃的左手終於被他拖離段差。緊接著詩乃便被拉進廚房最深處。

恭二的身體立刻壓了上來。雖然詩乃已經握緊右手，準備再度往上推擠對方的下顎，但她才剛碰到皮膚便被恭二的左手給抓住了。那隻手腕就像被老虎鉗夾緊一般，一陣激痛在她腦袋深處爆出了火花。

「朝田同學朝田同學朝田同學……」

詩乃過了好一陣子，才發現由恭二嘴裡發出的奇妙聲音竟然是自己的名字。恭二雙眼失焦、口吐白沫，緩緩把臉貼了下來。他靠過來的嘴巴張得老大，露出上下兩排牙齒來，像是準備用力撕裂詩乃的肌膚一樣。雖然詩乃試著想以左手推開他，但左手腕同樣沒兩下就被恭二的右手抓住了。

詩乃雖然雙手受制，但她已經打算等恭二的臉再靠近一點時，便反過來咬住他的脖子。當詩乃的嘴巴因此而緊繃的那個瞬間——

一股寒冷氣流拂過詩乃肩膀。恭二抬起頭往詩乃後方看去，眼睛與嘴巴立刻瞪得老大。

正當詩乃還在想怎麼回事的瞬間，不知何時門已打開，外面衝進一個宛如黑色旋風的物體——應該是某個人，直接便用他的膝蓋撞擊恭二的臉孔。

一陣「咚咚」聲後，詩乃只能瞠目結舌地看著與恭二一起滾入房間深處的謎之入侵者。

倒地的恭二鼻子和嘴巴都流著血，一個未曾見過的年輕男性壓在他身上。

那人有著一頭略長的黑髮。身上則穿著同樣是黑色的騎士外套。詩乃當下以為他可能是公寓裡的其他住戶，但是男人——應該說少年，稍微轉過頭來大叫時，詩乃馬上就知道他的真正身分了。

「快逃，詩乃！快去找人來幫忙！」

「桐……」

呆呆地呢喃完，詩乃才急忙試著起身。雖然她很想盡快離開這個地方，但雙腳卻怎麼樣都不聽使喚。

最後詩乃手撐在水槽邊緣，好不容易站了起來。他果然親自從御茶水潛行的地方趕來這裡了。這也就是說，警察應該馬上就會出現。當詩乃拚命動著無力的雙腳往門口跑了幾步時——

詩乃想起一件相當重要的事。

恭二擁有致命性的武器。自己得警告桐人才行。

就在她轉過頭，準備喊「他有注射器」的時候……

被壓在地上的恭二完全失去了理智，發出野獸般的咆哮。接著桐人的身體便被彈開，兩個人位置互換。

「就是你……就是你啊啊啊啊！」

恭二的怒吼就像巨大擴音器產生迴聲般，音量大得幾乎快要震破旁人的鼓膜。

「不要靠近我的朝田同學啊啊啊啊啊啊！」

桐人正準備撐起身體，恭二的左拳便擊中他的臉，發出了沉重聲響。恭二隨即將右手伸進

外套口袋裡，拿出那個兇惡的槍型注射器。

「桐人──！」

當詩乃大叫時……

「去死吧～～～～～～！」

恭二也同時發出怒吼。

高壓注射器刺進桐人騎士外套縫隙的T恤當中，發出「噗咻！」這般細微、尖銳卻相當清晰的聲音。

恐怖的是，那聲音竟然與裝設高性能減音器的槍械發射聲十分相似。

當然，詩乃所知道的只是Gun Gale Online裡假想槍械所發出來的效果音，實際上減音器會發出什麼聲音她當然不得而知。然而，現在這熟悉的聲音對詩乃來說，就代表著應該挺身對抗的威脅。當她回過神來時，才發現自己已經往前衝去。

她幾個跨步衝過廚房來到房間裡，接著下意識地尋找最有效果的武器。最後她選擇了桌面上的音響，右手直接拉起它的提把。

這台詩乃使用多年的機械頗有歷史，與最近的壁掛式音響相比可說是異常巨大。詩乃以腰部支撐這不下三公斤重的金屬長方體，迅速將它往身後一甩──

接著運用加上體重回轉的力量，使勁朝嘴巴浮現陶醉笑容、臉上露出茫然表情的恭二左側頭部揮去。

擊中對方時，詩乃幾乎沒感覺到任何撞擊聲與觸感。但恭二以極快速度飛出去之後，他的頭部撞上床架角落後所發出的沉重聲響，卻清楚地殘留在她耳裡。

過了半秒左右，頭部左右兩側遭受強烈撞擊的恭二才呻吟著倒地。他右手一鬆，高壓注射器也滑了下去。

雖然不曉得那玩意兒能不能連續注射藥品，但詩乃還是先將它奪了下來。這時恭二已經翻起白眼，持續發出低沉的呻吟，看樣子他暫時是沒辦法動了。

雖然考慮要拿皮帶或其他東西將恭二的手綁起來，但在這之前還有更重要的事等著詩乃去做。於是她轉過身子……

「桐人……！」

細聲呼喚之後，朝向倒地的少年蹲了下去。

這個與遊戲內角色同樣纖細的少年以半開的眼睛認出詩乃後，以沙啞的聲音說：

「被擺了一道……沒想到……他會有注射器……」

「你被刺中哪裡了？」

將注射器丟在一旁後，詩乃飛快拉下桐人騎士外套的拉鍊。

得趕快叫救護車，但在那之前該先急救，不過要怎麼做才能把毒素由胸口清出來呢——詩乃腦裡不斷浮現各種雜亂的想法，手指也開始發起抖來。

夾克裡面是一件褪色的藍色T恤，而剛好在心臟正上方的位置有一處令人感到憂心的污漬。雖然不清楚注射器所發射的藥物究竟有多少「穿透力」，但應該不是薄薄一件T恤就能阻擋的東西才對。

「不能死……你不能就這麼死掉！」

詩乃一邊發出哀嚎般的細微聲音，一邊將T恤衣角由牛仔褲裡拉出並且整個捲了上來。

桐人那像被削平般的肚子與胸膛立刻整個外露，以男生來說他的皮膚算是白皙了。然而胸膛中央偏右，也就是T恤有污漬的地方——竟然貼著一塊奇怪的東西。

「……？」

詩乃愕然地凝視著那樣物體。

那是一個直徑約三公分左右的圓形物體。銀色圓盤周圍可以見到由黃色橡膠所製成的吸盤。而圓盤邊緣又延伸出類似插座般的突起物，但上面卻沒有連接任何東西。

金屬圓形物體的表面溼透了，還有一道涓細的液體往下流。那透明狀的液體應該就是恭二所說的致命藥物「Succinylcholine」。

詩乃急忙看向地板周圍，並在找到面紙盒之後立刻抽了兩張面紙，接著慎重地擦拭那些液體。她將臉靠近到距離桐人肌膚只剩幾公分的位置，然後詳細檢查謎樣貼片附近有沒有高壓液流侵入的痕跡。

不管再怎麼看，桐人胸口依然看不見有任何傷痕。高壓注射器前端應該是透過T恤刺中了這個直徑只有幾公分的金屬圓，而發射出來的藥物全都被這個堅固物體擋在身體外面了。她試著將手放在貼片上，馬上就感受到強而有力的心臟鼓動。

詩乃眨了眨眼睛並將視線上移，看見桐人依然閉著眼睛呻吟的臉孔。

「喂……你聽我說……」

「嗚嗚……不行了……我呼吸不過來……」

「喂，你聽我說嘛！」

「……可惡……一時之間……想不出任何遺言……」

「貼在你身上的這個東西是什麼？」

「……咦？」

桐人再度睜開眼睛，低頭往自己胸膛看去。接著他立刻納悶地皺起眉頭，然後以右手手指觸摸金屬圓。

「……難道……藥都打到這上面了？」

「好像是這樣……這到底是什麼啊？」

「……這個嘛……應該是心電圖螢幕裝置的電極……」

「什……什麼？為什麼有這種東西……你心臟不好嗎……？」

「沒那回事……只是為了應付『死槍』的手段……對、對了，由於我著急地亂扯，所以線斷了卻還有一個留在身上……」

桐人用力吐了口氣之後才輕聲說道：

「真是的……差點被嚇死……」

「我……」

詩乃雙手使勁抓住桐人的脖子，然後將他往上抬。

「——才真的被你給嚇死了呢！我、我還以為你真的要死掉了耶！」

可能是叫完之後緊張感整個消失了吧，詩乃突然感覺眼前一片黑暗。她用力搖了搖頭之後，才將視線往倒在稍遠處的恭二移去。

「他……還活著嗎？」

桐人一問之下，詩乃畏畏縮縮地伸手握住恭二癱在地上的右腕。還好，他手上也傳來了清晰的脈搏。雖然有考慮要把他綁起來，但詩乃實在沒辦法繼續注視緊閉雙眼的恭二，只好別過頭去。詩乃現在已經不願去想關於恭二的事情了。心裡雖然沒有一絲怒氣或悲傷，卻有著嚴重的空虛感。

詩乃蹲在地上，茫然看著滾落在地的無針高壓注射器——或許應該說是真正的「死槍」幾秒鐘，這才終於開口說道：

「總之……先謝謝你趕來幫忙……」

桐人與平時一樣單邊臉頰露出微笑，接著搖了搖頭。

「別客氣……結果什麼忙都沒幫上……而且還差點遲到了，真的很抱歉。因為菊……委託人他一直聽不太懂我的解釋……妳沒受傷吧？」

詩乃點了點頭。

這時，她的雙眼突然流出了液體。

「咦……奇怪了……」

明明腦袋裡就一片空白無法思考，流過臉頰的淚水卻不停增加，滴落於地。

詩乃閉上嘴，動也不動地任由淚水從眼眶裡溢出。她知道只要一開口說話，自己馬上就會嚎啕大哭。

而桐人也一樣沒有任何動作，保持沉默。

過了一會兒，詩乃注意到遠方傳來警車聲，但眼淚卻絲毫沒有停歇的意思。大滴淚珠默默地滴下，她這才意識到——那充塞胸口的空虛，源自於深沉的喪失感。

16

此時遼闊的天空直讓人聯想起它身後的廣大宇宙。

這種「天空的遼闊感」，是ＶＲ世界永遠無法模擬出來的感覺。逝去的秋季似乎已被遺忘，湛藍的天空裡有著類似羊群的小小高積雲以及薄薄的捲雲飄浮著。細長電線上有兩隻麻雀緊靠在一起，高空中的軍用飛機稍微將陽光反射了回來。

詩乃凝視著眼前這幅無限遼闊的透視圖，似乎再怎麼看也不會厭煩。

以十二月中來說現在的風尚稱溫暖，而且學生剛放學時的喧囂也不會傳到校舍後面來。平常東京都心的天空看起來總是蒙上一層薄薄的灰色，然而今天看起來卻像故鄉那座北方小鎮一樣。詩乃坐在黑色土壤外露的單調花壇邊緣，將書包放在膝蓋上，然後讓心靈遨遊在無限的空間裡過了近十分鐘。

只是不久之後，便有幾道腳步聲伴隨著尖銳笑聲靠近詩乃，把她由空中拉回地上。

她將努力向上抬的脖子移回來，接著拉起白色圍巾，等著那幾個闖入者走近。

遠藤與兩名同伴由校舍西北端與大型焚化爐中間的通路現身，她們看見詩乃之後便歪著嘴唇，露出了殘虐的笑容。

詩乃左手拿著書包站起身來說：

「既然主動找別人來這裡，自己就別遲到。」

聽見詩乃這麼說之後，遠藤身邊的一個跟班便眨著厚重的眼瞼，收起笑容大叫：

「朝田啊，妳最近真的很臭屁哦！」

另一個跟班也用類似的語調說：

「就是啊～這樣對待朋友太過分了吧？」

距離詩乃大約兩公尺的三人，各自以認為最能發揮效果的角度露出充滿威脅性的眼神。詩乃先盯著站在中央的遠藤那與獵食性昆蟲相似的細小眼睛看。

雙方沉默了幾秒鐘。接著遠藤便露出笑容，抬起下巴說：

「算了，誰叫我們是朋友嘛。對啦，如果我們有困難，妳應該會幫忙吧。剛好我們現在手頭就有點緊呢……」

其他兩個人聽見她這麼說都笑了起來。

「就先借個兩萬用用吧。」

遠藤以像在借橡皮擦般的口氣來要求著。

詩乃將沒有度數的ＮＸＴ光學鏡片眼鏡摘下後收進裙子口袋裡。以最嚴厲的眼神看著遠藤等三人，斬釘截鐵一個字一個字地說道：

「我之前也說過了。我沒有錢可以借給妳們。」

瞬間，遠藤的眼睛又瞇得更細了，看起來就跟線一樣。她從眼瞼縫隙裡放射出執拗的眼神，以更加低沉的聲音說：

「……別以為妳可以一直這麼囂張下去。話先說在前面，我今天真的跟老哥把那個拿來了。妳可別嚇哭囉，朝田。」

「……隨便妳。」

詩乃心裡雖然想著這群人應該不至於這麼過分，但遠藤竟然真的嘴角一揚便將右手伸進書包裡。

那吊著大量玩偶的書包裡忽然冒出一把黑色自動手槍，這光景其實倒讓人感到某種黑色幽默。遠藤生澀地抽出大型模型槍後，立刻以右手持槍指著詩乃。

「聽說，這個可以在厚紙箱上射出一個洞來唷。雖然老哥告訴我絕對不能拿來射人，但朝田妳應該不會理這種話吧？因為妳早就習慣了嘛。」

詩乃的眼睛很自然地被黑色槍口吸引過去。

她的心跳立刻因此加快。耳鳴也讓周圍的聲音逐漸離她而去。她開始呼吸急促，一股冰冷的感覺也由指尖開始向上蔓延。

但詩乃一個咬牙，振作起全部精神把視線由槍口內側的陰影移開。她的目光隨即由遠藤持槍的右手往手臂移動，再順著手臂來到肩膀、染色的頭髮，最後到達遠藤臉上。

遠藤的眼睛似乎因為過度興奮而導致微血管浮現，虹膜也因此變成非常醜陋的濁黑色。這雙眼睛的主人，只不過是個醉心於暴力的可憐蟲罷了。

真正恐怖的東西根本不是槍。而是握住它的人。

可能是因為詩乃沒有出現預期的反應吧，遠藤焦躁地噘起嘴唇並吐出這麼一段話：

「快哭啊，朝田。給我跪下來道歉。不然我真的要開槍囉。」

接著她便將模型槍口對準詩乃左腳，然後露出笑容。她的肩膀與手臂微微震動，詩乃立刻就知道她打算扣下扳機。但是子彈並沒有發射出來。

「可惡，這是怎麼回事！」

她雖然又扣了兩、三次扳機，卻只聽見塑膠摩擦的聲音而已。

詩乃用力吸了口氣，腹部鼓足力道，隨即將書包丟在腳邊並伸出雙手。

她以左手大拇指用力按遠藤的右手腕，並趁對方握力舒緩的瞬間以右手奪槍。接著，她將食指伸進扳機護弓裡一轉，握把便輕鬆地落進掌中。雖然這把槍的材質應該是塑膠，卻有種沉重的感覺。

「45手槍嗎？妳哥哥喜歡這麼傳統的設計啊。不怎麼合我胃口就是了。」

詩乃說完便把槍枝左側面朝遠藤。

「４５呢，除了手動保險之外還有握把式保險，不打開這兩處保險是沒辦法擊發的。」

「喀嘰」、「喀嘰」兩聲之後，兩處保險都解開了。

「還有呢，因為它是單動式的槍械，所以一開始得自己扳起擊錘才行。」

詩乃以拇指扳起擊錘，扳機便隨著堅固的聲音稍微抬起。

她將視線從目瞪口呆的遠藤等人身上移開後，環視了一下周圍環境。發現六公尺外的焚化爐旁邊排著一列藍色塑膠桶，而其中一個桶子上還放了一個飲料罐。

詩乃將左手貼在握把旁，擺出基本的等邊射擊站姿。接著將右眼與照門、準星所連成的直線對準空罐。稍微考慮了一下之後又將槍口略往上抬，然後屏住呼吸扣下扳機。

「啪滋」的細小聲響後，些微後座力傳到詩乃手上。這把４５確實地展現了後座力，橘色子彈隨之飛出。

由於詩乃不熟悉這把槍的彈道，所以原本以為第一發子彈會射偏。但子彈運氣很好地剛好擦過空罐最上方，反而讓詩乃本人嚇了一跳。鋁罐發出「鏘」一聲，便像陀螺般旋轉起來，最後終於倒下並從桶子上掉了下去。

詩乃「呼」一聲鬆了口氣，然後把槍放下。這時遠藤囂張的氣焰已經完全不見蹤影，只能茫然站在原地。當詩乃看向她的眼睛時，她立刻很害怕地閉緊嘴唇並往後退了半步。

「不……不要……」

聽見她發出害怕的聲音後，詩乃便將嚴厲的視線緩和了下來。

「……確實，這玩意兒不要拿來射人比較好。」

她邊說邊將擊錘扳了回去，然後把兩處保險關閉。當詩乃交出握把時，遠藤的身體雖然震了一下，但還是畏畏縮縮地伸出手把模型槍接了過去。

詩乃轉身撿起書包，再度用力拉了一下圍巾。她對身後的三個人道了聲再見便開始往前走去，但遠藤等三人毫無反應。直到詩乃走過校舍轉角並從視野當中消失為止，三人就只是默默地呆立在那裡。

看不見遠藤等人的瞬間，詩乃的雙腳馬上失去力量，整個人也差點癱在地面上。她最後是將手撐在校舍牆壁上才勉強站穩身子。

詩乃耳朵旁出現震天巨響，血流似乎正以極快的速度流經太陽穴。胃酸逆流讓她的喉嚨深處隱隱發疼。如果有人要她再做一次剛才的舉動，她一定會表示自己辦不到。

即使如此——這依舊算是第一步。

詩乃強行鞭策軟弱無力的腳，迫使自己再度邁開腳步。模型槍那冰冷的重量依然緊貼在手掌上揮之不去，但將手掌攤在乾燥的寒風之下後，感覺終於慢慢變淡。她以麻痺的手指拿出眼鏡，悄悄地戴了上去。

她橫越連結校舍西邊樓梯與體育館的走廊，走了一陣子後來到操場邊緣。經過運動社團邊跑邊發出加油聲的學生旁，再穿越田徑場南邊的小樹林後，正門廣場便出現在眼前。

學生們三三兩兩地準備踏上歸途。當詩乃準備快步穿過這些人往校門前進時，忽然覺得有點不對勁。

有些女學生站在圍牆內側瞄著校門，並交頭接耳地不知道在說些什麼。

詩乃注意到當中有兩個是班上和她交情還算可以的女生，於是她朝這兩人走去。

其中一名長髮戴著黑框眼鏡的學生注意到詩乃後，微笑著舉起了手。

「朝田同學，妳要回去了嗎？」

「嗯——妳們在做什麼啊？」

一問之下，另一個將栗色頭髮綁成兩條辮子的女學生便聳了聳肩，笑著回答：

「妳聽我說唷，校門口那邊有個制服不是附近學校的男孩子。他把摩托車停在那裡，還帶著兩頂安全帽，看來應該是在等我們學校的學生。雖然這樣很八卦，但總是會想知道究竟誰那麼大膽敢叫男朋友來門口接送，對吧？」

聽到這回答的瞬間，詩乃馬上意識到自己臉色一片蒼白。她確認了一下手錶，然後拚命在內心喊著「不會吧」。

對方確實跟她約好這個時間在校門口碰面，而且那個人也說了「別浪費電車錢，我騎摩托車來載妳吧」這樣的話。但他應該不至於會旁若無人到把車停在校門正前方才對——

……不，那傢伙確實有可能這麼做。

詩乃畏畏縮縮地把身體靠在圍牆上，從校門內側窺視外面，馬上就感到全身無力。那個穿著未曾見過制服的男學生，身體靠著放下腳架的鮮豔小型摩托車，手裡還拿著兩頂安全帽，一臉呆滯地看著天空——他無疑就是前天才認識的那個少年。想到自己得在十幾個人的注視下主動向對方打招呼並坐上摩托車後座，詩乃便羞得連耳根子都紅了起來。她在心裡嘟囔了一句「真想從這裡登出」後，便擠出僅有的勇氣轉向身旁的同班同學。

「呃……那個……他……是我朋友啦……」

她以幾乎聽不見的細微聲音說完後，女學生鏡片後的眼睛立刻瞪得老大。

「咦……是朝田同學？」

「是、是什麼樣的朋友？」

另一個女生也發出這樣的叫聲。注意到周圍因為這些聲音而把目光聚集過來後，詩乃只能抱住書包然後把肩膀縮小到極限……

「對……對不起！」

接著她不知道為什麼就邊道歉邊跑了起來。

聽見背後傳來「明天給我好好說明清楚唷～」的聲音時，詩乃已經穿越青銅校門來到迴車道上。

即使她已經來到身旁，這名膽大包天的來訪者還是一臉痴呆地看著藍天。

「那個……」

對他搭話之後，對方才眨了眨眼並且將目光移了回來，接著臉上浮現慵懶的笑容。

「啊，午安啊，詩乃。」

在這種明亮的陽光下再度見面，便讓人覺得現實世界的桐人有種遠離塵世的透明感。他略長的黑髮讓肌膚顯得更加白皙，而使人驚訝的纖細身體更是與他在假想世界裡的虛擬角色頗為相似，像個少女一樣。

這種脆弱感，或說有點弱不禁風的氣息，讓詩乃想起他曾經歷過的兩年俘虜生活，不由得把原本打算說出口的苛刻言詞給收了回來。

「……午安……讓你久等了。」

「沒有，我也才剛到而已——話說回來……怎麼好像……」

桐人這時才容易注意到校門附近圍觀的學生們。他往四周看了一圈後才說：

「……大家都在看我們耶……」

「拜……拜託……」

詩乃的聲音裡還是出現了些許無奈。

「把摩托車停在別人學校正門口，想不被注意都難吧！」

「是……是這樣啊。那……」

少年臉上忽然出現了戲謔的笑容。詩乃在假想世界裡已經見過這種微笑好幾次了。

「如果繼續待在這裡，不曉得生活指導老師會不會衝來這裡發飆耶？似乎很有趣呢。」

「別……別開玩笑了！」

實際上，老師真的有可能會過來。詩乃反射性地回頭看了一下校門，然後低聲叫道：

「快、快點走吧！」

「是是是……」

桐人將掛在握把上的淡綠色安全帽拿下來遞給詩乃，臉上依然掛著笑容。

這傢伙的內心世界跟在ＧＧＯ裡把我搞得一個頭兩個大的促狹鬼一樣，不能被他的外表給騙了——詩乃在內心這麼告訴自己，同時接下安全帽。她將書包斜背，套上半罩式安全帽，接著手便因為不知道該怎麼扣上安全扣環而停了下來。就在這個時候……

「抱歉。」

桐人的手伸過來，迅速替她將安全帽扣好。詩乃的臉再度一陣火熱，趕緊把面罩拉下來。

她已經開始擔心明天在教室裡被要求說明時該怎麼辦了。

「……詩乃，那個……妳的裙子不要緊嗎？」

「我裡面有穿體育短褲。」

「不、不是這個問題吧。」

「反正你在前座又看不見。」

向桐人報了一箭之仇後，詩乃便迅速跨坐到摩托車後座上。因為小時候常坐在祖父的老舊本田小狼90的後座，所以她已經很習慣了。

「那……妳要抓好唷。」

桐人轉動鑰匙後，現在已經很少見的內燃機關立刻爆出尖銳聲響，詩乃再度縮了一下脖子。但是傳遞到腰上的震動與排氣的味道十分令人懷念，她不禁露出微笑，然後把手繞過桐人纖細的身體。

要由她學校所在地文京區湯島到目的地中央區銀座，如果搭地下鐵可真有些麻煩，若從地上移動倒是很近。

由御茶水經過千代田大道抵達皇居時，摩托車為了安全起見慢慢沿著護城河前進。幸好今天天氣相當不錯，吹拂過臉上的風讓人感到相當舒服。通過大手門前之後，他們由內堀大道經晴海大道然後左轉穿越ＪＲ高架橋，再來就是銀座四丁目了。

雖然速度跟乘三輪越野車逃離死槍追殺時可以說有天壤之別，但他們依然只花了不到十五分鐘便到達目的地。桐人隨即把摩托車停了下來。

手上拿著安全帽的詩乃，被桐人帶到一間她從未去過的高級咖啡廳。推開門瞬間，身著白襯衫與黑色領結的服務生對他們深深鞠躬，詩乃不禁慌了手腳，顯得有些狼狽。

她聽見服務生問「請問是兩位嗎」時，覺得這不就像是……而更加慌張，但店裡面忽然傳來一道毫無顧忌的聲音，破壞了整個高雅氣氛。

「喂～桐人，這邊這邊！」

「啊……我們和那個人約好了。」

桐人說完後，服務生面不改色地表示「了解了」，然後便鞠了個躬往前走去。店裡滿是購物途中的貴婦，他們兩個穿制服的高中生看起來實在非常突兀。詩乃只能縮起身體，戰戰兢兢地走在擦得異常光亮的地板上。

一名穿著深藍色高級西裝、打著斜紋領帶，臉上還戴著黑框眼鏡的高瘦男人，從兩人的目標桌後方站起身來。詩乃雖然聽說過他是公務員，但這人除了散發出白領階級的氣息之外，看起來也有點像學者。

依照男人指示在窗邊椅子上坐下後，立刻就有毛巾與包著皮革的菜單出現在眼前。

「來，盡量點不要客氣。」

彷彿被男人的聲音催促般而翻開菜單後，詩乃頓時說不出話來。三明治和義大利麵等簡餐就不用說了，連甜點的欄位後面也全都標示著四位數字。

正當詩乃驚訝得不知如何是好時，旁邊的桐人冷哼了一聲說道：

「別跟他客氣比較好。反正花的是國民的血汗錢。」

少女偷瞄了對方一眼後，發現眼鏡男也微笑著連連點頭。

「那、那……我就點這個搭配小紅莓醬的起司幕斯蛋糕……還有伯爵茶。」

詩乃邊點餐邊在心中鐵青著臉大叫「嗚哇竟然要兩千兩百圓」，沒想到身邊的桐人竟然開口就說——

「我要蘋果烤布丁、蒙布朗蛋糕和義式咖啡。」

詩乃已經不敢想像這樣總共要多少錢了。

服務生深深一鞠躬後先行離開，眼鏡男從西裝內側口袋裡拿出黑色皮製名片夾，從裡面抽出一張名片遞給詩乃。

「妳好。敝人是總務省綜合通信基盤局的菊岡。」

他以平穩的聲音報上姓名後，詩乃急忙接下名片，然後點頭回了個禮。

「你、你好。我是朝田……詩乃。」

話才剛說完，這個名叫菊岡的男人便正色低下頭說：

「這次因為我們的不小心而讓朝田小姐遇上這麼危險的事情，實在是非常抱歉。」

「不……不會，你太客氣了。」

當詩乃再度慌張地低下頭時，桐人便從旁插嘴說：

「讓他好好道歉比較好唷。如果菊岡先生能夠調查得再認真一點，我們就不會遇上那種危險了。」

「……聽你這麼說實在讓我汗顏不已。」

菊岡雖然像被個斥責的小孩般低下頭，但隨即抬起眼睛繼續說道：

「不過，桐人你也沒料到『死槍』竟然會是一組人吧？」

「是沒錯啦……」

桐人說完便靠在像古董的椅子上，傳出「嘰」的一聲。

「總之呢……先告訴我們目前為止知道了什麼事情吧，菊岡先生。」

「那是當然……但從破解他們的犯罪計畫到現在也才兩天而已。要把所有事情了解清楚還得花上一段時間……」

菊岡拿起自己面前的咖啡杯並喝了一口，這才繼續說下去：

「剛才我說是一組人，但他們實際上共有三個成員。至少根據首腦新川昌一的供詞，他們總共有三個人。」

「這個名叫昌一的人，就是在ＢｏＢ裡襲擊我和詩乃的破斗篷對吧？」

菊岡輕輕點頭肯定了桐人的質問。

「我想應該是他沒錯。從他家沒收那頂AmuSphere中所含的登入記錄，可以查到他的確在那時候連線到Gun Gale Online。」

「自宅……這個叫新川昌一的，究竟是怎麼樣的人？主謀就是他嗎？」

「……要說明這件事呢，就得從二〇二二年的ＳＡＯ事件以前開始說起才行。不過在那之前……」

服務生剛好在這時推著放有大量盤子的小推車走來。等服務生無聲地將這些盤子排在桌子上並離開後，菊岡便以手勢請詩乃他們不用客氣。

雖然沒什麼食慾，但小小的蛋糕應該還吃得下。與桐人一起說了聲「那我就不客氣了」之後，詩乃便拿起了金色叉子。

她將淋有鮮豔紅色醬料的乳白色矩形切下一小塊並放進嘴裡。除了起司極度濃縮的厚重味道在嘴裡擴散開來之外，蛋糕本體更是入口即化。驚訝的詩乃立刻起了打聽食譜的念頭，但轉念一想就知道，即使出言詢問店家也不可能透露。

她不知不覺便將蛋糕吃了一大半，這才放下叉子拿起紅茶杯。含了一口略帶有柑橘香味的溫熱液體後，內心深處的緊張感似乎也稍微舒緩下來了。

「真好吃……」

詩乃低聲說道，菊岡聽見後高興地笑著說：

「本來呢，美食應該要搭配歡樂話題才能夠相得益彰。不過沒關係，我們可以改天有空時再過來。」

「這、這樣啊……」

不斷吃著眼前金褐色蒙布朗小山的桐人，這時笑著潑了菊岡一盆冷水。

「我勸妳還是不要。這男人的『歡樂話題』不是臭就是噁心。」

「太、太過分了吧。我對東南亞的旅行經驗很有自信呢……算了，在那之前我們還是來談談這個事件吧。」

菊岡從旁邊的公事包裡拿出超薄型平板電腦，然後以修長的手指點著畫面。

詩乃稍微繃緊身體，準備聽這個有點像老師的男人開口說話。

她當然想知道關於「死槍」事件的所有情報。然而心底同時也有一道微小的聲音呢喃著「不想再跟這件事扯上關係了」。

或許自己內心某部分還相信著新川恭二吧。即使被那個恐怖的注射器抵住脖子，詩乃還是無法完全憎恨恭二，也無法完全捨棄對恭二的好感。當時那個人不是真正的他，而是某個侵入他腦袋的人讓他做出這種事——詩乃心裡還是想相信這種說法。

禮拜天深夜裡發生的那件事，已經過了大約四十個小時。

那天夜裡——當詩乃在桐人的催促下去浴室洗了把臉並換下運動內衣後，警察也來到了她的房間。

頭部遭受重擊而意識模糊的新川恭二當場遭到逮捕，接著就被救護車送到醫院去了。

為了慎重起見，詩乃和桐人也被送往別家醫院，並在裡面接受了制式化的檢查。值班醫師告訴詩乃，她除了幾處擦傷之外沒有什麼大礙，隨後警察便在病房裡開始偵訊，她努力運作著像是蒙上一層薄紗的渾沌腦袋，告訴警察實際在房間裡發生的事情。

雖然她本人沒有感覺，但醫師判斷詩乃所承受的精神壓力已經到了極限，所以警察的偵訊也暫時在凌晨兩點告一段落。這天晚上詩乃就在病房裡過了一夜，而隔天早上六點醒過來後，她先是拒絕了醫師的建議回到公寓，然後又到學校去上課。

她就這樣在昏昏沉沉之中度過了星期一，也就是昨天的上課時間。雖說恭二持續逃學，但他依然設有學籍，所以詩乃以原本為校方一定老早就知道這件事了，結果學校裡竟然沒有任何一個學生在討論。

當詩乃完全無視遠藤等人的呼叫直接回到公寓時，警車已經在家門前等她了。換完衣服後，詩乃和警察一起來到昨天那家醫院，在醫師簡單問診後便接受第二次的偵訊。這回反而是詩乃提出許多與恭二相關的問題，但警察只告訴她——恭二的傷沒有大礙，目前在偵訊當中依然保持著沉默這樣的情報而已。

基於「警備上的理由」，所以警察要詩乃當天晚上也在醫院裡過夜。她在吃過晚飯並淋完浴後，便撥了通簡短的電話給老家的祖父母與母親，最後才躺在醫院為她安排的病房裡。一躺到床上，詩乃便立刻陷入深沉的睡眠，而記憶也就在這裡中斷了。雖然感覺上似乎做了個很長的夢，她卻完全不記得內容。

隔天星期二——也就是今天早上，便衣警車再度送她到公寓。當她下車時，警察對她說「妳的偵訊就到此為止」。雖然是件好事，但是要怎樣才能知道事件今後的發展呢……詩乃邊這麼想邊準備上學。當她正為了做早餐而切番茄時，手機忽然響了起來。是桐人打來的。他一開口便問詩乃放學後有沒有空，而詩乃也反射性回答了一聲「嗯」。

就這樣，詩乃目前就坐在桐人身邊，等待著他所說的「委託人」——也就是身為國家公務員的男子開口說話。

菊岡將視線由平板電腦上移開並抬起頭來，接著因為怕周圍的人聽見而降低聲音說：

「綜合醫院院長的長男新川昌一從小體弱多病，國中畢業之後一直往返於自家與醫院之間。甚至還晚了一年才進高中就讀……因此他的父親老早就放棄讓昌一繼承家業，把這個重任交到了小他三歲的弟弟恭二身上。院長從小學開始便替恭二請了家教，有時還會親自指導他功課，對於昌一可以說是不聞不問。哥哥是因為不受期待，但弟弟則是因為倍受期待而被逼入絕境……這是他們兩人的父親在接受偵訊時所說的。」

菊岡這時稍微停頓，用咖啡稍微潤了一下嘴唇。

詩乃將目光往桌面移去，試著想像「父母親的期待」究竟是怎麼樣的感覺。但是無論她怎麼試，都沒辦法了解那究竟是怎麼回事。

儘管兩個人曾經那麼接近，自己卻完全沒注意到恭二處於那麼大的壓力之下。我只是拚命處理自己的事情，根本沒有想到要用真心與人交流——詩乃再次注意到這件事，胸口感到一陣痛楚。

菊岡繼續說道：

「——不過，即使在這種狀況下，他們兄弟的感情依然不錯。昌一自高中休學之後，便將網路當成心靈寄託，最後更玩起了ＭＭＯＲＰＧ，而他的興趣立刻就影響了弟弟。後來，哥哥成為『Sword Art Online刀劍神域』的俘虜，待在父親的醫院裡昏睡了兩年。他生還後，恭二便把他當成某種偶像……或許也可以說是把他英雄化了吧。」

詩乃這時注意到，身旁的桐人呼吸裡帶著些許緊張的心情。但是菊岡那低沉平順的聲音頓了一下便接著說：

「昌一生還之後有一陣子完全沒提及ＳＡＯ時代的事情，但在結束復健回到自家之後，他就對著恭二吹噓自己在那個世界裡殺了多少玩家，有多少人害怕他這個真正的殺戮者……對當時在校成績不佳又遭受高年級生恐嚇的恭二來講，昌一所說的事不但不會令他感到厭惡，甚至讓他感覺到一種解放感與爽快感。」

「那個……」

詩乃輕聲打岔，菊岡便抬起了頭，並且像是要催促她繼續說下去般歪了歪脖子。

「這些事情……是新川同學，不，是恭二說的嗎？」

「不，這些都是根據哥哥的供述所做出來的推論。昌一在警察的偵訊裡可以說是無所不答。包含對弟弟心理的推測在內。但恭二與哥哥完全相反，到現在依舊保持著沉默。」

「這樣啊……」

恭二的靈魂究竟徬徨在怎麼樣的地平線上，詩乃實在無法想像。她甚至覺得，若現在登入ＧＧＯ，就可以在兩人相約碰面的酒館角落，看見鏡子待在那裡……雖然這是不可能的事。

「啊，請繼續說吧……」

菊岡聽見詩乃的話後點了點頭，接著再度瞄了一眼平板電腦。

「讓他們兩兄弟踏上這條『不歸路』的關鍵為何，我們不得而知，只能試著推測……但昌一應該是受到恭二的邀請才會玩Gun Gale Online。昌一身上雖然沒有許多ＳＡＯ生還者會出現的ＶＲ世界恐懼症，但他剛開始玩時似乎並不是那麼熱中。他表示與其到練功場打怪，倒不如待在街上觀察其他玩家，然後幻想要怎麼殺了他們還比較有趣。不過，自從他在現實世界裡以金錢交易（ＲＭＴ）取得『透明化斗篷』之後，這一切就改變了。」

「ＲＭＴ……」

詩乃不禁發出聲音。死槍身上那件擁有「超穎物質光學迷彩」機能的斗篷，應該是魔王級怪物在超低機率下才會掉落的極稀有寶物。價錢應該會比黑卡蒂II高出不少才對。

她說完後菊岡便點了點頭，接著又一副難以置信的樣子搖頭回答：

「據說大概值三十多萬日幣。但是昌一似乎每個月都會從父親那裡拿到五十萬日幣的生活費。」

「這也就是說……那把大型狙擊槍和稀有素材製成的刺劍，也都是用錢買來的囉……幸好ＳＡＯ裡沒有商城或是ＲＭＴ這種東西……」

桐人低語時的表情，看起來完全不像在開玩笑。而菊岡也認真地點點頭並繼續說下去：

「確實如此——昌一自從能用那件斗篷讓自己消失後，便一直在街道裡磨練不讓其他玩家注意到自己的技巧。這時候他還只是覺得跟在人家身後很有趣而已……然而某一天，他發現自己跟蹤的對象走進總統府操縱起遊戲裡的裝置。昌一靈機一動取出望遠鏡，試著從柱子陰影處窺視儀器畫面，結果他馬上就發現上頭填了那個人在現實世界裡的真實姓名與地址等個人情報……」

「也就是說……他不是為了獲得情報才買那件透明斗篷，實際上正好相反……是先有了那件斗篷才會做這種事嗎……」

桐人嘆了口氣，便將背部深深靠在椅背上。

「……從以前開始，不論什麼樣的ＭＭＯ裡都有類似『隱身』的技能。沒有的反倒比較稀奇呢。但是……我覺得ＶＲＭＭＯ裡的隱身術很容易被拿來用在壞事上。至少應該禁止在街道裡使用才對……之後妳要投書到ＺＡＳＫＡＲ反應一下啊，詩乃。」

話題忽然轉到自己身上，詩乃只好急忙回答：

「你、你自己去投啦……不過，這麼說來那件斗篷就是『死槍』誕生的原因囉。」

這句話的後半部當然是對菊岡所說。戴眼鏡的公務員點了一下頭，然後目光轉回平板電腦。看見他那溫和的面容後，詩乃心裡忽然有種奇怪的感覺，但這種事情現在根本不重要，所以詩乃也就沒有多說些什麼。菊岡接下來的話語，便從夕陽照射下的桌面流過。

「……應該可以這麼說吧。昌一反射性地記住偷看到的個人情報，然後在登出後將它寫了下來，這時候他似乎還沒有什麼具體的犯罪計畫。不過盜取玩家的真實情報這種行為讓他感到興奮，之後每天都花上好幾個小時待在總統府大廳裡，等待著輸入真實地址的玩家出現。最後他總共得手了十六名玩家的本名與地址。在這當中……朝田詩乃小姐，妳的情報也包含在內。」

「…………」

詩乃微微點了點頭。從九月開始，那就是第二屆ＢｏＢ大賽之前了。當時報名的玩家至少也有五百人左右，就算裡面只有一半的人想要獲得模型槍而輸入真正的姓名與地址好了，要從這些人裡面盜取十六個人的真實情報並非不可能。

菊岡繼續說明道：

「十月的某一天。弟弟恭二對昌一表明在角色育成上碰到了瓶頸。他當時似乎是以非常怨恨的口氣說『都是被ＺＸＥＤ散布的假情報所害』。而昌一這時候想起自己擁有那個ＺＸＥＤ的本名與地址，便將它告訴了恭二。」

沒錯。恐怕就在這個瞬間，恭二心裡假想與現實世界的隔閡開始融化了。

「昌一表示，這不是其中一個人獨自想出來的計畫。」

菊岡平順的聲音滑進詩乃耳中。

「據說就在他們兩個人討論該怎麼靠ＺＸＥＤ的個人情報來處刑時，『死槍』計畫的概念也逐漸成形。但昌一表示，起初兩個人只是說著玩而已。在遊戲裡槍擊的同時，也在現實世界下手殺害玩家……這說起來簡單，真要實現還是有幾個困難點存在。兩個人經過連日的討論之後，慢慢將這幾個計畫上的障礙一個個克服。而他們所遇見的最大難關，就是解開電子鎖的萬

能鑰匙，以及注射器與藥品的入手方法……」

「大醫院裡面，應該有緊急時能開啟病患家門的合法萬能鑰匙才對。我想他們父親的醫院裡也……」

聽見桐人的話後，菊岡像是要吹出無聲的口哨般噘起了嘴唇。

「不愧是桐人。其實政府之所以會推廣住宅用免鑰匙感應門鎖，就是要加強管理長久以來不可侵犯的個人住宅這塊領域……不過這可是機密唷。總之他們兩個人費盡苦心從父親的醫院裡偷出開鎖裝置、高壓注射器以及Succinylcholine這種藥物。根據昌一供述，其實像這樣不斷實行計畫的過程本身就是遊戲了。他說這跟在ＳＡＯ裡收集目標隊伍的情報，準備所需裝備然後實行襲擊完全一樣。據說他還對聽取自己供詞的刑警表示『你不也是這樣嗎』。意思似乎是：遊戲也是到處聽ＮＰＣ說話、收集情報，最後抓住懸賞的犯人後把他交出去換取賞金。警察做的事其實也沒什麼兩樣。」

「我看你還是別完全相信他所說的話比較好唷。」

桐人忽然冒出這麼一句話來，菊岡聽見之後便皺著眉頭問：

「是嗎？」

「嗯。或許那個昌一有一部分真的這麼認為也說不定；但那傢伙身為『赤眼沙薩』時，雖然不斷對自己與周圍的人辯解說這不過是遊戲罷了，但他很清楚玩家真的會死亡，才會對殺人行為如此著迷。對他來說，不論是在假想世界還是現實世界，只有對自己有利的部分才是真實的。現實世界的感覺愈來愈稀薄……這或許可以說是ＶＲＭＭＯ的黑暗面吧。」

「嗯。那麼你……你的現實又如何呢？」

原本還以為桐人在菊岡這麼一問之下，應該會露出他常見的促狹笑容，但他卻以異常認真的表情凝視著上空的某一點。

「……確實有一部分遺留在那個世界裡了。所以現在我這個人的質量已經減少了。」

「你不會想要把它拉回來嗎？」

「別問這種事情好嗎。這是我個人的隱私。」

桐人這次真的露出苦笑，然後瞄了詩乃一眼。

「——關於這部分，詩乃妳又如何呢？」

「咦……」

突然被這麼一問，詩乃不禁感到有些困惑。她不習慣將思考轉化成語言，但最後還是努力地試著將心裡的想法表現出來。

「那個……桐人你剛才說的和你之前的發言完全不同。」

「咦……？」

「你之前曾說過『根本沒有什麼假想世界』。還說那個人所在之地就是現實。雖然有許多

ＶＲＭＭＯ遊戲，但玩家並非每到一個世界就會被它分割對吧？目前我所在的……」

詩乃伸出右手，以指尖輕輕碰了一下桐人的左腕。

「這個世界，才是唯一的現實。就算這裡是AmuSphere製作出來的假想世界，對我來說也是現實……我覺得應該是這樣。」

桐人睜大眼睛看著詩乃好一會兒，讓詩乃覺得很不好意思。接著他才露出看起來沒有任何戲謔成分在的微笑。

「……這樣啊。說的也是。」

桐人說完便瞥了菊岡一眼然後說：

「剛才詩乃說的話，你要好好記下來啊。那或許是這個事件裡唯一的真理也說不定。」

「——別開我玩笑啦。」

詩乃右手握拳往桐人肩膀輕輕捶了一下才又轉回正面。這時菊岡不知為什麼也一直盯著詩乃看，最後可能有些不好意思而改為凝視著空蛋糕盤。

「嗯，你說得沒錯。而昌一他的情況——剛好和朝田小姐完全相反。變成了自己不在的地方才是現實……」

「那個男人不斷重複『一切都還沒結束』這句話。說不定，那傢伙是還沒完全從艾恩葛朗特回來吧……茅場晶彥他『創造新世界』的目的——或許從那座浮遊城完全崩潰之後才得以實現呢……」

「別說這種嚇人的話。他的死還充滿了許多謎團……不過那和這個事件沒有關係吧。我們言歸正傳……昌一他要從實行計畫的準備階段進入實際入侵目標房間注射藥物的階段時，可以說完全沒有任何心理障礙。當時直接對最初的犧牲者『ＺＸＥＤ』……也就是茂村保下手的就是昌一。十一月九日晚上十一點左右，他使用開鎖裝置打開目標房門並入侵到房間裡。十一點三十分，他利用高壓注射器對為了參加『ＭＭＯ動向』訪談而戴上AmuSphere的茂村被害人下顎內側注射藥液。他用的是名為Suxamethonium chloride，別名Succinylcholine的肌肉鬆弛劑，茂村被害人的呼吸與心跳急速停止並因此而喪生。也就是說，同一時間在ＧＧＯ內槍擊ＺＸＥＤ的是弟弟恭二……」

聽見恭二的名字，詩乃的肩膀抖了一下。前天晚上恭二跨坐在她身上的時候，曾經有提到過ＺＸＥＤ，當時那種怨恨的聲音又在她耳裡響起。

因為ＺＸＥＤ散佈的情報而在能力值分配上出了差錯，導致自己無法爭奪「最強」的寶座——即使有身為超級ＡＧＩ型卻還是強得不像樣的「闇風」這個例子否定了恭二一廂情願的想法——他對ＺＸＥＤ的怨恨甚至強過那些在現實世界霸凌並勒索他的高年級學生。

不——我錯了……當時對恭二來說，現實世界已經是……

「第二名犧牲者薄鹽鱈魚子，也是由昌一在現實世界裡下的手。使用的方法幾乎完全相同。他們選定了七個人作為攻擊目標。而這些目標的共同條件都是獨自住在東京都內，而且家門的電子鎖若非不會留下開鎖紀錄的舊式鎖，就是門口附近藏有預備鑰匙……」

「要調查這些資料一定花了不少工夫吧。」

聽見桐人的感嘆之後，菊岡也繃著臉點了點頭。

「應該花了許多時間與勞力才對。但是──在奪取了兩條生命之後，似乎還是沒有任何玩家相信『死槍』的傳聞。」

「嗯嗯……大家都覺得只是無聊的假情報而已──我也是。」

詩乃這麼低聲說道，而菊岡也完全同意她的看法。

「是啊。我和桐人也考慮了各種可能性，最後還是只得到『這是謠言』的結論。不過，我們在推測的過程當中就已經出錯了……」

「如果……能早個一天注意到真相，就能保住決賽那兩名玩家的性命了……」

聽見桐人那痛心的聲音後，低著頭的詩乃輕聲對他說：

「──可是你救了我。」

「不，我什麼忙都沒幫上。那都是靠妳自己的力量。」

詩乃瞄了桐人一眼，然後心裡有了「說起來，到現在都還沒好好向他道謝呢」的想法，但這時候菊岡再度開口說道：

「如果沒有你們兩個的努力，在事件引起注意之前，名單上的七個人應該都會遭到他們的毒手。所以你們不用太過自責。」

「是沒有自責啦……只是想到ＶＲＭＭＯ的風評又會因此變差，就覺得很不甘心。」

「這些由『The Seed』所長出來的新芽才沒有脆弱到會因為這種事而枯死呢。現在這些無數的樹苗已經聚集起來，形成跟世界樹相當的參天巨木了。真是的，不知道是哪個傢伙撒出這些種子的！」

「……誰知道。你還是趕快講下去吧。」

桐人乾咳了幾聲，催促菊岡繼續。

「嗯……不過，我想接下來的事情你們應該都知道了。他們兩個發現死槍的威脅完全沒有擴散之後感到相當氣憤，於是決定進行更大的恐怖行動。兄弟倆接著就訂定了在第三屆最強者決定戰，通稱Bullet of Bullets的決賽裡一次殺害三個人的計畫。而成為他們目標的玩家是……『Pale Rider』、『Garret』還有『詩乃』……也就是朝田小姐妳了。」

「…………」

詩乃聽完後便點了點頭。其實詩乃當然也認識成為第四名犧牲者的Garret。他是一位拿著古董溫徹斯特來福槍的時髦男子。詩乃想起算是他註冊商標的牛仔帽，然後在心裡替他默禱了一番。這時她忽然又注意到一件事而開口：

「啊……話說回來，這或許只是偶然也說不定……」

「什麼事？」

「成為目標的七個人可能還有一個共通點。那就是包含我在內的所有人，能力全部都是非AGI型。」

「哦……？這是什麼意思……？」

「新川同學……不對，恭二因為純粹只加強AGI值，所以才會在遊戲中遇上瓶頸。我想……他應該對其他類型……特別是STR值充裕的玩家有種複雜的感情才對。」

「唔……」

菊岡頓時說不出話，只能盯著平面電腦的畫面。

「妳的意思是說……他的動機自始至終都是來自於遊戲內部嗎……這下子檢察官要起訴他可就有點難度了……但真的會這樣嗎……」

菊岡似乎無法相信，不斷搖頭。這時候桐人感嘆地發言：

「不……我覺得確實有可能。對MMO玩家來說，角色的能力值可以說是絕對的價值基準。我就知道有人以惡作劇的心態，趁朋友在操縱視窗分配能力值時推了一下他的手，結果害朋友加錯了一點，最後兩個人大吵一架然後互相殘殺了好幾個月……當然這都是在遊戲裡面啦。」

詩乃也完全可以理解為什麼會有這種事情發生。然而菊岡只是瞪大了眼睛，接著再度搖了搖頭。

「看來檢察官、律師、法官，還有陪審員都必須先有過潛行到ＶＲＭＭＯ裡的經驗才行了。不——應該是要考慮制定相關法律的時候了……嗯，不過那也不是我們要煩惱的事情。欸……我們剛才說到哪了？」

他戳了一下平板電腦，接著輕輕點頭。

「對了對了，講到他們選了三個人當目標。但是——與前兩次殺人時不同，要在ＢｏＢ決賽裡實行計畫有很大的障礙。由於遊戲內的『死槍』與遊戲外負責實行的人在這段時間裡沒辦法聯絡，所以要讓雙方的射擊時間同步可以說相當困難。最後這個問題是勉強靠著在遊戲外也能收看的實況轉播來解決，但……」

「實行起來依然相當困難吧。還有移動的問題。」

插嘴的桐人愁眉苦臉的繼續說道：

「我就是疏忽了這一點。一開始才會認定死槍只有兩個人……」

「原、原來如此。他們似乎是選了三個離自家住得最近的人當目標……像Pale Rider是住在大田區大森，距離Garret住的川崎市武藏小杉並不遠，但朝田小姐住的文京區湯島就相當遙遠了。此外，之前一直希望擔任死槍的恭二，這次不知道為什麼執意要擔任現實世界裡的實行者。昌一雖然有電動摩托車，但恭二還沒有駕照──於是昌一便邀請新的夥伴加入計畫。嗯……那個人的本名是金本敦，現年十九歲。是昌一的舊識──或許應該說……」

菊岡瞄了桐人一眼。

「是他SAO時代的公會夥伴。角色名稱是……『強尼．布萊克』。你有聽過……」

「有。」

桐人垂下視線，微微點頭。

「他在『微笑棺木』裡和沙薩搭檔，是個用毒小刀的玩家。當時這兩人也襲擊了好幾位玩家並殺了他們……可惡……早知道會這樣……那時候就應該……」

在他說出接下來的話之前，詩乃便迅速伸出右手用力抓住桐人的左手。同時她也緊盯著桐人的眼睛，然後緩緩搖了搖頭。

光是這樣，桐人便了解她的意思了。

桐人瞬間露出宛如幼兒般哭中帶笑的表情，以眼神表示自己知道了。但他那種表情馬上消失，變回了平時的那張撲克臉。這時詩乃也把手指從他冰冷的手上移開，轉回前面。對面一直盯著兩人看的菊岡馬上繼續說明：

「……在昌一的供述裡，沒有提及這個強尼．布萊克──也就是金本──是否積極參與這次計畫。對昌一來說，金本似乎是個某些部分讓人難以理解的人物……」

「直接問那個叫金本的不就得了。」

桐人說的再簡單不過，但菊岡又搖了搖頭。

「還沒逮捕到他。」

「咦……」

「新川恭二先在朝田小姐的公寓裡被逮捕，而四十分鐘後他哥哥昌一也在自己家裡遭到逮捕。接著警方根據昌一的供詞，於兩小時後趕到金本位於大田區的公寓，但房間裡面沒有任何人在。雖然那棟公寓仍在監視之下，但目前還沒有逮捕到金本的消息。」

「……可以確認就是他在決賽當中殺害了『Pale Rider』與『Garret』嗎？」

「應該就是他沒錯了。昌一表示有交給他與恭二手上相同的高壓注射器與藥筒。雖然我們還沒發現這些凶器，但已經在犧牲者家裡找到與金本ＤＮＡ相符的毛髮了。」

「藥筒……」

詩乃聽見這讓人聯想到彈藥筒的名詞後，不禁感到有些寒意。恭二將注射器抵在她脖子上，低語「這才是真正的死槍」的聲音又出現在腦海裡。

桐人似乎也跟詩乃有相同的感想，只見他繃著一張說：

「藥物是不是在殺害另外兩個目標時用完了呢？」

但是菊岡又搖頭給了否定的答案。

「沒有……雖然一根藥筒份量的Succinylcholine就已經足夠致人於死地，但昌一為了慎重起見，一共給了他三根藥筒。所以他可能還剩下一根。這就是為什麼警察要從星期一起持續保護你們到今天早上的原因。尤其是朝田小姐可能還處於危險當中。」

「……你是說強尼．布萊克可能還會加害詩乃嗎……？」

「沒有，這只是為了慎重起見。警方也覺得應該不要緊了。因為他們的死槍計畫已經崩潰，現在就算襲擊朝田小姐也沒有任何好處，再說金本與朝田小姐之間也沒有利害關係或是私人恩怨。現在東京都心的自動識別監視攝影機網路已經開始試用，我想他應該逃不了多久才對。」

「那是什麼東西……？」

「通稱S2系統，電腦會自動解析攝影機所拍攝下來的臉孔然後尋找通緝犯……嗯，詳細情形是秘密就是了。」

「這可真是驚人。」

桐人繃著臉喝了一口咖啡。

「我也有同感。總之呢，我想金本被逮捕也只是時間上的問題而已。回過頭來說整起事件吧……」

菊岡的手指在平板電腦上移動了一下，然後立刻聳了了聳肩並抬起頭說：

「剩下來的你們應該比我還清楚。新川恭二在大會結束後馬上到朝田小姐家發動攻擊，幸好沒達成目的便被逮捕。接著新川昌一也被逮捕，剩下來的金本敦正在通緝中。他們兩兄弟目前依然在警視廳本富士署裡面接受偵訊。抱歉花了這麼長一段時間……但我的事件報告就到此為止了。這是我目前得到的所有情報……你們有什麼問題嗎？」

「那個……」

雖然覺得這可能是個無法回答的問題，但詩乃還是忍不住開口問道：

「新川同學……恭二他今後會怎麼樣……？」

「嗯……」

菊岡用手指將眼鏡往上推，沉吟了一下。

「昌一目前十九歲，恭二則是十六歲，所以他們會接受少年法的審判……但這是事關四條人命的大案件，所以少年法庭應該會把案子送回檢察官手上。再來他們恐怕就要接受精神鑑定了。雖然得等鑑定的結果……但光看他們的言行舉止，我認為應該有很高的機率被送進少年監獄裡面。因為他們兩個人已經沒有現實觀了……」

「不……我想他們不是沒有現實觀。」

聽見詩乃的呢喃後，菊岡眨了眨眼並以目光示意她繼續說下去。

「哥哥我不了解……但恭二他……對恭二來說，Gun Gale Online才是他的現實世界。所以他才會決定——」

她舉起右手並伸直指尖，然後又馬上放下。

「拋棄這個世界的一切，到ＧＧＯ那個真實的世界去。或許世間的人……會認為這不過是他的逃避行為，但是……」

新川恭二是想奪走詩乃生命的人。他給予詩乃的恐懼與絕望可以說難以估量。但即使如此，詩乃不知為何就是無法怨恨他，心裡有的只是滿滿的無奈。這種悲痛的心情，讓詩乃繼續開口：

「但是，我覺得網路遊戲這種東西呢，在我們不斷灌注精神與時間到達某個程度之後，它就會不只是娛樂我們的遊戲了。為了變強而埋頭賺取經驗值與金錢，真的是又麻煩又辛苦的一件事。偶而和朋友一起玩玩當然很快樂……但要像恭二那樣以最強為目標，每天如同工作般連續玩好幾個小時的話，其實會感受到很大的壓力。」

「玩遊戲……而造成壓力？但……那不就本末倒置了嗎……」

菊岡驚訝地說道，而詩乃對著他點了點頭便繼續下去：

「是的。恭二他正是把這個世界……和那個世界顛倒過來了。」

「但是……為什麼？為什麼他願意犧牲那麼多東西來爭取所謂的最強呢……？」

「這我也不清楚……剛才我也講過，對我來說這個世界與遊戲世界是連結在一起的……桐人，你知道為什麼嗎……？」

詩乃往右邊看去，發現桐人將身體整個靠在椅背上閉目沉思著。不久後，他便開口輕聲呢喃道：

「因為想變強。」

詩乃閉起嘴唇，稍微思考了這句簡短的話之後才緩緩點頭。

「……沒錯。我過去也一樣。或許每個ＶＲＭＭＯ玩家都是一樣……只是想變強……」

詩乃身體轉了個方向，由正面看著菊岡。

「那個……恭二他什麼時候可以會客？」

「這個嘛……送檢後應該還會拘留一陣子才對，得等他被移送到少年觀護所裡才行。」

「這樣啊——我會去看他。見面後我想告訴他，我以前在想些什麼……而如今又在想些什麼。」

就算已經太遲、就算他不願聽自己的話，詩乃還是覺得自己非得這麼做才行。菊岡這次終於露出應該是發自內心的微笑。

「妳真是個堅強的人。嗯，請妳務必這麼做。我會將他今後的詳細安排做個整理後，寄封電子郵件給妳。」

他接著看了一下左腕上的手錶並開口說：

「抱歉——我差不多該走了。雖然說我佔了個閒缺，但還是有不少雜務得處理。」

「嗯嗯。抱歉啦，給你添麻煩了。」

詩乃也跟在桐人後面點頭道謝。

「那個……謝謝你。」

「千萬別客氣。都是我的疏忽才會讓你們身陷於危險之中，所以這是我應該做的事。如果得到了什麼新情報，我會通知你們的。」

菊岡把手伸向放在旁邊椅子上的公事包，把平板電腦收好之後隨即從椅子上站起身。當他準備伸手拿起桌上的帳單時——動作忽然停了下來。

「對了，桐人……」

「……怎麼了？」

「這是你要我拿的東西。」

他從西裝內側口袋裡拿出一張小紙片，遞給桐人。

「死槍……不對，赤眼沙薩——新川昌一從員警那裡聽說這是你提的問題後，他就毫不猶豫地回答了。但他也要求我們帶訊息給你。當然，你根本不用理會他，而且嫌疑犯在偵訊當中的訊息本來就不能外流，所以警方表面上是拒絕了他的條件……怎麼樣，你要聽嗎？」

桐人臉上的表情就像喝下一杯非常苦的咖啡一樣，但他最後還是輕輕點了點頭。

「既然你帶來了，那我就聽吧。」

「那麼……嗯……」

菊岡由口袋裡拿出第二張紙條，看著內容唸道：

「……『這不是結束。你沒有結束一切的力量。你馬上就會注意到。It's showtime.』就這樣——」

「……真是個滑頭的傢伙。」

菊岡邊笑邊揮手的身影消失後又過了十分鐘。

兩人離開咖啡廳往停摩托車的方向走去時，桐人忽然低聲這麼抱怨。

「……那個人究竟是什麼身分？他自稱是總務省的官員……但總覺得……」

詩乃心想「真是個難以捉摸的人物」，並對桐人如此問道。不過桐人只是聳了聳肩，然後這麼回答：

「嗯，可以確定他隸屬於總務省的ＶＲ世界監視部門吧。至少現在是。」

「現在？」

「想想看，事件發生到現在才不過兩天耶。妳不覺得他知道太多警察內部的情報了嗎？日本行政系統的各平行部門向來井水不犯河水，這種事應該不常見吧。」

「……什麼意思？」

「他原本說不定是待在別的單位。像是警察廳什麼的……雖然不太可能，但他……」

「……？」

「我以前曾經和他在這裡見面，並趁他回去時跟蹤在後。」

詩乃有些難以置信地看著走在身邊的桐人，但少年卻表現出一副無所謂的樣子繼續說：

「結果，有一台超大的黑色轎車在附近的地下停車場等他。而且短髮黑西裝的駕駛一看就知道不是好惹的人物。我拚命用摩托車追著他們，但可能是被發覺了吧……菊岡在市谷車站前面下車，當我在找停摩托車的地方時就消失了。」

「市谷？不是在霞之關？」

「嗯嗯。總務省是在霞之關沒錯……但在市谷的應該是……防衛省（註：相當於我國的國防部）。」

「防……」

詩乃頓時說不出話來，只能不斷眨著眼睛。

「就是說……他是自衛隊的人？」

「所以才說不太可能啊。警察和自衛隊的關係，應該比他們和總務省的關係還差吧。」

桐人輕輕聳肩，此時詩乃忽然想起某件事來。

「啊……話說回來，剛才菊岡先生戴的……應該是度數很淺或沒有度數的眼鏡。因為鏡片幾乎沒有折射。」

「是嗎……原來如此。」

詩乃緊盯著似乎有所領會的少年看，接著開口問道：

「可是……就算那個人和自衛隊有關係好了，但為什麼要調查ＶＲＭＭＯ呢？兩者之間應該完全沒有關係吧？」

「嗯……聽說有人打算利用完全潛行技術來訓練軍隊，雖然這是美軍的情況啦。」

「什、什麼？」

這次換成詩乃驚訝得停下腳步。桐人也跟著停步，甩了甩一下右手。

「比如說……嗯……可以講槍的事情嗎？」

「嗯、嗯……只是聽應該沒問題。」

「那就好。比如說如果現在給妳一把真正的狙擊槍，妳能夠順利完成從裝填到擊發的整套射擊動作嗎？」

「…………」

詩乃回想起在幾個小時前以４５手槍射擊飲料罐的事，輕輕點了點頭。

「我想應該可以……如果只是單純開槍。不過，現實世界的我不知道怎麼減輕後座力，應該也沒辦法射中目標才對。」

「但是我就連怎麼裝子彈都不知道。如果可以在假想世界裡訓練武器的基本操作，不知道能夠省下多少的彈藥和燃料呢。」

「真……真的是這樣嗎……」

詩乃不由得看著自己的右手。桐人的話題規模太過龐大，實在難以想像那種情形。

「當然只是有這種可能性而已。光是這一年裡就不知道出現多少完全潛行技術的利用方法了，今後無論出現什麼新花樣都不奇怪。總之呢——還是多提防那個男人比較好。」

悠然地說完後，桐人便走到摩托車旁解開後輪上的大鎖。當他將其中一頂安全帽遞給詩乃時，忽然以很少見的遲疑態度對詩乃說：

「那個……」

「……？什麼事？」

「……詩乃，妳等一下有空嗎……？」

「是沒什麼事。可能好一陣子都不會想登入GGO吧。」

「這樣啊——不好意思，有點事情想請妳幫忙……」

「什麼事？」

「BoB決賽時在那座洞窟裡的畫面，被我以前……那些SAO時代的朋友們看見了。而且他們也知道『桐人』就是我……那個……如果妳可以幫我跟同伴說明我們兩個不是在打情罵俏的話，我會很感激妳的。」

「……嘿。」

詩乃開始覺得有點意思，嘴角露出了微笑。雖然一回想起那個時候的事情就覺得很不好意思，但聽見這個經常我行我素的少年竟然因為被懷疑與自己的關係而感到困擾，心裡就不禁湧起了「這下看你怎麼辦」的心情。

「但就算他們是你的老友好了，竟然可以從名字就知道那個是你，可真不簡單。」

「嗯……他們認出我的劍法了。」

「這、這樣啊——幫你也沒關係啦，不過你可就欠我個人情囉。下次要請我吃蛋糕。」

聽見她這麼講，桐人竟然以很狼狽的表情說：

「該……該不會是要到剛才那種店吧……？」

「我不會做出那麼殘忍的事情。」

「真是太感謝了。那……跟我到御徒町去一下吧。不會花妳很多時間的。」

「什麼嘛，那不是在湯島隔壁而已嗎？剛好順路呢。」

她接過安全帽並戴到頭上。當桐人再度幫她將扣環扣好時，詩乃心裡不禁有「早知道就別嫌麻煩，應該在ＧＧＯ裡先熟悉頭盔型防具才對」的想法。

由銀座中央大道來到昭和大道後往北前進了一陣子，隨即到達秋葉原車站東邊的再開發地區。穿越有點像格洛肯街道的銀色高層大廈群，進入御徒町附近後，周圍便整個轉變成充滿濃濃鄉愁的舊式城鎮。

有如老牛拖車般慢慢前進的摩托車在小巷裡左彎右拐，最後停在一間小小的店家門前。

詩乃從座位上跳下來並拔下安全帽後，抬頭往上看。這棟發出黑色光芒的木造建築物給人一種冷冽的感覺，只有從門的上方兩顆骰子組合起來的金屬看板才能得知這裡是咖啡廳。而看板下面刻著「Diecy Cafe」，應該就是這裡的店名吧。掛在冰冷門板上的牌子目前翻到了「CLOSED」這一邊。

「……這裡？」

「嗯。」

桐人點了點頭並拔起摩托車鑰匙，毫不猶豫地推開店門。節奏緩慢的爵士樂立刻隨著開門時輕快的「喀啷」鈴聲流了出來。

詩乃像被咖啡的香味吸引般踏進店內。在橘色燈光照耀之下，店內木板也發出了光芒。整個空間雖然狹小，卻有種說不出的溫暖感覺，這讓詩乃緊繃的肩膀瞬間得以放鬆。

「歡迎光臨……」

一進到店內，馬上有一道清澈的中低音響起。詩乃一看之下，發現有一名巧克力色肌膚的彪形大漢站在吧檯後方。那副像滄桑老兵的樣貌與大光頭看起來雖然很有壓迫感，但身上的純白襯衫與領口的小蝴蝶結卻讓人有種發噱的感覺。

店裡已經有兩位先到的客人。吧檯前的圓凳上坐著兩名穿著學校制服的女孩。詩乃注意到她們的制服外套顏色與桐人一樣。

「太慢了吧！」

其中一名及肩長髮微往內捲的少女從圓凳上跳下來，對桐人這麼說。

「抱歉抱歉。都是克里斯海特話太多了。」

「光是等你的這段期間我就吃了兩塊蘋果派，要是發胖就是桐人你害的！」

「為、為什麼是我害的……」

另一名將淺棕色直髮留到背部中間左右的少女，一開始只是笑著聽他們兩人的對話，但不久後也從圓凳上下來，以看來已經相當習慣這種情形的態度插話：

「還是快點幫我們介紹一下吧，桐人。」

「啊……說得也是。」

被桐人推了一下背部後，詩乃便來到了店中央。她拚命壓抑下和人初次見面時經常會出現的恐懼，朝對方點了點頭。

「這位是Gun Gale Online的第三屆冠軍詩乃，本名是朝田詩乃。」

「別、別這樣說啦。」

詩乃聽見桐人這種出乎意料的介紹詞後稍微抗議了一下，但桐人卻只是邊笑邊繼續說下去。他指了指剛才和他吵架的那名活潑女孩說：

「這位是坑人打鐵匠莉茲貝特，本名是篠崎里香。」

「你這傢伙……」

那名叫做里香的少女馬上臉色一沉然後對桐人發動攻擊，他躲開之後朝另一名女孩子舉起左手。

「然後這位是狂暴補師亞絲娜，本名結城明日奈。」

「太、太過分了！」

明日奈雖然在抗議但臉上還是一直掛著微笑。她隨後便以有透明感的漂亮眼睛筆直凝視著詩乃，然後也輕輕對她點了點頭。

「而那個呢……」

桐人最後才用下巴朝站在吧檯裡面的店長比了一下。

「是鐵壁艾基爾。」

「喂喂，我是牆壁嗎？我媽媽也幫我取了個很不錯的名字好嗎！」

驚人的是，似乎連這裡的店長都是ＶＲＭＭＯ玩家。巨漢笑了一下之後，把右手放在厚實的胸膛上說：

「妳好。我叫安德魯．基爾博德．密魯茲。以後也請多多指教。」

由於他說話時只有名字的部分是純正英語，其他地方就變回流利的日語，讓詩乃不禁眨了好幾下眼睛，接著趕緊低下頭打了個招呼。

「還是先坐下來再談吧。」

店裡共有兩張四人座的桌子，桐人朝其中一張走去並拉開椅子。等詩乃與明日奈、里香各自坐下之後，他便對店長彈了一下手指。

「艾基爾，我要薑汁汽水。詩乃要喝什麼？」

「啊……那我也一樣好了。」

「這裡的薑汁很辣唷。」

桐人笑了一下才對著吧檯說「來兩杯！」，接著手便在桌上合握起來。

「那麼，我現在要先對莉茲和亞絲娜說明一下禮拜天究竟發生了什麼事。」

即使桐人和詩乃已經把ＢｏＢ決賽內容與菊岡所說的事件概要融合並做了整理，但在對別人簡述整件事情時還是花了十分鐘以上。

「嗯——由於現在仍未在媒體上發表，所以實際名字與詳細情形沒辦法透露，但整件事大概就是這樣。」

將話題做個總結之後，桐人就像是筋疲力盡般整個人靠在椅子上，然後一口氣喝完第二杯薑汁汽水。

「……你這人……真的很容易捲進麻煩的事件裡面耶。」

里香搖頭嘆氣說出感想。但是桐人卻垂下視線，微微搖著頭說：

「不……也不能這麼說。這件事其實本來就跟我有關係了。」

「……是這樣嗎——啊～啊～如果我當時也在現場就好了。我有一堆話想要對那個死槍說呢。」

「靈魂被SAO扭曲的人大概不只那個傢伙，恐怕還有許多這種人。」

這時，明日奈以微笑趕跑了瞬間籠罩在現場的低沉空氣。

「不過，我想也有很多人的靈魂因此得救唷，像我就是。當然我並不贊同SAO……不贊同團長的作法……因為有許多人因此而死……但就算如此，我也不會否定這兩年的生活，當然也不會感到後悔。」

「……嗯，妳說的沒錯。與死槍進行最後一戰時，如果不是亞絲娜握住我的手，我一定使不出那一招。我想……就是因為有SAO那兩年……妳的溫度才能傳到我手上……」

詩乃當然無法理解桐人的呢喃是什麼意思。桐人發現她似乎很疑惑，才有些不好意思地笑著說明：

「決賽那天晚上，我不是說過自己是在御茶水的醫院裡潛行嗎？我沒對任何人提過那個地點，結果亞絲娜她就嚴刑拷打逼菊岡說了出來。」

「我、我哪有那麼誇張！」

亞絲娜說完後便賭氣地鼓起臉頰，結果桐人卻露出惡作劇般的笑容繼續說：

「然後呢，她本來是在這間店裡潛行，問清楚地點之後就馬上衝到我那家醫院裡。那時……剛好我在和死槍作戰，她便在現實世界裡緊緊握住我的手。而不可思議的是……我在那個瞬間，確實地感覺到了亞絲娜的溫度。都是多虧了她，我才會拔出原本已經遺忘的５－７手槍。」

「…………原來如此……」

詩乃靜靜點了點頭。她內心雖然想著「這兩個人是在交往嗎？」但馬上就把這種想法拋在腦後。幸好桐人沒注意到異狀，只是緩緩地繼續說道：

「可不只是如此喔。大會結束之後，我一登出遊戲，亞絲娜便告訴我……死槍的登錄名『Ｓｔｅｒｂｅｎ』其實是德語，要唸做『史提爾芬』，意思是『死亡』。但這在日本是只有醫生或護士才會使用的名詞，於是我……想起妳說附近有朋友是醫生的小孩，而妳準備連絡他到家裡來，因此有種不祥的預感。一發現等警察到達可能已經來不及，我便馬上騎摩托車趕到湯島……雖然最後什麼忙都沒幫上就是了……」

這段話給了詩乃某種沉靜的衝擊。

「……史提爾芬。原來不是史提夫嗎……」

她嘟囔完後閉上雙眼，邊思考邊開口說：

「……醫院用語，意思是死亡……他到底是因為什麼理由而取了這個名字呢……」

「可能是為了反抗當醫生的父親也說不定。總之——不是我們可以簡單地想像出來的理由就是了。」

桐人嘆了口氣後，坐在他斜對面，也就是詩乃正面的明日奈以開朗的聲音說：

「還是別太深入探求VRMMO角色名稱的意義比較好。當妳發現某些真相的同時，妳也會失去更多的東西。」

旁邊的里香馬上就笑著回應：

「哦～把本名當成角色名的人這麼說，果然特別有說服力！」

「喂！」

明日奈馬上以右手肘攻擊對方，而里香則故意表現出很痛的樣子。詩乃不知不覺間便微笑著看兩人的互動，此時明日奈卻忽然筆直地看向她。那有著亮茶色虹膜的眼睛充滿著耀眼光輝，詩乃感受得到那分謙虛中藏有一股堅強的力量。

「那個……朝田小姐……」

「什、什麼事？」

「這句話或許根本不適合由我來說，但……對不起，讓妳遇見這麼可怕的事情。」

「不……快別這麼說……」

詩乃急忙搖頭，然後一個字一個字的慢慢回答：

「這次事件，或許是我自己惹的也說不定。像是我的性格、遊戲風格還有過去等等……我自己也因此在遊戲裡陷入恐慌中……幸好桐人讓我冷靜了下來。那個……被轉播出來的畫面其實就是他在安撫我……」

結果桐人馬上整個人彈起來，接著連珠砲般說出一串話來。

「對、對啊。差點忘記最重要的事情了。當時我們正被殺人鬼追殺，所以應該說是緊急狀況。妳可別胡思亂想啊！」

「……好吧，就先相信你。不過以後可就不知道囉……」

盯著桐人看的里香雖然嘴裡碎碎念，但最後還是「啪」一聲合起雙手露出活潑的笑容。

「不過，還是很高興能在現實世界裡認識女性ＶＲＭＭＯ玩家。」

「就是啊。我還有許多ＧＧＯ的事情想問呢。請跟我做個朋友吧，朝田小姐。」

明日奈臉上先是出現平穩的笑容，然後才在桌上筆直地伸出右手。看見她那隻白皙又柔軟的手之後——

詩乃不禁感到有些膽怯。

當「朋友」這個詞滲進心底時，她馬上就感到一股熱烈的渴望。但同時也伴隨著一種尖銳的痛楚與不安。

「朋友」。自從那個事件發生之後，自己渴望多少次，就遭到背叛多少次，最後終於在內心深處告誡自己絕對不要再奢求的東西。

我想跟她交朋友。想握住這名叫明日奈的少女那充滿慈愛的手、好好感受她的溫暖。我想和她一起出去玩、一起盡情地閒聊，做些普通女孩子會做的事情。

但是，這麼一來，她遲早也會知道詩乃過去曾經殺過人。知道眼前這個女孩的手已經被鮮血給弄髒了。

她害怕到時候會從明日奈眼裡看到厭惡的神色。與人群接觸——這簡單的行為，恐怕自己這輩子都求之而不可得了。

詩乃的右手僵在桌子下而沒有任何動作。看見明日奈眼裡的疑問光芒以及表示不解的微微側首後，詩乃只能低頭往下看去。

她心想，乾脆就這樣回去吧。有「跟我做朋友」這句話，就足夠讓心裡溫暖一陣子了。

當她準備開口道歉時——

「詩乃……」

這細微的呢喃讓詩乃因怯懦而縮小的意識產生動搖。她身體晃動了一下，接著便往坐在左邊的桐人看去。

視線交會之後，桐人輕微但確實地點了點頭。他的眼神告訴詩乃「不要緊」。於是詩乃便像被催促般又將目光移回到明日奈身上。

少女的微笑仍在，右手依然一動也不動地擺在詩乃面前。

詩乃的手臂就像掛了鉛塊一樣沉重。但是她已經開始抵抗這道枷鎖，慢慢、慢慢地抬起手來。跟因為不想懷疑人心或害怕遭到背叛而遠離人群的痛苦相比，自己寧願承受相信別人而受傷的痛苦。自從那個事件之後，詩乃還是首次有這種想法。

感覺上明日奈的手似乎非常遙遠。隨著距離逐漸拉近，空氣的密度也跟著增加，就像有道牆要將詩乃的手彈回去一般。

然而，她的指尖終於碰到了對方的手。

下一瞬間，詩乃的右手便被明日奈的手緊緊包住。

那種溫暖的感覺實在無法用言語形容。傳遞過來的溫柔熱度由指尖開始往手臂、肩膀而至全身，最後將詩乃冰凍的血液也融化了。

「啊……」

詩乃無意識地微微吐出一口氣。竟然會這麼溫暖。她早已忘了一件事——人手的感觸足以撼動靈魂。詩乃在這個瞬間，感受到這裡就是現實。她深深意識到，原本對所有事物感到膽怯、不斷逃避這個世界的自己，終於又和真正的現實連結上了。

就這樣不知道經過幾秒，不，是幾十秒後……

詩乃忽然注意到這段期間裡一直帶著微笑的明日奈，嘴角出現了一絲猶豫。當她反射性準備將手抽回來時，對方卻反而更用力地握住她的手。這時明日奈像是在思考用詞遣字般對感到疑惑的詩乃慢慢說道：

「那個……朝田小姐……詩乃。今天請妳到這裡來，其實還有另一個理由。這說不定會讓妳不舒服……甚至可能會讓妳生氣，但我們無論如何……無論如何都想告訴妳……」

「理由……？我會生氣……？」

越來越搞不清楚這究竟是怎麼回事了。但就在這個時候，坐在左邊的桐人也用有點緊張的聲音說：

「詩乃。首先我得向妳道歉。」

說完，少年便深深地低下頭道歉。接著他便用略長瀏海深處與那個少女型角色同樣漆黑的眼睛盯著詩乃看。

「……妳以前發生過的那件事，我告訴亞絲娜以及莉茲了。因為，我需要她們兩個人的幫忙。」

「咦……？」

當詩乃聽見桐人已經將事件告訴其他兩人後，接下來的話她便完全聽不進去了。

——她們早知道在郵局發生的事件了？明日奈和里香都了解十一歲的詩乃究竟做了什麼事？

詩乃這次真的用盡了全身的力氣，想把手由明日奈那裡抽回來。

但還是沒有成功。明日奈這名纖細的少女以不知道從哪來的力量緊握住詩乃右手。少女的眼神、表情以及傳遞過來的體溫似乎都想對詩乃訴說些什麼。但——她到底想說什麼？知道我這雙手上沾滿無法清除的血污之後，還有什麼好對我說的呢？

「詩乃……其實我、莉茲和桐人昨天星期一都跟學校請了假，到……市去了一趟。」

「————————！」

這時候震驚已經不足以形容詩乃的心情。在數秒之內，她都無法理解明日奈所說的話究竟是什麼意思。

少女那飽滿又有光澤的嘴唇說出了一個地名。而那正是詩乃到國中畢業為止所居住的城市。也就是發生那個事件的地點。更是她想遺忘且不想再回去的地方。

為什麼。為什麼。為什麼。

詩乃腦袋裡只有這個問題盤旋，最後她終於開口問：

「為什麼……要做這種事…………」

她不斷搖頭，為了趕緊逃離這裡而站起身。

但就在詩乃起身之前，桐人的手已經先按住她的左肩。同時，他緊張的聲音也傳進了詩乃耳裡。

「這是因為詩乃妳沒有與應該見的人見面……也沒有聽應該要聽的聲音。我也想過妳應該會因此而受傷……但我還是沒辦法就這樣袖手旁觀。所以便利用報社的資料庫調查了那個事件……我想在電話裡一定說不清楚，於是便直接到發生事故的那個郵局去，請他們務必要告訴我那個人的聯絡方式。」

「應該……要見的人……？應該要聽的聲音…………？」

詩乃只能茫然地覆誦。而坐在她旁邊的里香向桐人使了個眼色後起身，往店裡深處的一扇門走去。掛著ＰＲＩＶＡＴＥ牌子的門打開之後，出現了一個人。

那是一名大約三十歲的女性。她留著一頭及肩長髮，臉上略施薄妝，身上的打扮也相當成熟。看起來與其說是ＯＬ，倒不如說比較像是家庭主婦。

接著一道小小的腳步聲證明了詩乃的印象沒有錯。一名看來仍未上小學的女孩子跑了出來。她們兩個人長得極為相似，想必是對母女吧。

但是就算看見這兩個人，詩乃也只是更加感到疑惑而已。因為她完全不知道這對母女究竟是誰。別說是在東京了，自己就連在故鄉的街頭也沒遇見過她們。

女性一看見茫然坐在那裡的詩乃，臉上不知為何出現了悲喜交集的表情，接著便對詩乃深深一鞠躬。而她身邊的女孩也跟著低下了頭。

她們維持這樣的姿勢好一陣子之後，才在里香的催促下穿過店裡來到詩乃的桌子前面。明日奈起身讓女性坐在詩乃正面，而小女孩則坐在媽媽旁邊。至今為止一直保持沉默的店長由吧檯裡無聲地走出來，在母親前面放了一杯咖啡歐蕾，另外在小女孩面前放了一杯牛奶，然後又走了回去。

即使是在這麼近的距離之下，詩乃依然不知道她們是誰。為什麼桐人會說這個女性是自己「應該見」的人呢。他是不是搞錯什麼事了呢……

不——

不對，感覺在記憶深處的某個地方……忽然產生了微小的火花。我明明不認識她們，為什麼——

這時女性再度對詩乃深深一鞠躬，接著以略微顫抖的聲音報上了姓名。

「妳好。妳應該是朝田……詩乃小姐吧？我叫大澤祥惠。這孩子叫瑞惠。今年四歲。」

果然，自己對這兩個名字也完全沒有印象。說起來，詩乃本來就不該會和這種年紀的母女有任何關聯才對。但她的記憶卻不斷感到刺痛。

詩乃根本沒辦法打招呼，只能瞪大眼睛坐在椅子上。名叫祥惠的媽媽則是吸了一口氣，以清晰的聲音說：

「……我是生下這孩子後才搬到東京來的。之前一直都是在……市裡工作。而上班的地點則是……」

聽見下一句話的瞬間，詩乃全都懂了。

「……町三丁目郵局。」

「啊…………」

詩乃口中裡發出細微叫聲。那間又小又普通的郵局——正是那個事件發生的地點。五年前，詩乃和母親一起到那裡去，結果遇上了讓她人生產生重大變化的事件。

持槍的強盜一開始就射殺窗口的男性，接著表現出不知道是要射擊櫃檯內的兩名女性職員還是詩乃母親的模樣。但詩乃這時忘我地往男人衝去，搶下手槍——扣下扳機。

沒錯……這名叫做祥惠的母親，無疑就是那時在郵局裡碰見的女性職員之一。

也就是說……桐人昨天特別和明日奈、里香一起到那間郵局去。然後問到了已經離職，目前搬到東京的女性職員地址，並在跟她連絡之後請她今天到這裡來與詩乃碰面。

詩乃現在大致了解了。但還有一個最大的疑問殘留在她心中。

為什麼？為什麼桐人就算跟學校請假也要做這些事呢？

「……抱歉。真的很對不起，詩乃小姐。」

坐在詩乃正面的祥惠忽然眼角泛著淚光說道。

詩乃根本不清楚她為何道歉，只能呆呆坐在位子上。而對方又繼續以發抖的聲音說：

「真的很抱歉。我……明明應該早點跟妳見面才對……但我實在太想忘記那個事件……於是就趁著丈夫調職而來到了東京……明明稍微設身處地想一下，就能知道妳一定非常痛苦……但我卻連聲抱歉與感謝都沒對妳說……」

她眼角的淚水就這樣流了下來。旁邊那名綁了辮子的小女孩瑞惠似乎很擔心地抬頭看著母親。祥惠靜靜地開始撫摸著女孩的頭。

「……案發當時，這孩子還在我肚子裡。所以詩乃小姐，妳當時不只救了我……也救了這個孩子。真的……真的太謝謝妳了。謝謝……」

「…………我救了…………妳們的命？」

詩乃只是一直重複這兩句話。

在那間郵局裡，年僅十一歲的詩乃三度扣下手槍扳機，奪走了一條生命。這就是詩乃所做的事。一直以來她都是這麼認為。但是——眼前的這名女性她確實說……

自己是被詩乃所救。

「詩乃……」

旁邊的桐人忽然也以發抖的聲音說道：

「詩乃。一直以來妳只是不斷地責備自己，也一直想懲罰自己。我不能說妳這麼做有錯。但是——妳同時也有權利去想想自己救過的那些人。如此一來，妳便會發現妳也有饒恕自己的權利。我就是想……告訴妳這件事……」

接下來桐人似乎再也不知道該說些什麼，只能緊咬下唇。

將目光從少年身上移開後，詩乃再度看向祥惠。雖然知道得說些什麼才行，但就是說不出任何話來。別說開口了，她甚至連該想些什麼都不知道……

咚……

此時傳來一道輕巧的腳步聲。

那個叫做瑞惠的四歲女孩從椅子上跳下來，小跑步繞過桌子後走向詩乃。頭髮應該是祥惠幫她綁的，看上去那麼地光滑柔順，圓滾滾的臉頰也呈現可愛的粉紅色，而大眼睛裡更充滿了這世上最純真的光芒。

瑞惠身上穿的襯衫應該是幼稚園制服，身上還背了個小提袋。她把手伸進提袋裡摸了一陣子後，從裡面拿出某樣東西。

那是一張折得四四方方的圖畫紙。她笨拙地將紙攤開並遞給詩乃。

以蠟筆所畫的圖案馬上映入詩乃眼簾。圖的正中央是一名長頭髮女性的臉龐。那張微笑的臉孔畫的一定是她母親——祥惠。而右邊則是個綁辮子的女孩。這應該是她自己了。另外左邊戴眼鏡的是她父親。

圖案上方還以看似剛學會的平假名寫著「給詩乃姊姊」。

瑞惠用雙手遞出了圖，詩乃也同樣伸出雙手接下。瑞惠微微一笑並用力吸了一大口氣。看來小女孩先前已經努力練習過許多次了。她以稚嫩的聲音一個字一個字地說：

「詩乃姊姊，謝謝妳救了媽媽和瑞惠。」

此時詩乃的視野被七彩光芒覆蓋——接著馬上糊成一團。

過了一會兒，她才發現自己正在哭泣。在今天以前，她不知道有如此溫柔、清澈，而且可以洗淨任何污穢的眼淚存在。

詩乃不停地哭泣，手上依然拿著那張大圖畫紙。

有一隻溫柔的小手，剛開始顯得有些怯懦，隨即堅定地握住她的右手。

而且握住的——正好就是火藥微粒子在她右手上殘留下來的黑點部分——

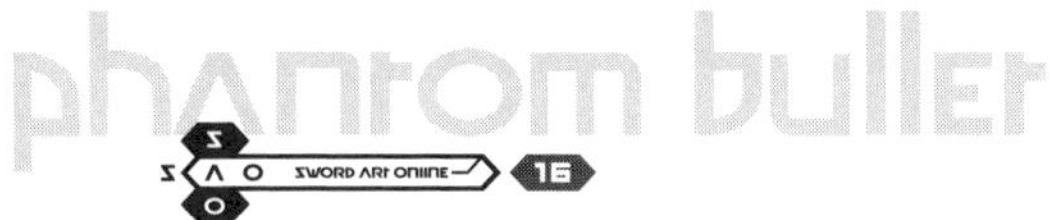

要接受所有的過去，恐怕還要花上很長的一段時間吧。就算是這樣，我也還是喜歡目前所在的這個世界。

今後的生活一定還有許多痛苦，眼前的道路必然充滿荊棘。

但我相信自己還是能夠繼續走下去。

因為被握住的右手以及臉頰上的淚水，是如此地溫暖。

（完）

後記

我是川原礫。以上是我二〇一〇年最後一本書《Sword Art Online刀劍神域6幽靈子彈》。

自從〇九年二月以來，這套ＳＡＯ系列與另一套《加速世界》系列便以隔月發行的形式輪流出版了十二冊，但之所以能夠完成這種近乎不可能的計畫，都是因為「ＳＡＯ系列本來就有原稿」。我自認為只是把ｗｅｂ連載版稍微修改一下，工作量應該不會太大才對。

但是重新閱讀原稿之後，便發現有許多根本不能只稍做修改而需要大量更動的部分……不過第一集與第二集時仍然屬於「修改」的範圍之內、三、四集開始「補充」、第五集則是接近「重寫」……但到了這第六集時已經變成「創作」了（笑）。而且本集的頁數還超過之前出版過的每一集……現在能順利（其實完全不順利）在這裡寫後記，連我自己都覺得是個小小的奇蹟。所以為了警惕自己，我現在得大叫一下——為什麼！事情會！變成這樣！

嗯……雖然是像這樣花費了大量意義不明的勞力之後才完成的一集，但如果能因此讓由單行本才認識我的新朋友，以及從ｗｅｂ版便認識我的老朋友在閱讀本作時能體會到新鮮感，那我也就心滿意足了。下一集故事預定要回到久違了的亞絲娜身上。明明是女主角但五、六兩集裡幾乎沒有登場機會的她，在下一集裡將會大大活躍，還請大家拭目以待！（不會變成重寫，大概啦……）

接著則是要進行今年最後的道歉啟事單元……

我想有些讀者已經知道了，十月於秋葉原舉行的「電擊文庫秋之祭典2010」裡，我和負責插畫的abec老師一起參加簽名會。是的……我遲到了！而且遲到非常久！結果開始時間延後了三十分鐘！理由是我腦部檔案損毀把時間由「十二點半」變成了「兩點半」！

……聽說電擊文庫四千年的歷史裡，我還是第一個讓簽名會時間延遲的作家……報名參加了簽名會，結果當天在會場裡苦候多時的諸位讀者，我真的不曉得該如何向你們道歉才好……真的非常抱歉。不會再犯了。（不過感覺上可能不會再幫我舉辦簽名會了！）

結果我因為遲到事件與本集也拖稿而給責任編輯三木先生添了許多麻煩，但我在這裡還是要向他以及負責插畫的abec老師說聲「明年也請多多指教」。還有祝將本書閱讀到最後的你能有個非常棒的二〇一一年！還有希望我不要再遲到了！

二〇一〇年一〇月某日　川原 礫

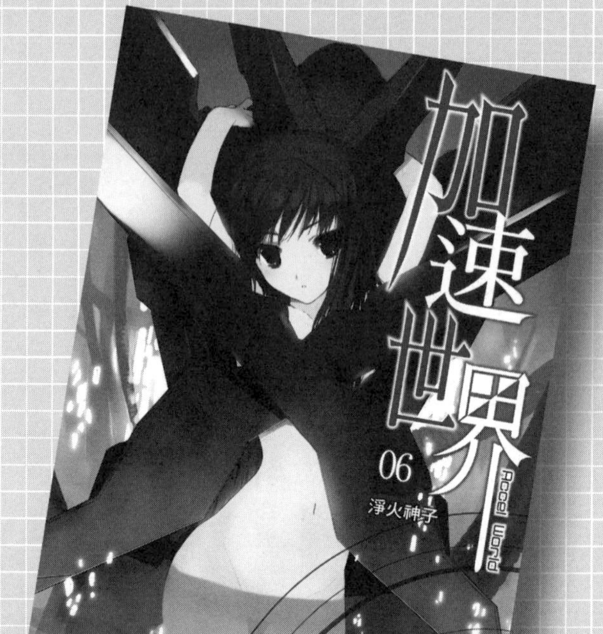

Kadokawa Light Novels

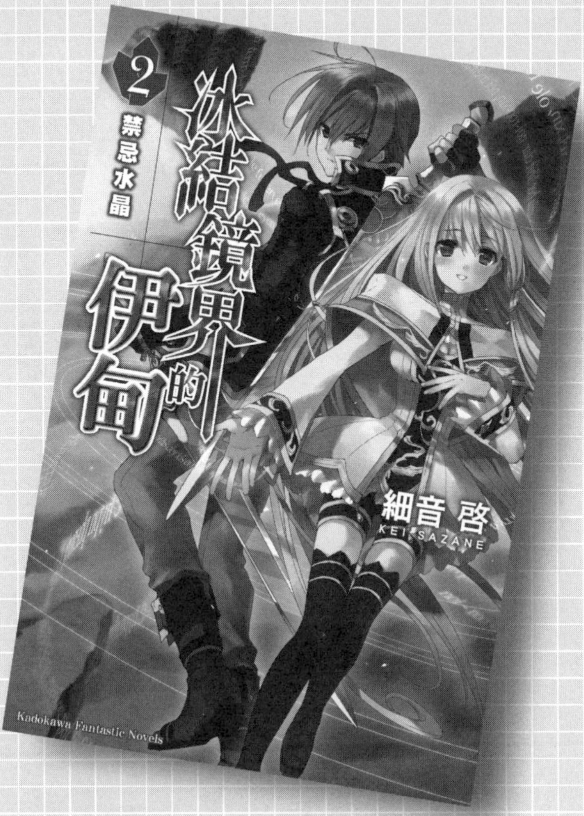

冰結鏡界的伊甸 1~2 待續

Kadokawa Fantastic Novels

作者：細音 啓　插畫：カスカベアキラ

被世界法則所拒絕的少年正尋找方法，
試圖去守護那位體現世界法則的少女——

墜入穢歌之庭、遭謎樣的幽幻種感染而變成異端的少年榭爾提斯，為了成為結界巫女優米的專屬護衛「千年獅」，再次進入從前被逐出的天結宮。然而等待他的卻是眾人對於異端的孤立……對嚴苛的天結宮來說，光是有保護優米的決心依然不夠嗎？

台湾角川

各 **NT$190/HK$55**

Kadokawa Light Novels

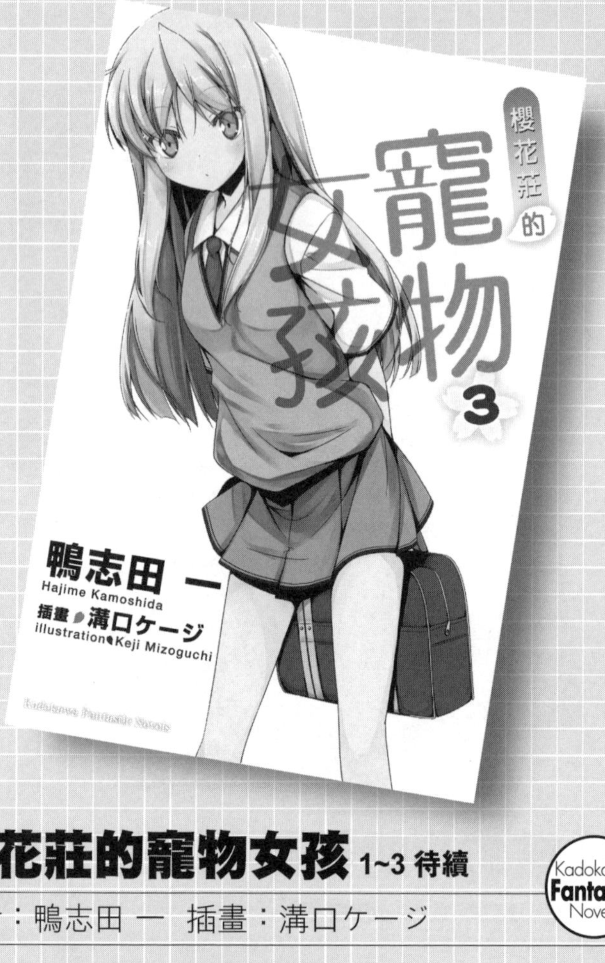

櫻花莊的寵物女孩 3

鴨志田 一
Hajime Kamoshida
插畫 溝口ケージ
illustration Keji Mizoguchi

Kadokawa Fantastic Novels

櫻花莊的寵物女孩 1~3 待續

作者：鴨志田 一　插畫：溝口ケージ

變態、天才及凡人齊聚一堂，
爲您獻上青春學園的戀愛喜劇！

第二學期的第一天，真白在英國時的室友——金髮美少女麗塔為了把真白帶回英國而來到了櫻花莊！雖然真白斷然拒絕，但麗塔似乎達成目的之前不會回去!?就在引起這陣騷動的同時，美咲學姊居然還說想讓宿舍成員們一起為文化祭準備作品!?

各 **NT$200~220/HK$55~60**

台湾角川

©EIJI MIKAGE 2009

Kadokawa Light Novels

虛空之盒與零之麻理亞 1 待續

作者：御影瑛路　插畫：415

如果你有一個能實現任何願望的盒子，
你會許下什麼願望？

三月，在這半吊子的時期到來的轉學生——音無彩矢。講台上的她在冷淡地道出自己的姓名後，突然發出針對我的突兀宣戰，以及敵意……以超然且堅決的態度放話後，靜靜露出微笑的她，到底心中有何盤算……!?

NT$200/HK$55

Kadokawa Light Novels

奮鬥吧！
系統工程師
SYSTEMS ENGINEER
1
兩週內即可上手？SE入門
夏海公司
插畫●Ixy
Kadokawa Fantastic Novels

奮鬥吧！系統工程師 1 待續

作者：夏海公司　插畫：Ixy

一部包含勵志、專業知識的如假包換輕小說！
描寫系統工程師過勞的寫實混亂爆笑劇登場！

平凡的社會新鮮人櫻坂工兵歷經嚴峻的就職活動後，終於就職於某系統開發公司。而指導他的室見立華，是個外表怎麼看都只有十幾歲女孩的超級工作狂!?社長又無視實際工作狀況胡亂接訂單，工兵只得立刻進入實戰工作，到底工兵的系統工程師生涯會……

NT$190/HK$50

國家圖書館出版品預行編目資料

Sword Art Online刀劍神域. 5-6, 幽靈子彈 /
川原礫作 ; 周庭旭譯. -- 初版. -- 臺北市 :
臺灣國際角川, 2011.01-2011.05
面 ;　公分
譯自 : ソードアート.オンライン. 5-6,
ファントム.バレット
ISBN 978-986-287-021-1(第1冊 : 平裝)
ISBN 978-986-287-154-6(第2冊 : 平裝)

861.57　　　　99025485

Kadokawa
Fantastic
Novels

Sword Art Online刀劍神域 6
幽靈子彈

(原著名:ソードアート・オンライン6ファントム・バレット)

2011年5月20日　初版第1刷發行
2021年12月15日　初版第25刷發行

作　者:川原　礫
插　畫:abec
日版設計:BEE-PEE
譯　者:周庭旭

發行人:岩崎剛人
總編輯:蔡佩芬
主　編:朱哲成
美術設計:李思穎
印　務:李明修(主任)、張加恩(主任)、張凱棋

發行所:台灣角川股份有限公司
地　址:104台北市中山區松江路223號3樓
電　話:(02)2515-3000
傳　真:(02)2515-0033
網　址:www.kadokawa.com.tw
劃撥帳戶:台灣角川股份有限公司
劃撥帳號:19487412
法律顧問:有澤法律事務所
製　版:尚騰印刷事業有限公司
ISBN:978-986-287-154-6